PANINI BOOKS

AUSSERDEM BEI PANINI ERHÄLTLICH

Spannende Abenteuer-Romane für MINECRAFTER

Karl Olsberg: DAS DORF Band 1: Der Fremde
ISBN 978-3-8332-3251-0

Karl Olsberg: WÜRFELWELT
ISBN 978-3-8332-3248-0

Sean Fay Wolfe: DIE ELEMENTIA-CHRONIKEN Band 1:
Die Suche nach Gerechtigkeit
ISBN 978-3-8332-3254-1

Winter Morgan: DIE SUCHE NACH DEM DIAMANTSCHWERT
ISBN 978-3-8332-3007-3

Winter Morgan: DAS GEHEIMNIS DES GRIEFERS
ISBN 978-3-8332-3008-0

Winter Morgan: DIE ENDERMEN-INVASION
ISBN 978-3-8332-3243-5

Winter Morgan: SCHATZSUCHER IN SCHWIERIGKEITEN
ISBN 978-3-8332-3244-2

Nähere Infos und weitere Bände unter
www.paninicomics.de

DIE SCHLACHT VON ZOMBIE HILL

Verteidiger der Oberwelt
Buch 1

Von Nancy Osa

61 Biome … 6 Freunde … 1 Welt

PANINI BOOKS

Bibliografische Information der Deutschen Nationalbibliothek
Die Deutsche Nationalbibliothek verzeichnet diese Publikation in der Deutschen Nationalbibliografie; detaillierte bibliografische Daten sind im Internet über http://dnb.d-nb.de abrufbar.

Dieses Buch wurde auf chlorfreiem, umweltfreundlich hergestelltem Papier gedruckt.

MIX
Papier aus verantwortungsvollen Quellen
FSC® C083411

Englische Originalausgabe:
„Defenders of the Overworld 1: The Battle of Zombie Hill" by Nancy Osa, published in the US by Sky Pony Press, New York, USA, 2015.

Geschäftsführer: Hermann Paul
Head of Editorial: Jo Löffler
Marketing & Kooperationen: Holger Wiest (email: marketing@panini.de)
Übersetzung: Maxi Lange
Lektorat: Kerstin Fricke
Produktion: Gunther Heeb, Sanja Ancic
Umschlaggestaltung: tab indivisuell, Stuttgart
Satz: Greiner & Reichel, Köln
Druck: CPI books GmbH, Leck
Gedruckt in Deutschland

ISBN 978-3-8332-3246-6
1. Auflage, Februar 2016

Auch als E-Book erhältlich:
ISBN 978-3-8332-3287-9

Findet uns im Netz:
www.paninicomics.de

PaniniComicsDE

Für meine Bergbau- und Redstone-Freunde
an der Reynolds Learning Academy
Nick, Sean und Colton
… und für Ken, Marc und Charles

Die Schlacht am Zombiegipfel

Der Kavalleriekommandant sah die letzten seiner Truppen auf dem Rücken ihrer Pferde durch das versteckte Netherportal verschwinden. Die zerlumpten Soldaten hatten seit ihren Tagen als Einzelspieler viel erlebt. Wie waren sie so weit gekommen? Eine Reise in den Nether war inzwischen sicherer als ein Reitausflug bei Mondlicht.

Es war der verrückteste nächtliche Ritt gewesen, den Roberto je erlebt hatte. Was als simple Kleinigkeit – ja, als mitternächtliches Kinderspiel – begonnen hatte, war zum Massaker ausgeartet. Diamantbewehrte Zombies, verzauberte Skelette und unsterbliche Griefer hatten sein Bataillon eingekesselt und damit sowohl seine Artilleristin als auch die Dorfbewohner in tödliche Gefahr gebracht. Er hatte sich für den Weg zum Gipfel entschieden, und nun gab es kein Zurück mehr. Eine falsche Bewegung könnte bereits ihr aller Ende bedeuten.

Im letzten Moment war es Rob nur noch möglich, Schadensbegrenzung zu betreiben, um weiteres Blutvergießen zu verhindern. Er wusste, dass eine Flucht aus der Oberwelt wahrscheinlich der einzige Weg war, diese irgendwann einmal zu retten. Sosehr er seine Heimat vermisste, hatte er doch erkannt, dass dieser Ort eine Rettung vor der Griefer-Tyrannei und seine Einwohner die Freiheit verdienten. Stormie hatte ihm das gezeigt.

Rob lenkte Saber in Richtung Netherportal und warf einen letzten Blick in den lila-schwarzen Himmel, an dem die Sterne funkelten. Er mochte nicht von dieser Welt sein, aber er war nun einmal hier gelandet und wollte sie verteidigen … wo immer ihn das auch hinführen würde.

1. Kapitel

Gerade noch hatte Rob an Bord des Flugzeugs ein Magazin durchgeblättert, froh, endlich nach Hause zu seiner Ranch zurückzukehren – und plötzlich fiel er ins Bodenlose. Irgendetwas war mit diesem Flugzeug ganz und gar nicht in Ordnung. Aber wo befand er sich?

Und wo waren die anderen Passagiere?

Obwohl er noch nie aus einer Höhe von fast zehn Kilometern gefallen war, wusste er, dass genau dies gerade passierte.

Ich sollte mich mehr fürchten, dachte er bei sich, während er durch die Wolkentupfer gen Boden rauschte. Das Land unter ihm entfaltete sich vor seinen Augen wie eine Karte: blaues Wasser vor weißem Sand, ein Streifen mit grünen Bäumen. Und in der Ferne weite grüne Wiesen, hier und da unterbrochen von Felsformationen. Sein Gesicht wurde feucht, als er ein Gewitter streifte, und trocknete sofort wieder, während er weiter durch die Atmosphäre fiel und der sich immer deutlicher abzeichnenden Landschaft näher kam. Er erkannte, dass er ins Meer stürzen würde.

Plötzlich traf ihn die lähmende Angst wie ein Messerstich. Die Schwerkraft zog seinen Körper mit einer Geschwindigkeit hinab, die er nie zuvor erlebt hatte, nicht einmal im schnellsten Galopp. Seine verzweifelten Schreie verhallten in der Luft, denn außer ihm war niemand hier, der sie hören konnte. Während sich der wogende blaue Grund unter ihm hob, um ihn zu verschlingen, fühlte Rob das allumfassende Klatschen mehr, als dass er es hörte. Weiter und weiter hinab zog es ihn, und ihm schoss dieser eine letzte, wenn auch nutzlose Gedanke durch den Kopf: *Reisen wird überbewertet.*

*

Unglaubliche Angst, der Aufprall und plötzlicher Sauerstoffmangel hatten Rob bewusstlos zurückgelassen, aber das konnte noch nicht lange her sein. Denn als er langsam wieder zu Sinnen kam, befand er sich immer noch unter Wasser und war überrascht, dass er noch lebte. Der Schock trieb das Leben in seine Arme und Beine, und er begann sich strampelnd und fuchtelnd einen Weg zurück an die Oberfläche zu bahnen. Irgendetwas streifte seine Brust, und er spürte, wie ein langer, glitschiger Körper vorbeizog. *Was zum Henker war das?,* fragte er sich und beantwortete dann seine eigene Frage mit einer vagen Erinnerung an den Biologieunterricht: ein Tintenfisch!

Im nächsten Moment erreichte er die Wasseroberfläche, wo er immer wieder husten musste, während er gierig die Luft einsog. Aber er konnte nicht innehalten, um sich aufs Atmen zu konzentrieren, denn sobald er aufhörte, Wasser zu treten, sank er wieder hinab. Instinktiv schwamm er vorwärts und atmete abgehackt weiter, bis sein Herz sich nicht mehr anfühlte wie ein explodierender Felsbrocken. Mit tränenden Augen blickte er sich um, erspähte aber nichts als das wogende Meer. Er hatte die Wahl: in Panik verfallen oder ruhig bleiben.

Er dachte an die schlimmste Klemme, in der er sich je befunden hatte – als er auf einem bockenden Wildpferd durch ein Klapperschlangen-Nest ritt – und beschloss, das zu tun, was er damals getan hatte. *Bleib einfach am Leben*, sagte er sich. *Und konzentriere dich auf deine aktuelle Aufgabe*.

Rob drehte sich auf den Rücken, erfasste die Position der Sonne am Himmel und entschied sich dann, so lange in die andere Richtung zu schwimmen, bis er auf Hilfe stoßen würde. Er hatte seinen Cowboyhut und die Stiefel eingebüßt, trug aber nach wie vor Hose, Hemd und Weste, die nun an seinem Körper klebten. *Komisch, das Wasser fühlt sich warm an. Obwohl, nein, nur ... nicht kalt.* Wenigstens würde er hier nicht erfrieren. Er schwamm weiter durch die lauwarmen Wellen, immer mit der Sonne im Rücken, die inzwischen ihren Zenit überschritten hatte.

Minute für Minute quälte er sich vorwärts. Immer wieder drehte er sich auf den Rücken und zählte bis zehn, um sich dann langsam weiter vorzuarbeiten. *Aber weiter wohin? Gibt es denn ein Ziel?*

Er fragte sich, ob es in dieser Version der Welt wohl Haie, Stachelrochen oder andere gefährliche Tiere gab. Konnte er hier überhaupt auf trockenes Land, ein Boot oder irgendeine Rettung hoffen?

Eines hatten ihn die Ereignisse der letzten Stunden gelehrt: Wenn er wissen wollte, was ihn erwartete, musste er weiterschwimmen.

*

Zug um Zug arbeitete sich Rob durch das Meer, während ihn die Gedanken an seine Heimat antrieben. Das Wasser kühlte sich etwas ab, je näher die Dämmerung kam, und er fragte sich, ob er die Nacht im Wasser verbringen musste – frierend, hungrig und müde. Könnte er das überleben?

„*Könnte* wird mich kaum weiterbringen", murmelte er. Er beschloss, nur noch positive Gedanken zuzulassen, wie trostlos der Horizont auch aussehen mochte.

Er drehte sich auf den Rücken, um weitere zehn Sekunden auszuruhen und sich zu vergewissern, dass er noch in die richtige Richtung schwamm. Es fühlte sich gut an, so dahinzutreiben. *Eine oder zwei Sekunden mehr werden sicher nicht schaden*, dachte er bei sich und bewunderte das Farbenspiel am Himmel, der einen bronzefarbenen Ton angenommen hatte und mit rosa und lila Tupfern übersät war. Durch die verlängerte Pause fiel es ihm schwerer, sich wieder umzudrehen und weiterzuschwimmen, aber er zwang sich dennoch dazu.

In der Ferne nahm er einen weißen Streifen wahr, der den Ozean abzuschneiden schien. Bildete er sich jetzt schon Dinge ein? Mit letzter Kraft ließ sich Rob aus dem Wasser schnellen und schnappte nach Luft. Da war *wirklich* Land!

Erleichterung, Aufregung und Verzweiflung ergriffen gleichzeitig Besitz von ihm, und seine Glieder pflügten immer schneller durchs Wasser, um endlich wieder Land unter den Füßen zu spüren. Aber das stundenlange Schwimmen forderte seinen Tribut. Rob spürte seine Finger und Zehen kaum noch. *Ich habe solchen Hunger*, dachte er. Glücklicherweise wusste er nicht, wie wenig seine Hungerleiste noch gefüllt war. Er zwang sich, weiterzuschwimmen, obwohl ihn seine kurzen Stöße kaum vorantrieben. Endlich erblickte er die Brandung. Der Strand war real! Er war fürs Erste sicher.

Als er das Flachwasser erreichte, kroch er stolpernd an Land. Die Tortur war vorüber. Er würde überleben.

Er legte sich auf den Sand, schnappte wie ein Fisch nach Luft und fand, er habe noch nie einen so schönen Sonnenuntergang gesehen.

*

Die kühle Luft trocknete die letzten Tropfen Meerwasser in seinem schwarzen Haarschopf, aber seine Kleidung blieb feucht. Rob erhob sich langsam, nur um im Kreis zu stolpern. Die Dünen erstreckten sich weit ins Landesinnere, aber er erkannte in der Ferne eckige Büschel, die aus dem Boden ragten – Bäume, vielleicht ein Wald oder ein Dschungel. *Dort wird es Nahrung und Wasser geben*. Aber er wusste, dass er keinerlei Energiereserven mehr hatte, um heute noch weite Wege zurückzulegen. Das Sonnenlicht verschwand, und alles, was er jetzt wollte, war, still liegen zu bleiben und sich einem tiefen, erholsamen Schlaf hinzugeben.

Aber irgendwie machte Rob die Vorstellung nervös, hier mitten auf dem Strand einzuschlafen. Jeder halbwegs fähige Cowboy wusste, dass man sich gerade nachts besser den Rücken frei hielt, vorzugsweise in der Nähe eines hübschen, warmen Lagerfeuers. Er suchte die leere Küste ab. Kein einziges brennbares Stück Treibholz oder wenigstens getrocknetes Seegras war in Sicht, und das flache Land bot keinerlei Unterschlupf. Rob war allein. Er lächelte. Die Einsamkeit hatte Vor- und Nachteile; wenigstens war hier niemand, der ihn belästigte.

Trotzdem hielt er es nach wie vor für eine gute Idee, möglichst irgendwo über dem Boden zu schlafen. Die einzige Ressource in der Nähe waren Unmengen von

Sand. Also beschloss er, etwas davon aufzutürmen und eine Art Sockel zu errichten. Das würde ihn vom Boden und allem fernhalten, was besser auf Distanz blieb.

Als er damit begann, den Sand zu bearbeiten, merkte er schnell, dass dieser nicht lose war wie daheim in seinem trockenen Tal. Er konnte ihn nicht zu einem Turm aufschichten. Tatsächlich wurde er in akkuraten kleinen Blöcken zusammengehalten. Vielleicht konnte er sie zu einer Säule stapeln?

Die Tage, die er auf seiner Ranch damit verbracht hatte, Lassotricks zu üben, hatten Rob zu einem guten Springer gemacht. Mit allerletzter Kraft sprang er in die Luft, platzierte einen Sandblock unter sich und blieb darauf stehen. Diesen Vorgang wiederholte er, während die Sonne endgültig am Horizont verschwand.

„Endlich kann ich ins Reich der Träume", sagte er und schlief sofort ein.

Doch schon kurz darauf wurde er von einem seltsamen Geräusch wieder geweckt.

„Böööhhhh ... öööhhhhh ..."

Das tiefe Stöhnen klang anders als alles, was er je auf seiner Ranch gehört hatte – es war weder das Muhen einer Kuh in Bedrängnis noch das Jaulen seines Lieblingshunds Jip.

„Ööh-ooohhhh ..."

Das Stöhnen schien aus einer anderen Welt zu kommen und durchschnitt die Luft. Robs Augenlider fühlten sich schwer wie Beton an und waren vom Meersalz und Sand verkrustet – aber er zwang sich, sie zu öffnen. Noch während sich seine Augen an die Dunkelheit gewöhnten, nahm er eine Figur wahr, die sich aus der Finsternis auf ihn zubewegte. Das Stöhnen wurde immer lauter, je mehr sich die Kreatur stolpernd näherte, und Robs Herz schlug ihm bis zum Hals. Er richtete sich auf seiner Sandsäule auf. Der Eindringling erblickte ihn und wurde noch schneller.

Das Ding ist immer noch weit genug entfernt, urteilte Rob. *Vielleicht kann ich diesen Turm noch etwas höher machen, bevor es hier ankommt.* Sein Körper war matt vom Schlafen und schwach vor Hunger und Durst, aber es gelang Rob, abermals hochzuspringen und einen weiteren Sandblock unter seinen Füßen zu platzieren. Die röhrende Kreatur kam näher.

Im vom Meerwasser reflektierten Mondlicht konnte Rob eine grüne Gestalt erkennen, die zwar menschlich aussah, sich aber nicht so verhielt … und die lebendig zu sein schien, aber definitiv nicht so aussah. Er hielt die Nase in die Luft und würgte, als er etwas roch, das ihn vage an seinen Kühlschrank zu Hause erinnerte. Aufgrund der widrigen Umstände brauchte Rob eine Weile, um die eingesunkenen Augen, das verrottende Fleisch und den torkelnden Gang als Zeichen für einen Untoten zu deuten. Jeder Zombiefilm, den er je gesehen hatte, lief in Sekundenschnelle erneut vor seinem inneren Auge ab.

Ein Zombie! Das Biest stank wie ein wissenschaftliches Experiment. Und es gab kein Entkommen.

Das stolpernde Monster wollte eindeutig zu Rob, um ihm die Glieder abzureißen, ihn zu töten oder, noch schlimmer, ihn in einen Artgenossen zu verwandeln. Rob wusste nicht, ob dieses ekelhafte Ding in der Lage war, ihn in drei Blöcken Höhe zu erwischen oder nicht … und er wollte es nicht herausfinden. Allein, verängstigt und ohne Waffe wäre Rob dem Biest ausgeliefert, wenn es sich entschied anzugreifen. Es war nicht gerade die Tat eines tapferen Cowboys, aber Rob schloss die Augen und wartete auf sein Ende.

Die Geräusche des brüllenden Zombies und seine schwerfälligen Schritte hatten die Annäherung eines anderen Besuchers übertönt. Als Rob vorsichtig ein Auge öffnete, erschrak er beim Anblick eines zweiten zweibeinigen Monsters, das sich bereits neben seiner Säule befand. Die fleckige grüne Haut war unversehrt, während Augen und Mund nur tiefe, dunkle Höhlen bildeten. Nicht einmal in Filmen hatte er je ein solches Wesen gesehen.

„Los, verschwinde!", rief er, als wollte er einen Kojoten von der Ranch jagen.

Sein Ausruf hatte keinerlei Auswirkung. Einen kurzen Moment lang hoffte er, dass sich die zwei Eindringlinge bekämpfen würden. Aber zu seinem Entsetzen begann das lautlose Wesen plötzlich zu zittern und laut zu zischen. Der Zombie ignorierte diesen ... Creeper und versuchte erfolglos, Rob anzugreifen, der weiterhin nur wenige Zentimeter über dem Kopf des Dämons auf seiner winzigen Insel aus Sand hockte. Plötzlich gab der Creeper in der Dunkelheit flackernde Lichtimpulse ab und plusterte sich zum Doppelten seiner Größe auf.

Rob hielt die Luft an. *Das war's dann wohl!*, dachte er und machte sich bereit zum Sterben.

Das Biest explodierte mit einem ohrenbetäubenden Knall.

Rob befand sich zwar außerhalb der Reichweite der Explosion, aber seine Erleichterung darüber, nicht in Stücke gerissen worden zu sein, hielt genau eine Nanosekunde lang an. Wieder stürzte er in die Tiefe und direkt auf den furchtbaren Zombie zu!

Wenigstens hatte sich der Creeper selbst getötet und dabei Robs provisorisches Schlafzimmer mitgerissen. Sand stob in alle Richtungen davon, als sich die selbst gemachte Säule auflöste. Der gestrandete Cowboy fiel scheinbar in Zeitlupe zu Boden. Sein Sturz kam ihm ebenso lang vor wie der aus dem Flugzeug, das ihn erst in diese missliche Lage gebracht hatte. Er hatte genug Zeit, sich erneut vor seinem baldigen Tod zu fürchten.

Schließlich schlug er auf dem Boden auf. „*Uff!*"

Er wartete. Es erklang keine gestöhnte Antwort.

Seine Arme und Beine befanden sich noch immer da, wo sie hingehörten.

Er war nicht tot.

Schnell prüfte er die Funktionstüchtigkeit seines Gehirns und war sich ziemlich sicher, kein Zombie zu sein.

Trotzdem hatte sich Rob leicht verletzt und konnte sich kaum bewegen. Im fahlen Mondlicht erblickte er den Sandhaufen – alles, was von seiner Säule übrig war. Plötzlich bewegte sich der Haufen. Irgendetwas wand sich darunter.

Rob machte einen Satz nach hinten, als das unterdrückte Stöhnen vom Geräusch herabrieselnden Sandes ergänzt wurde. Dann bewegte sich nichts mehr, und das Stöhnen endete abrupt. Der Sand hatte den Zombie wohl erstickt.

Das Letzte, was Rob wollte, war, die Leiche womöglich wiederzuerwecken. Aber er musste einfach sichergehen, dass der Zombie erledigt war. Er robbte näher heran und begann damit, wie sein Kumpel Jip im Boden zu wühlen, um den verrottenden Körper freizulegen. Zu seiner grenzenlosen Erleichterung bewegte sich der Zombie nicht mehr. Rob wollte sich schon abwenden, als er einen kleinen, harten Gegenstand spürte. Einige Handvoll Sand später erblickte er ein langes dreieckiges Objekt: eine Karotte! Der Zombie hatte das Gemüse anscheinend fallen gelassen.

Glück im Unglück, dachte Rob, stopfte sich die halbe Karotte in den Mund und kaute, bis sich seine Hungerleiste und Gesundheit etwas verbessert hatten. Mit einem Feuer und etwas Fleisch hätte er sich für eine bessere Sättigung lieber einen Eintopf gemacht, aber die Karotte war immerhin ein Anfang. Er fühlte sich besser und stärker. Vielleicht würde er die Nacht ja doch überleben.

Als er sich gerade etwas zu entspannen anfing, drang auf einmal erneut Gestöhn aus mehreren Richtungen an seine Ohren. „Öööhhh, oohhh …!"

Noch mehr Zombies? Das Monster musste kurz vor seinem Tod noch um Hilfe gerufen haben.

Diesmal wusste Rob, was er zu tun hatte. Er hatte nicht die geringste Ahnung, was für andere feindliche Monster sich in der Finsternis verbargen und in seine Richtung kamen – oder über welche Kräfte sie womöglich verfügten. Ihm blieb nichts anderes übrig, als seine Säule mit letzter Kraft neu zu errichten, dieses Mal jedoch noch besser und höher.

Und so arbeitete er sich durch den Sand, bis er auf Sandstein traf. *Heureka!* Diese Blöcke würden ein stabileres Fundament bilden, das größerem Schaden widerstand, wenn auch wahrscheinlich keiner Explosion. Rob hoffte, dass ihn heute Nacht kein weiterer Creeper besuchte.

Er grub, platzierte, sprang und stapelte und stand schließlich auf einer Säule, die aus insgesamt zwölf Blöcken errichtet worden war. Der Sandstein am Boden schuf eine solide Basis. Rob war zuversichtlich, dass nichts von dem, was auch immer da draußen lauerte, seinen neuen Turm aus Sand erklimmen konnte.

Vorsichtig warf er einen Blick über den Rand seiner Konstruktion.

Da war nichts.

Nur um sicherzugehen, würde er noch etwas länger wach bleiben und Wache halten.

*

Rob hockte auf seiner Säule und kaute den Rest seiner Karotte, während er darauf hoffte, dass die Sonne aufging, bevor etwas anderes des Weges kam. Die Dinge, die ihm noch heute Morgen unwichtig erschienen waren, hatten inzwischen wesentlich an Bedeutung gewonnen: Er hätte gern sein Messer dabeigehabt, das er zu Hause immer am Körper trug. Er hätte im Flugzeug alles aufessen sollen, was man ihm serviert hatte. Er hätte zum Schutz vor der Kälte seinen Schlafsack mitnehmen können. Aber vor allem hätte er darauf achten sollen, wo er war, als er vom Himmel fiel. Tja, die Dinge, die er vorher als gegeben hingenommen hatte, hätten ihm nun helfen können, am Leben zu bleiben ... Zumindest lange genug, um wieder nach Hause zu kommen.

Ein plötzliches Gefühl der Einsamkeit überkam ihn.

Er begann die Melodie zu summen, die er Jip immer vor dem Schlafengehen vorsang, bevor er ihn in seiner Hundehütte zurückließ. Rob dachte an das Fohlen, mit dessen Training er gerade begonnen hatte, und an das Pony, das sich langsam an seinen Sattel gewöhnte. Er fragte sich, ob er sie oder seine geliebte Ranch jemals wiedersehen würde. Zu Hause roch die Luft süß und nicht salzig wie an diesem Strand. In seinen Bergen gab es mehr als genug zu entdecken, und dennoch hatte er sich dort nie so verletzlich gefühlt wie hier, obwohl er sich ganze zwölf Blöcke über dem Boden befand. Aber vor allem war sein Leben auf der Ranch friedlich – er konnte zum Zirpen der Grillen, beim Bellen eines einsamen Kojoten oder dem Muhen einer eigensinnigen Kuh einschlafen und nicht etwa zu Explosionen, herabstürzenden Sandblöcken und Gestöhne.

Er seufzte.

Dann atmete er energisch aus. Er hatte einen Entschluss gefasst.

„Ich *werde* wieder nach Hause finden", schwor er sich, ermutigt vom Klang seiner eigenen Stimme. „Ich habe den Absturz, das weite Meer und die Angriffe zweier gefährlicher Monster überlebt." Er ballte die Fäuste. „Ich tue, was immer erforderlich ist, um zurück zur Ranch zu kommen!"

Er rollte sich auf seinem sandigen Bett zusammen und wurde bald vom Schlaf übermannt.

*

Obwohl Rob während der Nacht weiteres Gestöhne hörte, war er so erschöpft, dass er nicht aufstand. Er wusste, dass er alles in seiner Macht Stehende getan hatte, um sich zu schützen.

Als der Morgen kam, stieg ihm ein beißender Gestank in die Nase, der ihn derart überraschte, dass er sich zur Seite drehte, aber er war nicht vorbereitet auf das, was er da sah.

Die Zombiehorde war hier. Ziellos liefen die Kreaturen am Boden herum, während sie Rob mit ihren untoten Augen beobachteten. Als die ersten Sonnenstrahlen über den Horizont wanderten, suchten die Zombies Schutz neben der Säule, aber die Sonne stand noch nicht hoch genug am Himmel, als dass sie schon Schatten werfen konnte. Rob sah dabei zu, wie die ganze Monstergruppe gleichzeitig in Flammen aufging: *Knister! Knister! Knister!* Sie erschauderten und machten schnatternde Geräusche, bevor sie verbrannten und sich dann in Luft auflösten.

Großartig! Rob ballte ein paarmal die Fäuste und fühlte sich, als würde er in einem Film mitspielen. Dann knurrte sein Magen. *Vielleicht haben sie ja auch Karotten fallen gelassen, die ich essen kann*, dachte er und kletterte von seiner Säule herunter.

Als er den Boden erreichte, entdeckte er jedoch nichts als einige verrottende Fleischstücke. „Igitt, ekelhaft!" Dieses Zeug hätte er nicht einmal an Jip verfüttert. Rob ließ den Müll am Strand zurück und machte sich auf, um die Bäume zu finden, die er gestern entdeckt hatte. Wenigstens erinnerte er sich an einen Orientierungspunkt in dieser Landschaft, der nützlich sein konnte.

Rob quälte sich über die Dünen, während die Sonne immer höher stieg und seine Schultern in warmes Licht tauchte. Er musste an die sonnigen Tage denken, die er damit verbracht hatte, reitend und vor sich hin pfeifend die Zäune seiner Ranch zu kontrollieren, während Jip neben ihnen hertrottete. Vielleicht würde er jenseits der Bäume die Bergregion finden, die er gestern aus der Luft gesehen hatte. Dummerweise wusste er nicht mehr, in welcher Richtung sie sich befand, aber es brachte auch nichts, verschütteter Milch nachzuweinen …

Hmmmm, Milch, dachte er und träumte davon, warme Milch, frisch von der Kuh, trinken zu können.

Verloren in seinem Tagtraum übersah er beinahe den seltsamen Hinweis. Erst auf den zweiten Blick erkannte er eine Vertiefung im Sand, in die er soeben getreten war.

Die kleine Mulde hatte genau dieselbe Form wie sein Fuß! Das war ohne Zweifel ein Fußabdruck – der Fußabdruck von jemand *anderem*.

Robs Brust verengte sich mit einer Mischung aus Hoffnung und Angst. Ein Fußabdruck war etwas *Gutes*, wenn er bedeutete, dass er einer freundlichen Person gehörte, die Rob helfen konnte. Aber er konnte auch *schlecht* sein, falls diese Person ein Feind war, der ihm Böses wollte. Rob konnte demjenigen natürlich heimlich folgen und vielleicht Nahrung und andere nützliche Ressourcen finden … Andererseits wäre es wirklich furchtbar, wenn das Mitglied einer feindlichen Horde diesen Abdruck hinterlassen hatte.

Eilig suchte Rob nach weiteren Fußabdrücken und Anzeichen dafür, dass andere Personen hier vorbeigekommen waren, aber er fand keine. „Wer zum Henker hinterlässt nur einen Fußabdruck?“, fragte er sich laut, und seine Angst übertrumpfte seine miteinander im Wettstreit liegenden Emotionen.

Er fühlte sich auf dem einsamen Strand entblößter als je zuvor und duckte sich, während er abwechselnd einen Blick über die rechte und die linke Schulter warf. Dann stieß er sich vom Sand ab und rannte, so schnell er konnte, in Richtung der Bäume, die in der Ferne aufragten.

2. Kapitel

Das Wäldchen mit den reich begrünten Bäumen war weiter entfernt, als Rob gedacht hatte. Der Sprint hatte seinen Körper geschwächt, und seine Hungerleiste leerte sich stetig. Er verlangsamte seine Schritte zu einem Schlurfen, und bald lief er nur noch im Schneckentempo. Irgendwann hielt er inne und lauschte für einen Moment. Paranoia ergriff ihn. Es war ruhig ... zu ruhig. Er mochte sich irren, aber es fühlte sich an, als würde ihn jemand aus dem Schutz der Bäume beobachten. Aber er sah nichts als Pflanzen und hörte nur die Wellen, die hinter ihm an das Ufer brandeten.

Es kam ihm seltsam vor, weder das in seiner Welt übliche Singen eines Vogels noch das Surren von Insekten zu vernehmen. „Ich bin definitiv nicht mehr zu Hause“, murmelte er schläfrig und ahnte nicht, wie nahe er sowohl dem Hungertod als auch seiner Rettung war. Der weite Strand hatte eine Illusion erschaffen – kein Bild einer fruchtbaren Oase, sondern eines von einer riesigen leeren Sandfläche, die sich vor ihm erstreckte. Die Vision ließ Robs letzte Hoffnungsblase beinahe platzen. Würde er die üppigen Bäume niemals erreichen?

Die Antwort kam postwendend.

Rumms! Der Cowboy war mit dem Gesicht voran gegen einen Baumstamm gelaufen. Er stürzte zu Boden und spürte sogleich einen zweiten, schwächeren Schlag. Ein Apfel war durch die Erschütterung hinabgefallen und auf seiner Schulter gelandet, bevor er einige Blöcke weiterrollte.

Rob erkannte verschwommen, was er da gefunden hatte, und griff nach dem Apfel, um ihn sich mitsamt Kernen und Stiel in den Mund zu stopfen. Seine Hungerleiste füllte sich etwas. Rob schluckte den Rest des Apfels hinunter und rappelte sich wieder auf.

Er blickte nach oben. Das Blätterdach wogte über ihm, und Ranken bedeckten die Baumstämme. Die Eiche, die ihn so abrupt gestoppt hatte, war eine von mehreren, die in diesem Gebiet wuchsen. Inmitten der Baumkronen wirkte der Morgenhimmel fahl, während es unten am Boden schattig war. Die Sonnenstrahlen drangen hier und da durch die dunkelgrüne Blätterflut. In der unheilvollen Stille konnte Rob fast schon hören, dass ihn jemand – oder *etwas* – beobachtete.

Er schüttelte das Gefühl ab und konzentrierte sich darauf, seine neue Umgebung zu erforschen. Wo es einen Apfel gab, waren womöglich noch weitere. *Obwohl ich sie diesmal lieber nicht mit dem Gesicht pflücken möchte*, dachte Rob und rieb sich die Schulter.

Als er mit einer Faust gegen einen der Bäume hieb, fiel etwas Holz zu Boden – aber keine Frucht. Schnell kombinierte er zwei der Holzbretter und erhielt einen Stock. Perfekt! Er schlug gegen die Blätter und wurde mit zwei weiteren Äpfeln belohnt. Eilig verschlang er einen davon und steckte den anderen zusammen mit dem Stock in sein Inventar. Er hatte das Gefühl, beides später noch brauchen zu können.

Hier im Halbdunkel herumzustehen würde ihn nicht nach Hause bringen, also drang er tiefer in den Wald vor.

Auf dem laubbedeckten Boden kam er nur langsam voran. Rob wusste nicht, wonach er suchte, aber während er weiterlief, entstand in seinem Kopf ein Plan.

„Ich sollte mir einen Aussichtspunkt suchen", nahm er sich vor. „Weit oben, sodass ich das Land überblicken kann. Vielleicht finde ich ja dann einen Weg von hier weg oder zumindest jemanden, der weiß, wo ich bin." Ihm war nicht bewusst, dass er sich mit jeder Minute weiter von seinem Spawnpunkt entfernte.

Aber die Äpfel hatten seine Lebensgeister wieder geweckt. Er summte leise vor sich hin, während er sich durch das Gebüsch arbeitete und auf eine Lücke im Blätterdach hoffte. Aber auch mit dieser positiven Einstellung wurde er das entnervende Gefühl nicht los, beobachtet zu werden.

Endlich erreichte Rob eine kleine Lichtung, auf der nur die riesigen Dschungelstämme hoch über ihm Blätter trugen. Er war überrascht, als er ein viereckiges Bauwerk aus Steinblöcken entdeckte, das keines natürlichen Ursprungs war. Vorsichtig näherte er sich und rechnete jederzeit damit, einen Dämon zu sehen. Aber nichts stellte sich ihm in den Weg, und er erreichte die offen stehende Tür.

Rob lugte hinein. Dort lag eine weitere Karotte. Man kann nie genug Essen dabeihaben, fand er, also betrat er den Raum und griff nach seiner Beute ... als hinter ihm die Tür ins Schloss fiel.

Er war nicht nur gefangen, sondern erkannte bei näherer Betrachtung auch, dass es sich bei dem Gemüse nur um ein orangefarbenes, dreieckiges Stück Holz handelte. Er war jemandem in die Falle getappt. Und er hatte keine Ahnung, was die Person – oder das *Etwas* – mit ihm vorhatte.

*

„Gib mir deine Vorräte, Griefer", rief eine scharfe Stimme, bei der ihm ein Schauder über den Rücken lief.

In der nächsten Sekunde spürte er, wie ein Teil seiner Anspannung wich. Sein Kidnapper war ein Mensch. Trotzdem war Rob klug genug, an den wenigen Schätzen festzuhalten, die er besaß.

„Niemals!", rief er.

„Dann muss ich dich wohl töten …"

Die Tür sprang auf. Vor ihm stand ein Mädchen, dessen Haare unter einer braunen Lederkappe versteckt waren. Ihre olivgrüne Haut und das Tarnoutfit verschmolzen mit der Flora hinter ihr. Sie trug ein großes Schwert, in dem sich bei jeder ihrer Bewegungen das fahle Dschungellicht reflektierte.

Rob ging langsam rückwärts, und sie kam immer näher. Er blickte sich um, entdeckte jedoch keine Fluchtmöglichkeit und biss die Zähne zusammen, während sie mit dem Schwert fuchtelnd auf ihn zukam. Und dann, ganz plötzlich, stürzte sie zu Boden, und das Schwert flog auf ihn zu.

Rob griff nach der Waffe, aber er konnte sich nicht vorstellen, sie gegen einen anderen Menschen einzusetzen. „Geht's dir gut?", erkundigte er sich.

Die Augenlider des Mädchens flatterten, aber sie nahm ihn nicht mehr wahr. „So … schwach", murmelte sie. „So hungrig …"

Sie schien dem Tod tatsächlich nahe zu sein. Rob wühlte in seinem Inventar, gab ihr den Apfel und hoffte, dass die Frucht ausreichen würde.

Während sie aß, kehrte ihr Sehvermögen zurück. Sie beobachtete Rob genau, maß ihn mit Blicken und versuchte zu entscheiden, ob er eine Gefahr darstellte oder nicht. „Was willst du von mir, Griefer?", fragte sie schließlich.

„N-nichts", antwortete Rob. „Warum würde ich dir sonst meinen letzten Apfel geben? Und was ist überhaupt ein …? Ich weiß nicht einmal, was ein *Griefer* ist."

Sie schien nicht überzeugt zu sein.

„Äh, hier ist dein Schwert." Er hielt ihr die Waffe hin. Sie ergriff sie und sprang auf die Beine. Ihre Energie war nach der kleinen Mahlzeit mit einem Schlag zurückgekehrt.

„Erkläre dich, Fremdling!", befahl sie und drängte Rob in eine Ecke.

Er bezweifelte, dass sein Stock viel gegen ihr Schwert ausrichten konnte, und ließ ihn als Geste der Ergebung fallen. „Ich … habe mich verlaufen." Vielleicht konnte er seine Haut ja durch Ehrlichkeit retten.

Das Mädchen schnaubte. „Du bist ein Idiot!" Sie nahm den Stock und platzierte ihn in ihrem eigenen Inventar. „Ich beobachte dich schon den ganzen Tag. Du bist verschwenderisch, langsam und nicht besonders clever. Und du bist direkt in meine Falle getappt!"

Rob widersprach ihr nicht. Tatsächlich konnte er ihren guten Köder nur bewundern. „Eine falsche Karotte", sagte er und warf ihr das Holzgemüse zu. „Was hattest du damit vor, wolltest du ein Holzkaninchen zähmen?"

Sie fing die Karotte auf und verstaute sie ebenfalls in ihrem Inventar. „Ja, ein großes, dummes. Und du bist ja auch in etwa so hilflos wie ein flauschiges Häschen, Kumpel."

Rob drehte sich der Magen um. Er war es nicht gewohnt, so hilflos zu sein, geschweige denn von einem Mädchen als dumm bezeichnet zu werden. „Hey, ich sagte doch, ich habe mich verlaufen. Ich hatte Glück, dass ich die Nacht überlebt habe. Wusstest du, dass es hier Zombies gibt?"

„Was du nicht sagst", gab sie zurück. „Was hattest du

denn auch nachts draußen verloren? Wobei du natürlich tagsüber auch nicht gerade brillierst. Du hast alle möglichen Vorräte und Nahrung verschwendet. Ich musste das verrottete Fleisch und das Schwarzpulver aufsammeln, das die Zombies und Creeper im Sterben fallen gelassen haben, damit es nicht vergeudet ist. Es hat mich dann aber krank gemacht."

„Ver… verrottetes Fleisch?", wiederholte Rob. „Und Schwarzpulver habe ich nicht gesehen."

„Es hatte sich mit dem Sand vermischt. Sag mal, wie heißt du überhaupt? Ich muss ja wissen, was ich auf deinen Grabstein schreibe."

„Ich bin Roberto. Du kannst mich Rob nennen. Und du?"

Sie beäugte ihn und schien abzuwägen, ob sie ihm nun vertrauen wollte oder nicht. Schließlich war dies eine ihr allzu bekannte Griefer-Taktik. Aber dieser Spieler hatte etwas Unschuldiges an sich. „Nun … du hast mir deinen Apfel geschenkt. Was übrigens echt dumm war!"

Er nickte.

„Man nennt mich Frida."

„Wer nennt dich so?"

„Die, die wichtig sind", antwortete sie. „Hör mal, hier sind überall Griefer unterwegs. Daher war ich auch so hungrig. Ich musste ewig sprinten, um die letzte Biomgrenze zu erreichen und ihnen zu entkommen. Sie wird von Skeletten bewacht." Sie schüttelte sich. „Ich glaube, ich verlasse den Dschungel nie wieder."

Das erweckte Robs Neugier. „Welcher Art ist das nächste Biom? Ich suche einen hohen Hügel. Oder ein paar Berge."

„Hast du sie noch alle? Dort wirst du nie hingelangen.

Jedenfalls nicht, solange Dr. Drecks Armeen dort patrouillieren."

Armeen? Das klang nicht gut.

„Hör zu, Kumpel – äh, Rob." Frida vergrößerte den Abstand zwischen ihnen, und ihre Stimme wurde etwas weicher. „Willst du weiterleben? Dann bleib in meiner Nähe. Jedenfalls so lange, bis du gelernt hast, wie du allein in dieser Version der Oberwelt klarkommst."

„Hm, danke, Frida. Dann werde ich das auch tun."

*

Die zwei neuen Bekannten verbrachten den Rest des Nachmittags damit, Gegenstände zu sammeln und zu verstauen, von denen Frida meinte, dass sie sie brauchen würden. Sie baute eine Truhe, platzierte sie in dem kleinen Steinhaus und sagte Rob, was er hineinlegen sollte. Sie zeigte ihm, wie man eine Holzaxt zum Holzhacken herstellt und wie man sie als Waffe einsetzt. „Bis du etwas Stärkeres hast, ist die besser als nichts." Rob sah das genauso.

Sie schlichen durch den Dschungel und unterhielten sich.

„Wer ist dieser Dr. Dreck?", wollte Rob wissen.

„Frag lieber, *was* er ist." Frida hackte mit ihrer Steinaxt einen Weg durch die Ranken frei. „Er ist ein Griefer. Nein – eigentlich ist er der König der Griefer. Sie sind Meister der Täuschung. Sie tun so, als wären sie nett und freundlich, wickeln dich ein und dann – *BÄM*! Sie stehlen deine Ressourcen oder brennen dein Haus nieder. Dr. Dreck befehligt eine ganze Horde. Und es ist ihnen irgendwie gelungen, feindliche Monster zu verzaubern. So mächtig ist Dreck. Glaub mir, dem willst du nicht begegnen. Und das wirst du auch nicht, wenn du in diesem Biom bleibst und dich unauffällig verhältst." Ihre Axt zerbrach, und sie stöhnte auf.

Schnell wie der Blitz baute sie sich eine neue und benutzte dabei Robs Stock und ein Stück Eisen, das sie in ihrem Inventar hatte. „Das war mein letzter Eisenbarren!" Sie seufzte und kam dann auf die Frage ihres Begleiters zurück. „Die meisten meiner Vorräte wurden von Griefern gestohlen. Dr. Dreck und seine Lakaien kontrollieren die Skelette und nutzen sie als Schilde, während sie selbst sich nehmen, was immer sie finden."

Rob war ganz wirr im Kopf. *Diebe, wandelnde Skelette und dazu noch Zombies und explodierende Creeper!* Es gab definitiv einige Gefahren in dieser Welt, vor denen man sich in Acht nehmen musste. „Warum bringen wir dann nicht einfach so viel Abstand wie möglich zwischen uns und diese Griefer und fliehen ins nächste Biom?"

„Das habe ich schon versucht." Sie stöberte zwischen ein paar Farnen nach nützlichen Dingen. „Dr. Dreck hatte seine Skelette an jeder Biomgrenze stationiert, die ich überqueren wollte. Sie sind bewaffnet und gefährlich." Dann rief sie: „Hahaaa!", und stieg aus dem Dickicht. „Ein Melonenblock!"

Rob sah ihr dabei zu, wie sie den Block in ein halbes Dutzend Stücke zerteilte. Sofort verschlang jeder von ihnen eines davon. Rob spuckte die Kerne aus.

„Aber nicht doch!", schimpfte Frida. „Die können wir später einpflanzen. Hör mal, Rob. Die erste Regel fürs Überleben ist: Nichts vergeuden!" Sie betrachtete seinen ahnungslosen Gesichtsausdruck und lächelte kaum merklich. „Auch wenn du noch nicht weißt, wie man etwas verwendet."

Sie aßen jeder noch ein Stück Melone und verstauten dann den Rest und die Kerne in der Truhe. „Es ist gut, hier einen Vorrat zu haben", erklärte Frida, „vielleicht müssen wir ja eine Weile untertauchen."

„Du meinst, das ist nicht dein Haupthaus?"

„Natürlich nicht!", antwortete sie. „Diese niedrigen Wände würden keine Spinne abhalten. Aber mir ging der Bruchstein aus, als ich es baute." Sie schaute durch die Bäume in den Himmel hinauf. „Oh! Wir sollten besser nach Hause gehen. Es wird bald dunkel."

„Und dann kommen die Zombies", sagte Rob und erschauderte.

Frida sah ihn an. „Und dann kommen die Zombies", wiederholte sie. „Langsam verstehst du es, Partner."

Rob fühlte sich, als hätte er zum ersten Mal seit seiner Landung im Meer etwas gelernt. Das war ein außerordentlich gutes Gefühl. Außerdem wusste er, wo er heute Nacht schlafen würde.

Frida lief in den Dschungel. „Folge mir!"

Rob beeilte sich, um mit ihr Schritt zu halten. Ein winziges Tattoo auf ihrem Nacken stach ihm ins Auge. Es stellte einen Apfel dar, den ein Pfeil durchbohrte, und er nutzte es als Orientierungspunkt, um ihr durch das Dickicht zu folgen. In seinem alten Leben waren oft mehrere Tage vergangen, ohne dass er eine Menschenseele zu Gesicht bekam, aber hier wollte er auf gar keinen Fall die Nacht allein verbringen.

„Woher kommst du?", fragte Frida über die Schulter, als ob sie Robs Gedanken gelesen hätte.

Er hielt inne. „Ich sage immer, ich komme aus dem Westen, aber nun bin ich mir nicht mehr so sicher. Gestern bin ich vom Himmel gefallen."

„Dann wird es ziemlich schwer, deinen Spawnpunkt wiederzufinden. Du wirst wohl ein verzaubertes Portal finden oder einfach sterben müssen, um ihn zu erreichen."

„Oh, ich *würde* sterben, um wieder dorthin zu gelangen", versicherte er ihr, obwohl er nicht die geringste Ahnung hatte, was ein Spawnpunkt war. „Zurück auf meine Ranch. Ich dachte, wenn ich irgendwo hoch oben wäre, könnte ich vielleicht herausfinden, woher ich gekommen bin. Ich war auf dem Weg nach Hause, als mein Flugzeug abstürzte – oder abhandenkam." Er hatte ja nicht gesehen, dass es abgestürzt war, aber er fand, ein Aussichtspunkt würde ihm bestimmt einen Hinweis darauf geben, was eigentlich passiert war.

„Tja, in dieser Gegend wirst du jedenfalls keinen Punkt finden, der hoch genug ist", meinte Frida, „und in die Extremen Berge zu gelangen, ist viel zu gefährlich. Du müsstest mehrere Grenzen überqueren, und Dr. Drecks Armee läuft überall dazwischen Amok."

„Na und? Wir finden schon einen Weg." Rob klang entschlossen.

Frida blieb stehen. „Wen meinst du mit ‚wir'?"

„Na ja, dich und mich. Du bist doch ziemlich mutig."

„Mutig, ja, dumm, nein." Sie drehte ihm wieder den Rücken zu und beschleunigte ihre Schritte. „Los, Cowboy, schneller!", rief sie. „Wir vergeuden nur Tageslicht."

Sie eilten weiter und hielten nur ab und zu an, um zu Boden gefallene Äpfel einzusammeln.

Rob war seit … eigentlich noch nie so weit zu Fuß gelaufen. „Wie weit ist es noch bis zu deinem Haus?", fragte er.

„Zu meiner Höhle", korrigierte sie ihn. „Sie ist gleich

dort dr…“ Sie zeigte auf eine Erhöhung und grunzte verdutzt, als sie plötzlich von etwas angesprungen wurde. Dann sackte sie in sich zusammen, als das Gewicht eines erwachsenen Menschen auf ihren Schultern landete und sie auf den Boden drückte. Die Kreatur stieß einen markerschütternden Schrei aus: „Aaarrgghhh!“

Rob machte einen Sprung nach hinten und sah hilflos dabei zu, wie der Eindringling Fridas Kopf in die Mangel nahm und ihr die Knie in die Seiten drückte. Die Lederkappe schützte zwar ihren Kopf, aber ihre unbewehrten Seiten steckten einiges ein. Mit einem Satz schüttelte sie den Mann ab und fing an, ihn mit Dingen wie Blättern, Erde und sogar wertvollen Äpfeln zu bewerfen. Sie gewann genug Zeit, um in ihrem Inventar nach dem Schwert zu greifen. Fieberhaft tastete sie danach. Aber ihr Angreifer war zu schnell, blockte ihren Arm ab und bespritzte sie mit einem Trank der Langsamkeit. Nun war ihr Schwert noch schwerer zu erreichen … jedenfalls für sie.

Rob war wie gelähmt und sah zu, wie der Angreifer die Waffe in die Hand nahm und drohend auf Frida zutrat. Dabei fielen Rob die muskulösen Arme und die stark tätowierte Haut des Mannes auf. Er wusste, dass er etwas gegen diesen Irren unternehmen musste, aber was?

Er machte ein lautes Klickgeräusch und stieß dem Mann einen Finger in den Rücken. „Fallen lassen und Hände hoch!“

Zu Robs Überraschung tat der muskulöse Kerl, wie ihm geheißen. Rob zögerte einen Moment, war fast schon schockiert, dass sein Plan wirklich funktioniert hatte, und reichte dann Frida ihr Schwert. „Alles okay bei dir?“, fragte er seine neue Freundin.

Sie nickte langsam. „Das lässt … gleich … nach."

Niemand bewegte sich.

Dann wandte sich Frida an ihren Angreifer: „Du … gewinnst. Ein Punkt … für dich." Sie drehte sich in Zeitlupe zu Rob um, und ein Grinsen breitete sich auf ihren Lippen aus. „Rob, darf ich vorstellen … mein Freund Turner."

*

Bald ließ der Zauber nach. Frida erklärte Rob, dass sie und Turner einen stetigen Wettbewerb austrugen – immer, wenn sie sich trafen, versuchten sie, den jeweils anderen zu überrumpeln. Die zwei lachten und machten Witze, während sie weiter durch den Dschungel zogen, wobei Rob direkt hinter ihnen lief. Er fand ihr Verhalten befremdlich – wenn das die Art und Weise war, wie Freunde einander hier begrüßten, dann wollte er sich bestimmt keine Feinde machen.

„Turner passt auf, dass ich meine Deckung nicht fallen lasse", erklärte Frida den Überraschungsangriff. „Der war nicht schlecht, Klops."

Turner schien diesen Spitznamen als Kompliment aufzufassen. „Dito", antwortete er. „Überlebenskünstler wie wir müssen alles tun, um alarmbereit, gerissen und stark zu bleiben." Mit der Cargohose, dem zerrissenen T-Shirt und dem Stoppelhaarschnitt sah er genauso aus.

„Besonders im Dschungel", fügte Frida hinzu. „Mobs spawnen hier in den schattigen Gebieten auch bei Tag. Ich bin froh, dass wir heute keinem begegnet sind."

„Ich auch", stimmte Rob ihr zu.

„Was hättest du denn dann gemacht?", fragte Turner herausfordernd. „Hättest du ihnen auch gesagt, sie sollen die Hände hochnehmen?"

Frida lachte, weil Rob rot wurde, und versetzte ihm einen kleinen Knuff. „Ernsthaft, Mann. Funktioniert das da, wo du herkommst?"

„Tja, also ..."

„War trotzdem ein netter Versuch", meinte Turner.

Rob war froh, die beiden in seiner Nähe zu haben, als die Sonne unterging.

3. Kapitel

Die kleine Reisegesellschaft erreichte Fridas Höhle just in dem Moment, als das Stöhnen, Grölen und Rattern aufs Neue begann.

„Rein da!“, rief Frida.

Sie folgten ihr durch eine Eisentür in eine mit Bruchstein verstärkte Höhle. Frida stieß krachend die Tür zu, und es wurde schlagartig dunkel.

Flink stellte sie zwei Fackeln her, deren Licht eine große schwarze Spinne enthüllte. Sie sprang auf Rob zu. Bevor seine Reflexe einsetzten, war Turner schon zur Stelle und hatte das Biest mit seiner Steinaxt eliminiert.

„Danke!“

Turner nickte.

Frida untersuchte den toten Spinnenkörper. „Wenigstens war die nicht giftig.“

„Sie muss uns von draußen gefolgt sein“, vermutete Turner, während er den Faden aufsammelte, den die Spinne fallen gelassen hatte. „Genau das, was ich brauche. Ich baue heute neue Waffen.“

„Dann kannst du sicher ein paar Sachen aus meinem Keller brauchen“, sagte Frida und bedeutete Rob und Turner, ihr zu folgen.

Am anderen Ende der kleinen Höhle befand sich eine Treppe. Frida brach etwas Kohle aus der Wand, die sie sogleich verwendete, um weitere Fackeln herzustellen und ihnen den Weg zu erleuchten. Weiter und weiter stiegen sie hinab, bis sie endlich unten ankamen, wo die Höhle in einen großen Raum mündete. Rob war überrascht, wie gemütlich es hier war. Es gab ein Bett, eine Feuerstelle, einen Wollteppich und eine weitere Truhe, die Frida öffnete, um darin herumzukramen.

Sie warf Turner und Rob je ein Stück Wolle zu. „Darauf könnt ihr schlafen."

Eine Schlafmatte!, dachte Rob. Er begann sich heimischer zu fühlen.

Aber Turner lehnte ab. „Du willst wohl meinen Spawnpunkt ändern, was, Frida? Meine Spawn-Koordinaten sind geheim, und so soll es auch bleiben."

Sie zuckte mit den Schultern. „Meinetwegen." Dann ging sie in die Hocke und zündete den Ofen an. „Hast du Fleisch dabei?", fragte sie Turner, und Rob lief das Wasser im Mund zusammen.

„Hab ich das nicht immer?" Turner warf drei Schinkenstücke in den Ofen. „Das Feuer können wir nach dem Essen noch dazu verwenden, um Rüstungen herzustellen."

„Wieso Rüstungen?", hakte Rob nach. „Dieser Ort scheint doch sicher zu sein, oder nicht?"

„Ich habe kaum noch Ressourcen", erklärte Frida, „und wir müssen die Dschungelgrenze überschreiten, wenn wir mit den Dorfbewohnern handeln wollen." Sie richtete den Blick auf Turner. „Ich nehme an, dass du aus diesem Grund hier bist."

„Genau. Ich brauche auch Nachschub. Und unterschätze nicht Dr. Drecks Skelette."

„Ich habe eine Axt", sagte Rob hoffnungsvoll und war froh, wenigstens eine Waffe vorweisen zu können.

Turner und Frida tauschten einen schnellen Blick aus. „Skeletten solltest du nicht im Nahkampf begegnen", erklärte Frida dem Cowboy.

Turner drehte den brutzelnden Schinken auf die andere Seite, und ein wundervolles Aroma durchzog den beengten Raum. „Ich empfehle wenigstens einen Brustharnisch aus Eisen sowie Pfeil und Bogen – am besten auch noch Ersatz, falls etwas kaputtgeht. Damit bleibst du auf Distanz, aber bekämpfst trotzdem Feuer mit Feuer."

Frida betrachtete Robs verständnislosen Gesichtsausdruck. „Skelette. Die schießen mit Pfeilen", sagte sie und seufzte dann. „Meine Güte, Rob. Dein Unwissen könnte ein ganzes Buch füllen." Sie drehte sich zu Turner um und fügte hinzu: „Er ist neu hier. Er hat sich verlaufen. Und er ist ein hilfloses Lämmchen."

Turner grinste. „Das sehe ich. Aber wie seid ihr euch überhaupt begegnet?"

Rob und Frida berichteten von ihrem Zusammentreffen und den Ereignissen, die dazu geführt hatten, und erklärten Robs Pläne, in die Extremen Berge zu ziehen und wieder nach Hause zu finden.

„Uff!", stieß Turner hervor. „Frida, du bist einer von Drecks Skelettkolonnen zu Fuß entkommen?" Er blickte Rob mit distanziertem Respekt an. „Und du bist aus dem Himmel gefallen und hast deine erste Nacht auf einer Sandsäule verbracht? Für einen Neuling ist das gar nicht übel."

„Was ist mit dir, Klops?", wollte Frida wissen. „Wie bist du in meinen Abschnitt des Dschungels gelangt?"

Ihr Freund ließ einen langen Atemzug entweichen. „Das war ziemlich brenzlig. Einer von Drecks besten Griefern hat mich reingelegt. Ein Typ namens Legs. Er behauptete, er könne mir die Diamanten geben, die ich haben wolle, wenn ich ihm im Gegenzug helfe, einen Käfig zu bauen. Aber als ich fertig war, bewarf er mich mit einem Trank der Schwäche und schickte mir einen Zombietrupp auf den Hals."

Schon als er nur den Namen dieser Monster hörte, zuckte Rob zusammen. Dennoch fragte er: „Was ist dann passiert?"

Turner gluckste. „Ich hatte einen sehr guten Heiltrank im Inventar, mit dem ich den Zauber aufhob. Ich versuchte, Legs zu folgen, aber die Zombies umringten ihn wie ein untoter Zaun. Ich wäre nicht an ihn herangekommen, ohne die Biester anzugreifen, und hätte ich das getan, hätte er mich womöglich noch mit einem anderen schmutzigen Trick erwischt." Turner hielt kurz inne. „Man könnte es wohl als ein Unentschieden bezeichnen. Aber dann kam eine Horde Skelette an, und ich hatte keine Lust auf weiteres Geplänkel."

„Wie bist du überhaupt an diese Brut geraten?", fragte Frida.

„Ich war gerade auf der Suche nach Arbeit als Leibwächter; dabei überquerte ich die Grenze zur Verschneiten Taiga. Legs tauchte auf und sagte, er wolle einen wilden Wolf einfangen und brauche einen Käfig. Ich dachte, ich verdiene mir ein paar Diamanten nebenbei und ziehe einfach weiter, aber dann wurde es hässlich."

„Und du wurdest angegriffen", schloss Rob und dachte an Fridas Falle. Nur hatte sie versucht, sich zu verteidigen, und nicht, ihn hereinzulegen.

„Das ist gruselig", sagte Frida. „Dr. Drecks Legionen sind schon bis in die Verschneite Taiga vorgedrungen? Ich habe sie bisher nur an den Grenzen zur Ebene und in der Nähe der Tafelberge gesehen."

Rob mutmaßte, dass diese Zonen zwischen dem Dschungel und den Extremen Bergen lagen. Verdammt! „Es ist, als wollte dieser Typ die Welt erobern!“, murmelte er.

Turner kniff die Augen zusammen. „Nein, nur die Oberwelt.“

*

Die drei debattierten weiter über das Thema, während sie den Schinken aßen.

„Was glaubst du … wie wahrscheinlich ist es, dass Dr. Dreck alle Grenzen der Welt infiltriert?“, fragte Frida.

Turner verschränkte die Arme vor der Brust. „Das ist selbst für ihn schwierig. Es gibt mehr als sechzig Biome, und jedes hat zwei oder drei Grenzen.“

Frida blickte finster drein. „Das würde für die Dorfbewohner absolutes Chaos bedeuten. Der Handel würde quasi zum Erliegen kommen.“

„Das bloße Überleben wird schon schwierig genug werden“, meinte Turner mit vollem Mund. „Ich überquere andauernd Biomgrenzen. Davon lebe ich schließlich.“ Er schluckte den Bissen hinunter und streckte die Arme aus, die voller Tattoos waren, wie Rob zuvor schon bemerkt hatte.

„Was bedeuten sie?“, fragte er.

„Jedes davon repräsentiert ein Biom, das ich erforscht habe“, erklärte Turner selbstzufrieden. „Ich verdiene mir meine Edelsteine damit, anderer Leute Wertsachen vor Monstern und Griefern zu beschützen.“ Er sackte etwas in sich zusammen. „Nur ist es jetzt mit meiner Glaubwürdigkeit nicht mehr allzu weit her.“

Rob machte sich sofort Sorgen. Wenn nicht einmal dieser zähe Kerl vor Griefern sicher war, wie groß waren dann erst seine Chancen?

Fridas Blick wanderte von Turner zu Rob. „Wir könnten uns zusammentun", schlug sie ruhig vor.

Turner war nicht sicher, ob er sie richtig verstanden hatte. „Du meinst, dieser Typ ...?"

Frida legte eine Hand auf Robs Schulter. „Er ist grün hinter den Ohren, aber er hat Mumm."

„Wir werden mehr als nur Mumm brauchen", sagte Turner trocken.

Rob dachte an seine Welt, in der seine Fähigkeiten mehr als ausreichend gewesen waren, um zu überleben. „Ich *habe* mehr als nur Mumm", versicherte er ihnen. „Ich kann mit dem Lasso umgehen, Zäune reparieren, Vieh hüten und das wildeste Wildpferd zähmen."

„Das klingt alles furchtbar niedlich." Turner schüttelte den Kopf. „Aber ich glaube, ich bin allein besser dran."

„Ach, komm, gib ihm eine Chance, Klops", warf Frida ein. „Einige seiner Fähigkeiten könnten nützlich sein."

Turner dachte eine Weile nach. „Nun ... Na gut. Aber wenn ich mir seinetwegen einen Pfeil einfange, lass ich euch *beide* fallen."

Sie beendeten ihre Mahlzeit und entspannten sich in der Nähe des Ofens. Fridas Höhle war gut befestigt. Immer wieder hörten sie energisches Hämmern an der Eisentür, aber sie hielt stand.

„Ich verstehe, warum du diesen Ort nicht verlassen möchtest", sagte Rob und sah sich bewundernd in der gemütlichen Kammer um.

Seine Gastgeberin zuckte mit den Schultern. „Ach, das ist nur vorübergehend. Früher oder später kommt immer jemand oder etwas hinein. Im Dschungel bleibt keiner am

Leben, der zu lange am selben Ort verweilt. Ich werde hier wahrscheinlich bald alles abbauen, was es noch zu holen gibt, und dann weiterziehen."

„Ich dachte, wir schließen uns zusammen?"

„Für die Reise in die Dörfer, ja", erwiderte Frida. „Ansonsten bin ich lieber allein."

Turner begann, die Gegenstände aus seinem Inventar vor sich aufzureihen.

„Wenn es um Ressourcen geht, befinden wir uns alle im Wettstreit miteinander, Neuling." Er beäugte Frida, die aufgestanden war, um ihre Vorratstruhe zu durchsuchen. „Es ist eine freundschaftliche Konkurrenz", fuhr er fort, „aber es bleibt ein Wettstreit."

„So ist es." Sie stand auf und warf Turner drei Stöcke zu, die sie von einem Stapel genommen hatte. „Kann ich etwas von deinem Spinnenfaden haben?"

„Sicher doch." Er reichte ihr ein Knäuel, und sie machten sich daran, Bögen herzustellen.

Rob leckte sich immer noch die Finger und genoss den Geschmack des Fleisches, solange er konnte. Er versuchte, Fridas und Turners Freundschaft zu verstehen. Draußen in der Wildnis mussten sie – und er nahm an, andere wie sie ebenfalls – um Nahrung und Rohmaterialien kämpfen. Aber hier in diesem Unterschlupf halfen sie einander. Sie nutzten sogar dieselbe Werkbank, und sie arbeiteten schnell. Er wollte ihnen sagen, dass Teamwork vielleicht eine effizientere Vorgehensweise wäre, aber das hier war ihre Welt. Und sie hüteten ja kein Vieh.

Frida und Turner stellten ohne viele Worte Rüstungen und Pfeile her und schienen immer zu wissen, was der andere gerade brauchte. Als schließlich keine Federn mehr übrig waren, hielten sie inne.

„Das sind nicht mal ansatzweise genügend Pfeile", stellte Turner fest und schloss sein Inventar. „Wir müssen im Dorf ein paar Federn eintauschen."

Frida machte ein skeptisches Gesicht. „Ich hoffe, wir kommen ungehindert durch."

Robs Sorgen kehrten zurück. „Ich habe noch nichts, mit dem ich handeln könnte. Geschweige denn etwas, aus dem ich Waffen machen kann."

Turner legte einen Bogen und ein paar Pfeile auf einem der Eisenbrustpanzer ab, die er hergestellt hatte, und schob alles zu Rob hinüber. „Hier, Neuling. Eines Tages kannst du mir das mit Zinsen wieder zurückzahlen."

Rob warf ihm einen dankbaren Blick zu. Der tätowierte Söldner winkte mit einer gewaltigen Pranke ab, die ein Bergbiom zierte, als wäre diese Leihgabe keine große Sache. Dann zog sich jeder in eine Ecke zurück, Frida blies die meisten Fackeln aus, und sie legten sich schlafen.

*

Nach einem Frühstück, das aus Äpfeln bestand, packten die neuen Freunde ihre Sachen zusammen und traten hinaus ins trübe Tageslicht. Kurz darauf wurden sie von einem Regenschauer überrascht.

Während der Regen durch das dichte Blätterdach tröpfelte, hielt Fridas Lederkappe ihren Kopf trocken. Turner setzte sich einen Kettenpanzerhelm auf, der ihn ebenfalls einigermaßen vor dem Wasser schützte. Rob wünschte sich seinen Hut herbei, den er im Meer verloren hatte, aber er beschwerte sich nicht. Außerdem war ein Regenschauer im Dschungel warm, und wunderschöne, schattenliebende Orchideen blühten direkt vor ihren Augen. Es hätte schlimmer kommen können.

„Es gibt also ein Dorf in der Nähe?“, erkundigte sich Rob und freute sich darauf, bald mehr Menschen und Bauwerke zu sehen. Vielleicht war dieser Ort ja doch ein bisschen wie zu Hause. Und möglicherweise wusste jemand, wie er dorthin zurückkommen konnte.

„Wir werden bei Sonnenuntergang im Dorf ankommen“, entgegnete Turner, „es sei denn, es passiert etwas … Interessantes.“

„Zum Beispiel?“

In dem Moment, in dem Rob die Frage stellte, teleportierten sich drei dunkle Gestalten mit überlangen Gliedmaßen zu der Gruppe und landeten mit einem dumpfen Laut hinter den dreien.

Rob drehte sich um, aber Frida hielt ihn auf. „Das sind Endermen! Sie sind nass geworden, und das mögen sie gar nicht. Sieh sie auf keinen Fall an!“

Wie sollte er diese seltsamen schlaksigen Kreaturen nicht anstarren, die zu allem Überfluss dabei waren, sie einzukesseln? Frida holte einen Vorhang aus Ranken hervor, die sie tags zuvor geschnitten hatte. Turner und sie duckten sich dahinter und winkten Rob zu sich.

„Du hältst hier die Stellung“, flüsterte Turner. „Diese Typen sind nicht deine Freunde!“

Er zog sein Schwert und stürzte sich aus der Deckung, um die Endermen zu attackieren, die bereits vom Regen Schaden genommen hatten. Im Handumdrehen hatte Turner alle drei erledigt, und sie droppten im Sterben je eine Enderperle.

„Schnapp dir die Perlen, Neuling!“, befahl Turner. „Und behalte sie, bis du weitere aufspürst. Vielleicht bist du ja derjenige, der das Enderportal findet.“

Rob hatte keine Ahnung, wovon Turner sprach, aber er

fand, dass diese Perlen aussahen, als hätten sie einen gewissen Handelswert.

Frida wickelte ihren Rankenvorhang auf, und sie liefen weiter. Rob war erleichtert, als der Regen schließlich aufhörte und das Blätterdach über ihnen weniger dicht wurde. Je dunkler es war, desto wahrscheinlicher war es auch, dass etwas … *Interessantes* passierte, wie Turner es ausgedrückt hatte – so viel hatte er inzwischen gelernt.

„Da drüben ist ein See!“, rief Frida. „Hey, Klops, hast du eine Angel? Ich bekomme schon wieder Hunger.“

„Ich kann schnell eine bauen“, sagte Turner. „Warte!“ Er wühlte in seinem Inventar herum, nahm einen Bogen auseinander und stellte flink eine Angel her.

Rob lief das Wasser im Mund zusammen, als er an Forellen, Welse und die anderen Fische dachte, die hier leben mochten. Aber als sie sich dem See näherten, sahen sie, dass bereits jemand anders dort saß.

Das Wiehern eines Pferds durchschnitt die Luft und warnte einen am Ufer sitzenden Teenager vor den Eindringlingen. Seine Haut war unglaublich blass, sein welliges braunes Haar war kurz geschnitten, und er war so dünn wie ein Enderman, wenn auch nicht mit so langen Gliedmaßen.

Rob spürte die Anspannung zwischen seiner Gruppe und dem Jungen, als wäre sie greifbar.

„Schon was gefangen?“, rief Turner beiläufig.

Der Junge nickte.

„Was beißt denn so?“, fragte Frida.

Als sie nur noch wenige Blöcke von ihm entfernt waren, rief der Junge plötzlich: „Kugelfische!“, und warf einen Gegenstand in ihre Richtung.

Blitzschnell drehten Frida und Turner sich weg, um auszuweichen. Rob war die Kinnlade vor Staunen heruntergefallen, sodass der stachelige Fisch direkt in seinem Mund landete.

Eine Welle intensiven Hungers übermannte ihn wie ein Tsunami, und gleichzeitig war ihm, als müsste er sich übergeben. Er verkrampfte die Arme und Beine und konnte sich nicht mehr bewegen. „Ich sterbe!“, rief er.

„Das ist nur etwas Gift“, sagte Turner, als wäre es gar nichts.

„Ich bin schon hundertmal daran gestorben“, fügte der Angler hinzu. „Du kommst schon wieder zurück.“

Frida drehte sich verärgert zu ihm um und knurrte: „Wir wollten dir nichts Böses!“

Er verzog beschämt das Gesicht und warf ihr eine Flasche Milch zu. „Hier, gib ihm die. Ich habe immer welche dabei, wenn ich angeln gehe.“

Frida hielt Robs Kopf hoch und half ihm beim Trinken. Erstaunt stellte er fest, wie schnell der Effekt des giftigen Kugelfischs nachließ. Aus dem Dickicht kam ein erneutes Wiehern, und der Junge rief dem Vierbeiner beruhigende Worte zu.

„Wo ist dein Pferd?“, erkundigte sich Rob etwas lallend. Er wollte unbedingt wieder ein lebendiges Tier sehen – eines, das einen nicht gleich paralysierte.

„Das ist Beckett, der um Zucker bettelt“, sagte der Junge und zeigte ausweichend in Richtung der Bäume. „Ich binde ihn immer an, wenn ich angle, sonst watet er ins Wasser und verjagt mir die Fische.“ Er warf Rob einen verlegenen Blick zu. „Ich bin Jools. Entschuldige die Fischbombe. Man kann an den Biomgrenzen nicht vorsichtig genug sein.“

„Kann ich mal mein Glück versuchen?", fragte Turner und nahm seine Angel in die Hand.

„Nur zu", meinte Jools. „Sie beißen gut an dieser Stelle. Ich bin gerade nur wegen der Kugelfische hier, die ich für Tränke brauche."

„Gute Idee", sagte Frida. „Ich hörte, dass Dr. Drecks Armee nach wie vor die Ebene im Griff hat."

„So ist es. Ich will vorbereitet sein."

Rob kam eine Idee. „Wenn du ein Pferd hast, kannst du ihnen dann nicht einfach davonreiten?"

Jools grinste und schüttelte den Kopf. „Nicht mit dem alten Beckett. Er ist gut für Transporte, aber trotzdem nur ein alter Gaul. Daher brauche ich auch die Tränke."

Rob fühlte sich dem anderen Reiter verbunden, obwohl der ihn mit einem tödlichen Fisch vergiftet hatte. „Ich bin Rob. Und das hier sind Frida und Turner. Wir sind auf dem Weg ins Dorf, um zu handeln. Ich wünschte, wir könnten reiten, anstatt zu laufen."

„Könnt ihr doch", erwiderte Jools. „Nicht weit von hier ist eine Herde, die nur darauf wartet, gezähmt zu werden. Aber sie befindet sich auf der anderen Seite der Grenze."

„Für ein gutes Pferd nehme ich es jederzeit mit einem Skelett auf", sagte Rob und sah aus dem Augenwinkel, dass Turner die Augen verdrehte. „Außerdem könnten Pferde im nächsten Kampf praktische Verbündete sein." Das wiederum weckte Turners Interesse.

Der Söldner zog einen Lachs an Land und legte die Angel am Ufer ab. Dann stand er auf, lugte durch die Bäume und kam zurück. „Hey, Jools. Du sagst, du weißt, wo wir einen Schwarm dieser Viecher finden?"

„Eine Herde", korrigierte Jools ihn. „Das sind doch keine Hühner."

„Vielleicht schmecken sie ja wie Hühnchen“, mutmaßte Turner, und Rob drehte sich erneut der Magen um. „Ich mache nur Witze. Ein paar schnelle Beine könnten genau das sein, was wir brauchen, um das Dorf heil zu erreichen.“

Rob jubelte. „Das wollte ich hören!“

Jools beäugte sein Outfit. „Du trägst Cowboyhosen. Ich bin ganz verrückt nach Westernzeug. Reitest du auch?“

„Ob ich reite?“ Rob plusterte sich regelrecht auf. „Ich bin seit drei Jahren der ungeschlagene Rodeo-Champion des westlichen Sektors. Hab sogar eine Gürtelschnalle, die das beweist … Na ja, zu Hause. Auf meiner Ranch“, fügte er hinzu, als Jools ihm skeptische Blicke zuwarf.

„Der ist in Ordnung“, sagte Frida. „Kein Griefer. Dieser Junge ist ein echt anständiger Kerl.“

Rob lächelte dankbar. Er hatte wohl einen guten Eindruck auf sie gemacht, und er wusste, dass Frida nicht jedem vertraute.

„Nun, ich glaube, was ich sehe“, sagte Jools.

„Ich beweise es dir“, erwiderte Rob. „Bringst du uns zur Herde?“

„Was gibst du mir dafür?“

Rob dachte nach. „Wie wäre es mit ein paar Enderperlen?“

Die Augen des blasshäutigen Jungen glommen auf. „Einverstanden.“ Er hielt inne. „Es gibt da nur ein Problem.“

Sie warteten.

„Wir müssen die Grenze zur Ebene bei Nacht überqueren. Es ist nicht sicher, Beckett im Dschungel anzubinden, wenn die Mobs kommen.“

„Ich bin immer für einen guten Kampf zu haben!“, erklärte Turner und drehte sich zu Frida und Rob um. „Seid ihr dabei?"

Frida nickte eifrig.

Rob kam es nicht so vor, als hätte er eine Wahl. Der Himmel verfärbte sich schon lila, und die Nacht nahte schnell. Außerdem war das womöglich seine einzige Chance, ein paar wilde Pferde aufzuspüren. Er schluckte schwer. „Ich bin dabei."

4. Kapitel

Während sie weiterzogen, ließ sich Jools nicht viel über seinen Hintergrund entlocken. Frida befragte ihn zu seinen Spawnpunkten, und er antwortete: „Hier und dort." Als Turner wissen wollte, was Jools von Beruf war, sagte der: „Berater." Und als Rob ihn zu seinen Reitfähigkeiten befragte, behauptete Jools, er habe es sich selbst beigebracht.

Er scheint ganz nett zu sein, dachte Rob. *Aber er könnte sehr wohl auch ein Griefer sein. Oder eine Art bestechlicher Söldner, so wie Turner.* Rob hielt all die Fragen zurück, die er dem blassen Reiter gern gestellt hätte. Selbst Beckett, sein cremefarbener Vierbeiner, war noch einige Schattierungen dunkler als der junge Mann im Sattel. Rob wandte seine Aufmerksamkeit dem Hengst zu, der sich langsam und vorsichtig bewegte. Er mochte nicht der Schnellste sein, aber ein umsichtiges Pferd blieb länger am Leben als ein unvorsichtiges, das nicht darauf achtete, wohin es trat, und sich am Ende noch die Beine brach.

Trotzdem konnte Rob nicht anders als schließlich doch die Stille zu brechen. „Ich würde Beckett durchaus in einer Schlacht vertrauen, Jools. Er scheint mir ein wirklich gutes Pferd zu sein."

„Das ist er auch", sagte Jools stolz. Nicht einmal dieser

schweigsame Fremde war gegen Schmeicheleien gefeit, wenn es um sein Tier ging.

„So einen hole ich mir auch", verkündete Turner und gab damit durch die Blume zu verstehen, dass er nicht gedachte, Beckett zu stehlen. Jedenfalls noch nicht.

„Du musst erst einmal Reiten lernen", rief ihm Frida in Erinnerung.

Turner zeigte auf Jools. „Der kann's doch auch. So schwer wird's schon nicht sein."

Rob lächelte still vor sich hin. Es sah immer so aus, als würde das Pferd die ganze Arbeit leisten.

Als die Sonne hinter dem Horizont verschwand und der Himmel sich verdunkelte, legte sich eine angespannte Stille über die Gruppe. Endlich stoppte Jools Becketts Schritt, stieg ab und bedeutete den anderen, sich um ihn zu versammeln. „Hier in der Nähe gibt es Wachposten. Ihr solltet euch lieber eure Rüstungen anziehen."

Robs Magen schlug einen Salto, während er den schützenden Panzer anlegte, den Turner ihm gegeben hatte.

„Wir können uns in meinem Lager treffen", bot Jools an. „Es befindet sich auf der anderen Seite einer trockenen Senke."

Frida und Turner sahen in ihren Brustpanzern und Helmen aus wie wilde Krieger. Sie holten ihre Bögen hervor, und Rob tat es ihnen nach.

Frida betrachtete Jools skeptisch. „Wo sind deine Waffen?", fragte sie ihn. Ein Griefer musste Dr. Drecks Wachposten schließlich nicht abwehren.

Jools hob eine Flasche hoch. „Trank der Unsichtbarkeit!" Er goss etwas davon in Becketts Maul, und das Pferd verschwand langsam vor ihren Augen. Jools platzierte einen Fuß im unsichtbaren Steigbügel und zog sich in den Sattel. „Tut mir leid, ich habe nicht genug für alle dabei." Er stürzte den Rest des Tranks hinunter und drehte sich im unsichtbaren Sattel. „Ich sehe euch auf der anderen Seite!", rief er, und mit einem Schnalzen und einem Wiehern waren Ross und Reiter verschwunden.

Turner stupste Frida mit seinem tätowierten Ellbogen an. „Glaubst du, der ist vertrauenswürdig?"

Sie dachte kurz nach. „Ich würde sagen, fifty-fifty", antwortete sie, und Rob stimmte ihr im Stillen zu. Sie war eindeutig eine Menschenkennerin.

Wieder machten sie sich auf in Richtung Grenze. Rob konnte das Gefühl nicht abschütteln, dass sie sich auf einen Abgrund zubewegten. Er wünschte, er hätte einen oder zwei Tränke im Inventar … Aber so, wie die Dinge lagen, würde er sich eben auf seinen Verstand verlassen müssen.

Plötzlich hörte er ein Flirren. Ein Pfeil war nur wenige Zentimeter vor seinem Fuß gelandet. Als er da wie ein Schaschlikstäbchen im Boden steckte, sah er eigentlich harmlos aus.

„Ein Hinterhalt!", rief er.

Der Klang klappernder Knochen erfüllte die Luft. Im trüben Licht erkannte Rob ein halbes Dutzend Skelette, die sich ihnen näherten, die Bögen bereit und schon wieder im Nachladen begriffen.

Die drei gepanzerten Freunde wichen den Pfeilen aus, während sie gleichzeitig um sich schossen. Frida und Turner erwischten je zwei Angreifer, während Rob sich mit dem Bogen noch schwertat. Als sich ihm die zwei verbliebenen Monster zuwandten, verschossen sie doppelt so viele Pfeile, wie es überhaupt möglich zu sein schien, aber sie zielten nicht besonders gut. Aus dem Augenwinkel nahm Rob Frida und Turner wahr, die gerade nachluden. Nichts da, diese Monster gehörten ihm allein!

Die Feinde waren inzwischen so nahe, dass er seinen Vorteil witterte. Er zielte und zog seine Bogensehne nach hinten. Mit einem Surren schnellte der Pfeil vorwärts und durchbohrte zuerst das eine Skelett und blieb dann im zweiten stecken.

Seine Augen weiteten sich. „Habt ihr das gesehen?", rief er seinen Freunden zu.

Aber der Triumph war schnell vergessen.

Mit wildem Klackern bewegte sich eine neuerliche Welle von Skeletten aus fünfzehn Blöcken Entfernung auf sie zu. Hinter ihnen ertönte eine heisere Stimme: „Kehrt um oder gebt auf! Diese Grenze gehört Dr. Dreck!"

Rob erschauderte und wünschte sich auf den Rücken eines Pferds, nur fort von hier. Aber Frida schien unbeeindruckt und brüllte: „Die Grenzen gehören niemandem! Identifiziere dich!"

„Ich bin Lady Craven, stellvertretende Kommandantin der kaiserlichen Griefer-Armee!" Die Antwort klang so, als hätte ein Zementmischer die Silben ausgespuckt.

Frida legte einen Pfeil an und drehte ihren Bogen in die Richtung, aus der die Stimme gekommen war, während Turner und Rob sich auf die Schlacht vorbereiteten.

„Seine Stellvertreterin? Ha! Dr. Dreck ist wohl zu feige, seine Visage in der Schlacht zu zeigen?"

„Er hat wichtigere Dinge zu tun, Schätzchen", antwortete Lady Craven. „Und mich hat er damit beauftragt, euch zu vernichten!"

Rob richtete seine Aufmerksamkeit kurz auf Frida. Sie war angespannt und bewegte ihren Bogen, als versuchte sie, Lady Cravens Stimme zu orten. Schließlich hatte sie ihr Ziel erfasst, brüllte: „Stirb!“, und ließ die Bogensehne los.

Rob hielt den Atem an

Turner zögerte.

Sogar die angreifenden Skelette hielten kurz inne, um nachzusehen, ob Fridas Pfeil sein weit entferntes Ziel treffen würde.

Es war totenstill.

Dann erfüllte ein teuflisches Lachen die Luft. „Eure mickrigen Stöckchen und Steinchen können mir nichts anhaben. Meine Schwingen sind wie ein Schild aus Eisen. Ich kann nicht sterben!“

Die Skelette setzten ihren Angriff fort und beeilten sich nun, um die drei Menschen zu erreichen und Boden gutzumachen. Rob lud immer und immer wieder nach, und die Monster fielen eines nach dem anderen – aber es kamen immer mehr.

Dann war ein lauter Knall zu vernehmen, und eine Art Gong erklang, der das Knochenklappern und -brechen übertönte und in Robs Ohren widerhallte. Eine Explosion erleuchtete den Himmel. Rob und die anderen erstarrten. Würde die nächste Bombe in ihrer Nähe detonieren? Aber nichts dergleichen geschah. Stattdessen hallte ein heiserer Schrei über das finstere Schlachtfeld, gefolgt vom plötzlichen Rückzug der verbliebenen Skelette.

Erst als endlich Stille eintrat, wagten Frida, Turner und Rob wieder, sich zu bewegen. Rob tastete seinen Körper ab, um sicherzugehen, dass alles noch an seinem Platz war. Frida und Turner sprangen wild durch die Gegend und sammelten die herumliegenden Knochen und Pfeile ein, die die sterbenden Skelette gedroppt hatten.

„Was zum Henker war das?“, fragte Rob.

„Das war ich. Ich bin kein Feind", antwortete eine menschliche Stimme. „Nicht schießen!"

*

Aus den Schatten trat eine burschikose Frau, deren Haut die Farbe eines stürmischen Himmels hatte und die von hinten von den nach der Explosion brennenden Bäumen erhellt wurde.

Sie hatte mehr Kurven als Kanten und trug nur sehr kurze schwarze Shorts und ein bauchfreies Oberteil. Ihr langes, lockiges schwarzes Haar war zu einem Pferdeschwanz zusammengebunden. Robs Herz machte einen Satz. Wenn eine Frau sein Held sein konnte, dann war es diese. Sie war fülliger als Frida, möglicherweise stärker als Turner und definitiv dunkler als Jools, und die Welt lag ihr scheinbar zu Füßen. Schließlich hatte sie soeben eine ganze Kompanie Skelette und deren Kommandantin verjagt.

„Du hast unsere Haut gerettet, Fremde", gab Turner zu.

„W-wie können wir dir danken?", stotterte Rob.

Frida blickte finster drein. „Nicht so schnell. Wer bist du? Woher wissen wir, dass du nicht zu denen gehörst?", fragte sie fordernd und wich zurück, als die Frau sich näherte.

„Ich bin Stormie – die Echte, nicht diese Betrügerin, die behauptet, sie wäre schon am Ende der Welt gewesen, aber bisher nicht weiter als bis in die Extremen Berge gekommen ist."

Rob stellten sich die Nackenhaare auf. „Die Extremen Berge? Du warst dort?"

„Schon oft", gab Stormie zurück.

Turner grunzte. „Von dir hab ich schon gehört. Die Leute in der Verschneiten Taiga meinten, du hättest einen Wolf ohne Knochen gezähmt. Wie hast du das gemacht?"

Sie schnalzte mit der Zunge. „Aber, aber", sagte sie und tätschelte Turners Wüstenbiom-Tattoo auf seinem Bizeps. „Nur nicht gierig werden. Ich habe auch meine Geheimnisse."

„Ich habe auch schon von dir gehört", gestand Frida und grinste. „Den Großteil davon habe ich nicht geglaubt."

Stormie drückte kurz ihren Arm. „Das wiederum glaube ich dir. Wie wär's damit als Beweis?" Sie zog ein Objekt aus ihrer Tasche und warf es Frida zu, die es mit einer Hand auffing.

Frida öffnete die Finger und untersuchte den Gegenstand, als sich ein wissendes Lächeln auf ihrem olivgrünen Gesicht ausbreitete. „Freundin!", rief sie.

Turner trat an ihre Seite. „Lass mal sehen." Sein Kiefer klappte nach unten. „Holla, die Waldfee!"

Es war ein langer ... interessanter Tag gewesen, und Rob war müde und wurde langsam ungeduldig. „Hätte jemand die Güte, mir zu sagen, was hier vorgeht?", blaffte er.

Sein Tonfall riss Frida, die mit verträumtem Blick vor sich hinstarrte, aus ihren Gedanken. „Entschuldige", sagte sie und ließ eine goldene Kette vor seinen Augen baumeln. Daran hing ein Anhänger, der einen edelsteinbesetzten Zauber aus zwei ineinander verschmolzenen *D*s enthielt. „Das ist Dr. Drecks Markenzeichen", erklärte sie und gab der Frau ihr Eigentum zurück.

„All seine Lakaien tragen so etwas", fügte Stormie hinzu. „Also, warum bekämpft ihr überhaupt Dr. Drecks Truppen?"

„Wir wollten aus geschäftlichen Gründen hinüber auf die Ebene", berichtete Frida. „Ich habe mich schon mit kleineren Skelettwachposten an anderen Biomgrenzen herumgeschlagen, aber dieser Trupp war übel. Was ist mit dir?"

„Bei mir ist es derselbe Grund." Stormie setzte sich im Schneidersitz auf die Erde. „Ich bin fix und fertig. Glaubt mir, ich habe in den letzten Tagen eine Menge Grenzen überquert."

„Etwas Gesellschaft schadet jedenfalls nicht", meinte Turner und setzte sich neben sie auf den Boden. „Was hast du mit Lady Craven angestellt?"

„Sie hatte sich diese albernen Eisenschwingen übergestreift und dachte wohl, sie wäre unsterblich. Ich habe sie mit meiner TNT-Kanone wieder auf den Boden der Tatsachen zurückgeholt."

„Klang hübsch", sagte Turner.

Frida sammelte immer noch Gegenstände auf, die die Skelette fallen gelassen hatten, und stapelte sie in ihrem Inventar. Rob stand einfach nur da und starrte Stormie fasziniert an.

„Wer ist denn dieses Zuckerlämmchen?", fragte sie Turner, der erneut grunzte.

Frida setzte sich zu ihnen, und alle stellten sich vor. Aber nach einer kurzen Pause kamen sie schon wieder auf die Beine.

„Wir gehen besser zum Treffpunkt weiter", meinte Frida. „Ein Freund von uns wartet dort in einem Unterschlupf. Du kannst gern mitkommen."

„Das Angebot nehme ich an. Ich wollte zwar gerade woandershin, aber eine kleine Pause schadet nie."

Sie wanderten in dieselbe Richtung weiter, in die sich

die Armee zurückgezogen hatte, und ihr Weg wurde noch immer von den in der Ferne brennenden Bäumen erleuchtet.

„Meint ihr, die sind wir endgültig los?“, wollte Rob wissen.

„*Endgültig* wohl kaum“, antwortete Stormie. „Es gibt zwar hier und da Atempausen, aber Drecks Leute patrouillieren von hier bis sonst wo.“

„Wir befürchten, dass sie sich über die gesamte Oberwelt verteilen“, fügte Frida hinzu.

„Würde mich nicht wundern“, meinte Stormie. „Ich bin schon an jeder Grenze auf sie gestoßen, an die ich mich erinnern kann.“

„Was haben sie deiner Meinung nach vor?“, fragte Frida.

„Nichts Gutes, soviel steht fest. Inzwischen bräuchte man eine ganze Armee, um sie auszuschalten, fürchte ich.“

Rob bezweifelte, dass es überhaupt etwas gab, das diese Amazone fürchtete. Aber ihre Worte brachten ihn auf eine Idee. „Das ist genau die Art von Armee, die ich einmal anführen möchte“, murmelte er.

Turner lachte, und Frida warf ihm einen strafenden Blick zu.

„Das ist ein selbstloses Vorhaben, Rob“, sagte Stormie. „Vielleicht gibst du einen guten Kommandanten ab.“

Diese Aussage machte den Cowboy verlegen, der niemals etwas anderes als eine Herde Rinder befehligt hatte. „Nun, ich …“

Während die anderen die Unmöglichkeit einer solchen Aufgabe diskutierten, dachte Rob, dass es keine bessere Gruppe gebe, die sich gegen die bösen Griefer wehren konnte: Frida war ein Schleichtalent, erfinderisch und scharfsichtig. Turner war stark, mutig und ein echter Grobian – eine Eigenschaft, die ihnen sicher eine gute Offensive bescheren würde. Und Stormie ... nun, sie war die Art von Soldat, von der jeder Kommandant nur träumte.

Aber eine Gruppe mit so vielen freien Geistern würde nie auf einen friedliebenden Cowboy wie ihn hören. Oder doch?

*

Die vier wanderten weiter über das angesengte Schlachtfeld und erreichten die Senke ohne weitere Zwischenfälle. Von dort aus konnten sie Jools' Lagerfeuer sehen und Becketts freundliches Wiehern hören. Sie durchquerten das flache Tal und riefen Jools' Namen, damit er nicht erschrak und sie alle mit Tränken bewarf.

Jools war ihre neue Verbündete ebenfalls bekannt.

„Ich hörte, du hast deine Unterhosen als Flagge an der Weltengrenze gehisst? Oder war das die andere Stormie?"

„Das war ich!", fuhr sie ihn an. „Verdammt sei dieses Mädchen! Surft auf meiner Welle mit und beansprucht nun auch noch meine Unterwäsche ..." Sie lächelte Jools honigsüß an. „Was hast du denn Großartiges vorzuweisen, Kumpel?"

Stormies Charisma durchbrach schließlich seine Eismauer. „Ich bin Berater", erzählte er ihr. „Einige Menschen sehen stets das große Ganze. Ich zerteile es in viele kleine Teile und analysiere sie. Das ist eine Menge wert, wenn man den richtigen Arbeitgeber findet."

„Tja, nun, du kannst keine Horde Zombies mit Analysen töten", knurrte Turner. „Wo warst du denn, als Lady Cravens Skelette uns überfielen?"

Jools lehnte sich unbeeindruckt zurück. „Genau hier. Ich habe nachgedacht. So ist mein Kopf bisher immer an seinem Platz geblieben."

„Jools hat einen Trank der Unsichtbarkeit getrunken, um ungesehen zum Lager zu gelangen", erklärte Rob. „Das war ziemlich clever."

„Aber simple *Cleverness* wird keine ..."

Jools hob seine Hände. „Ich weiß, ich weiß, Turner. *Cleverness* wird keine Armee auslöschen." Er griff über das Feuer und nahm ein paar Hähnchenkeulen, die er an die Gruppe verteilte. „Monster zu töten ist nicht mein Ding", fuhr Jools fort. „Entscheidender ist, *wie* man es tut."

Stormie zog eine Augenbraue hoch. „Ein Stratege. Einen wie dich haben wir noch nicht. Könnte im Krieg sinnvoll sein."

Jools grinste. „Danke für die Blumen."

5. Kapitel

Endlich genügend Pfeile zu haben wirkte auf die Reisenden in etwa so beruhigend wie ein Glas warmer Milch bei einem Kleinkind. Durch die Bäume, die in der Ferne immer noch wie Fackeln brannten, und im Schutz der weiten Ebene fühlten sich die Freunde sicher vor weiteren Mob-Attacken und schliefen in dieser Nacht außerordentlich gut.

Rob erwachte als Erster. Er erhob sich von seiner Wollmatte und fühlte sich fast schon normal. Als der Sonnenschein durch die rosa Wolken brach, vernahm er das Geräusch eines grasenden Pferds in der Nähe. Es war genau wie früher. Abgesehen von seinen jetzigen Begleitern.

Frida lag auf dem Rücken in der Nähe der kalten Feuerstelle und schnarchte leise. Jools hatte es sich unweit von ihr unter einem Unterstand aus Sonnenblumen bequem gemacht. Turner hatte sich in Embryonalstellung am Boden zusammengerollt und hielt seinen Helm umklammert wie einen Teddy. Und Stormie …

… war wach. Sie ertappte Rob dabei, wie er sie anstarrte, und zwinkerte ihm zu.

„Wie lauten unsere Pläne für heute, Hauptmann?“, fragte sie und stand auf.

Rob errötete. „Wir wollten ein paar Pferde zähmen und mit den Dorfbewohnern handeln. Ich weiß nicht, was wir zuerst machen.“

„Übernimm einfach die Führung." Mit einer Geste deutete sie auf die Schlafenden. „Die gewöhnen sich schon daran."

„Wenn es nach mir geht, kümmern wir uns zuerst um die Pferde und dann ums Handeln."

„Also Pferde!"

„Du willst mitkommen?"

Sie nickte.

Rob konnte sein Glück kaum fassen. Er war sicher, dass Stormie beim Pferdezähmen eine große Hilfe sein würde. *Kompetenz* schien ihr zweiter Vorname zu sein.

Die anderen wachten langsam auf. Nach einem kurzen Blick auf Stormie begann Rob, Aufgaben zu verteilen. „Frida, sieh im Lagerfeuer nach, ob dort noch nutzbare Kohle liegt. Jools, schau nach Beckett und finde heraus, ob er genug gefressen hat. Er wird unser Späher. Und Turner, lass den Helm los und komm auf die Beine. Wir sollten losziehen."

„Wer hat den zum Boss erklärt?", murmelte der Söldner, als er sich aufrichtete und den Helm unsanft auf seinem Kopf platzierte, während sich die anderen ihren Aufgaben widmeten.

„Leute", sagte Rob, „wenn es um Pferde geht, bin ich der Richtige."

Turner gähnte und legte sich wieder hin. „Ich finde, wir sollten zuerst ins Dorf. Das klingt gemütlicher."

Rob stupste ihn mit einem Zeh an. „Wir wollen keine Gänse zähmen, sondern Pferde. Die könnten dir die Haut retten."

„Ich komm schon allein klar."

„Witzig. Gestern noch warst du der größte Fan dieses Plans, als uns die Monster angegriffen haben." Rob rollte seine Matratze zusammen. „Während des Kampfes hatte ich den Eindruck, als hätten wir mit Pferden viel mehr erreichen können."

„Du meinst wie eine Kavallerie?", fragte Stormie.

„Genau. Vorstoßen. Zurückziehen. Reiten in Reih und Glied. Eure Waffen wären von einem Pferderücken aus viel effektiver." Jools, Frida und Turner hörten ihm inzwischen aufmerksam zu. „Ich habe schon viel über solche Dinge gelesen und sogar schon einige der Bewegungen geübt. Es ist eine Art Hobby."

„Du meinst das Nachstellen von Schlachten?", wollte Turner wissen, der jetzt noch interessierter war.

„Ja. Obwohl ich natürlich nie gedacht hätte, dass ich wirklich einmal selbst in einer landen würde."

„Okay, ich bin dabei", sagte Jools. „Ich bin keiner, der selbst in die Schlacht zieht, aber ich könnte euch beim Planen unterstützen", bot er an.

„Könntet ihr mir beibringen, wie man reitet?", fragte Frida. „Das wollte ich schon immer mal ausprobieren."

„Sicher doch", antwortete Rob. „Habt ihr zwei jemals auf einem Pferd gesessen?", erkundigte er sich bei Turner und Stormie, die jedoch den Kopf schüttelten.

„Macht aber nichts", versicherte Turner ihm. „Ich kann von überall kämpfen."

„Ich auch", meinte Stormie.

Rob beneidete sie um ihre Zuversicht. „Immer langsam. Zuerst müssen wir ein paar Pferde finden."

*

Jools und Beckett führten die Fußsoldaten über die Ebene zu dem Ort, an dem der Stratege die wilde Herde gesichtet hatte.

„Die anderen Pferde werden nicht so leicht scheuen, wenn sie Beckett sehen", erklärte Rob der Gruppe.

Um die Zeit totzuschlagen, unterhielt Stormie die anderen mit Geschichten über ihre Abenteuer. Es schien, als hätte sie bereits jede Ecke der Welt gesehen und – falls sie die Wahrheit sagte – jeden Bösewicht getroffen und diese Begegnungen überlebt.

„Ich verstehe das nicht." Turner war irritiert. „Wie lebt man davon, sich immer nur herumzutreiben und zu amüsieren?"

Frida knuffte ihn in die Seite. „Es geht nicht immer nur ums Geld, Klops. Manche Menschen verspüren eben den Drang, das Leben auszukosten."

„*Und* daran zu verdienen", gab Stormie zu. „Ich behalte im Auge, was ich sehe. Mineralvorkommen. Gutes Land. Terrain, das man lieber meidet."

„Jeder, der Augen im Kopf hat, sieht all das", argumentierte Turner. „Wer tauscht schon Smaragde gegen Allgemeinwissen ein?"

Stormie zog ein flaches Stück Papier aus ihrem Inventar. „Das hier ist eine Karte, Klops. Und die ist eine Menge wert."

Jools hielt Beckett an, und alle versammelten sich um die Karte, die Stormie gezeichnet hatte.

Frida zog ihre grünen Augenbrauen hoch. „Na, *das* sieht doch mal nützlich aus. Siehst du dieses X, Turner? Das bedeutet, *du bist hier*."

Er machte ein finsteres Gesicht. „Ich weiß, wie man Karten liest." Dann schnippte er mit einem Zeigefinger gegen das Papier. „Und nenn mich nicht Klops", knurrte er und funkelte Stormie an.

„Okay, Klops."

Turner stapfte davon. Die Gruppe lief weiter. Frida benutzte eine Schere, die sie mitgenommen hatte, um das Gras am Wegesrand zu stutzen. Das Schneidegeräusch wurde hier und da von einem erfreuten Ausruf unterbrochen, wenn sie ein paar Samen einsteckte. „Wenn wir Pferde wollen, müssen wir uns schließlich auch um Futter kümmern, nicht wahr?"

„Gut mitgedacht", sagte Rob.

Sie hielten an einem Wasserloch, um Beckett etwas Ruhe zu gönnen. Der weiße Hengst watete ganz ins Wasser und tauchte damit auch seinen Reiter bis zur Brust ein. Jools lachte nur. So reizbar er auch im Umgang mit Menschen war, sein Pferd liebte er über alles.

Während sich Beckett im Wasser vergnügte, vernahm die Gruppe ein Donnern, das immer lauter wurde.

„Ein Gewitter?", mutmaßte Frida.

Stormie sah prüfend zum Himmel hinauf. „Ohne Regen und Blitze?"

Just in diesem Moment stürzte eine Herde Tiere auf die Reisenden zu, deren Mähnen und Schweife im Wind wehten. Beckett warnte sie mit dem höchsten Wiehern, das er in petto hatte. Er hatte wohl das Richtige gesagt, denn die Herde näherte sich nun langsamer und blieb am anderen Ende des Wasserlochs stehen.

Die Tiere liefen eine Weile durcheinander. Dann löste sich ein schwarzes Pferd aus der Gruppe, ging zuerst ins Wasser und begann zu trinken. Der Rest folgte ihm und stillte seinen Durst, während das schwarze Pferd wachsam um sich blickte.

„Das da will ich", flüsterte Turner.

„Das ist der Boss", sagte Rob. „Die anderen werden seiner Führung folgen."

„Dann sollten wir ihn zuerst zähmen“, stellte Jools fest. Er nahm ein paar Bretter und Stöcke zur Hand und baute einige Zäune, die er sogleich aufstellte. Dann reichte er Stormie einen Stock und postierte sie am Eingang, damit sie das Tor schließen konnte, sobald ein Pferd auf der provisorischen Koppel stand.

„Ich zuerst!“, rief Turner entschlossen.

Die wilde Herde hatte ihren Durst gestillt und stand nun grasend neben dem Wasser. Turner näherte sich dem schwarzen Pferd und sprang ohne große Umschweife auf seinen Rücken. Er ergriff die schwarze Mähne und sagte: „Hotte hü!“

Eine halbe Sekunde später starrte er seine Freunde vom Boden aus an und rieb sich den Kopf. „Was zum ...?“

Jools grinste. „Vielleicht solltest du den lieber übernehmen, Rob.“

Rob hatte sich den Herdenchef schon genau angesehen, einen schwarzen Hengst mit einem weißen Stern auf der Stirn und weißen Flecken an den Hinterläufen. Er erinnerte ihn an sein Pferd daheim, Pistol – klug, selbstsicher und nicht bereit, sich von jedem dahergelaufenen Zweibeiner etwas sagen zu lassen.

„Hat jemand Zucker dabei?“, fragte Rob.

„Immer.“ Jools warf ihm ein Stück zu.

Rob trug es auf die Koppel und setzte sich mit dem Rücken zum schwarzen Pferd auf den Boden. Ruhig summte er vor sich hin.

Turner verschränkte die Arme vor der Brust und war davon überzeugt, dass der Cowboy schon aufgab, bevor er überhaupt begonnen hatte. Frida und Jools hingegen spürten, was er vorhatte, und näherten sich dem Zaun, um dem Schauspiel zuzusehen. Stormie hielt das Tor bereit.

Zunächst beachtete das schwarze Pferd die Menschen gar nicht und widmete sich ganz dem Fressen, nur um hier und da nach seinen Artgenossen zu schnappen, wenn ihm diese zu nahe kamen. Irgendwann jedoch wurde das Pferd auf ihn aufmerksam, während Rob das Zuckerstück in seiner Hand hin- und herrollte. Stück für Stück verringerte sich der Abstand zwischen ihnen, als das Tier sich dem Koppelzaun näherte, durch die Öffnung lief und dann direkt hinter Rob zum Stehen kam.

Rob spürte den Atem des schwarzen Pferds in seinem Nacken. „Jetzt!“, rief er, und Stormie schloss schleunigst das Tor.

Das Tier erfasste blitzschnell die neue Situation und beäugte abwechselnd den Zaun und den Zucker in Robs Hand. Dann hatte es sich scheinbar entschieden, näherte sich Rob mit gesenktem Kopf, schnappte sich den Zucker und sprintete auf den Zaun zu, den es ohne Mühe übersprang. Der Hengst gesellte sich wieder zur Herde und begann erneut zu grasen, als wäre nichts passiert.

Ein Stöhnen erhob sich aus der Gruppe neben dem Zaun. Turner kratzte sich am Kopf und sagte: „Das wird wohl komplizierter als gedacht.“

Rob bewegte sich keinen Zentimeter. Auch er verhielt sich so, als wäre nichts Ungewöhnliches passiert. Er summte weiter vor sich hin und tat so, als rollte er ein weiteres Zuckerstück in der Hand.

Schon bald hob das schwarze Pferd erneut den Kopf, um den Mann auf der Koppel zu beobachten. Es kämpfte sichtlich mit seiner Neugier. Dann schließlich nahm der Hengst zu jedermanns Überraschung Anlauf und sprang zurück auf die Koppel zu dem seltsamen Fremden.

Rob hielt dem Tier die flache Hand hin, um zu zeigen,

dass sie leer war. Im nächsten Moment saß er auf dem Pferderücken.

Alle hielten den Atem an, jederzeit bereit für die sicher folgende Konfrontation.

Rob schnalzte mit der Zunge und drückte die Fersen leicht in die Seiten des Pferds, und das Tier trabte lammfromm in Richtung Zaun.

„Perfekt!", rief Jools. „Das passiert fast nie."

Es passiert mir, dachte Rob und tat so, als würde er seinen Hut ziehen. Auch ohne seinen Hut war er immer noch ein ganzer Cowboy.

*

Die restlichen Zähmungsversuche verliefen nicht ganz so glatt. Zwar gelang es ihnen, mit der Hilfe des schwarzen Hengstes, den Rob Saber getauft hatte und den sie als Köder nutzten, drei weitere Pferde auf die kleine Koppel zu locken. Aber sie zu zähmen, war nicht leicht. Sie hatten keinen Zucker mehr, und die zwei Stuten und das junge Fohlen, die sie ausgewählt hatten, zeigten keinerlei Interesse daran, ohne entsprechende Belohnung geritten zu werden.

Stormie wurde gleich dreimal hintereinander von einer schokoladenbraunen Stute abgeworfen. Turner versuchte sich an allen Pferden nacheinander und landete jedes Mal auf dem Boden. Frida wurde beinahe getreten und schaffte es nicht einmal aufzusitzen. Rob saß auf Saber und gab gute Ratschläge, während Jools von Becketts Rücken aus ebenfalls verschiedene Vorschläge machte. Aber nichts half. Trotzdem gehörten die Mitglieder dieser Gruppe nicht zu dem Typ, der das Handtuch wirft, auch wenn sie noch so viele Rückschläge hinnehmen mussten.

„Was ich brauche, ist ein Sattel", sagte Turner, der auf dem Boden lag, nachdem er zum dritten Mal dorthin befördert worden war. „Irgendetwas, an dem ich mich festhalten kann."

„Aber wir sind hier mitten im Nirgendwo. Wo sollen wir hier einen Sattel herbekommen?", entgegnete Rob.

„Man könnte versuchen, sich einen zu angeln", schlug Jools vor. „Aber die Chancen stehen nicht gerade gut."

„Ich habe einen", schaltete sich eine unbekannte Stimme ein.

Rob, Turner, Jools, Frida und Stormie sogen scharf die Luft ein und waren schockiert, dass es jemandem gelungen war, sich ihnen zu nähern, ohne dass sie es mitbekommen hatten. Beckett hatte nicht gewiehert, und Saber hatte nicht einmal mit dem Schweif geschlagen.

Über die oberste Zaunlatte lugte ein Mädchen mit rosa Haut, glänzendem schwarzem Haar und einem goldenen Ohrring.

„Wer bist du?", verlangte Turner zu erfahren.

„Und was machst du mit einem Sattel?", fügte Frida hinzu, die kein Pferd bei dem Mädchen entdecken konnte.

„Ich bin Kim." Die Kleine lächelte. „Wie kann ich euch helfen?"

Jools blickte sie forschend von seiner erhöhten Position auf Becketts Rücken aus an. „Ich bezweifle, dass du uns helfen kannst. Mit oder ohne Sattel." Er wedelte mit einer Hand durch die Luft, als wollte er eine Fliege verjagen.

„Wollt ihr sie zähmen? Lasst mich mal."

Ohne eine weitere Einladung abzuwarten, sprang sie behände über den Zaun und betrat die Koppel. Sie gab einen zwitschernden Laut von sich, und sogleich trotteten sowohl die braune Stute als auch das Fohlen auf sie zu.

Mit einem Satz sprang das Mädchen auf beide Tiere und richtete sich auf, wobei sie je ein Bein auf dem Rücken eines Pferds stehen hatte. Im nächsten Augenblick galoppierte sie mit ihnen im Kreis herum, als befänden sie sich in einer Zirkusarena.

Nachdem sie die Tiere dazu ermutigt hatte, nebeneinander Pirouetten zu drehen, streckte sie schließlich die Arme nach vorn aus und landete nach einem eleganten Salto auf dem Boden.

Jools applaudierte skeptisch. Frida, Stormie und Rob jubelten ihr zu.

„Wie hat sie das gemacht?“, murmelte Turner und verschränkte die tätowierten Arme vor der Brust.

„Ja, wo hast du gelernt, so zu reiten?“, fragte Rob den Neuzugang.

„Ich habe es durchs Zugucken gelernt“, antwortete sie. Dann lief sie zum Zaun, öffnete das Gatter, und die drei Pferde schossen hinaus und liefen zurück zur Herde.

„Hey, was soll das?“, rief Turner. „Wir haben einen halben Tag gebraucht, um sie dort reinzulocken.“

Kim drehte sich um und grinste ihn schief an. „Die kommen schon zurück.“ Sie hielt kurz inne. „Sie gehören mir.“

*

Es stellte sich heraus, dass die Pferdeflüsterin, wie sie Kim nun alle nannten, eine Pferdezucht besaß. „Mein Hof ist nicht weit von hier“, berichtete sie. „Dort habe ich einen Sattel, den ihr verwenden oder mir abkaufen könnt. Außerdem warten dort drei Pferde, die bereits zugeritten und einsatzbereit sind.“

„Was sollen sie kosten?“, fragte Stormie, die offenbar beeindruckt war.

„Ach, ich habe schon genug Smaragde", erwiderte Kim nachdenklich. „Was ich wirklich brauche, wäre jemand, der mir beim Heumachen hilft."

„Du meinst, wir sollen dafür arbeiten?", übersetzte Turner.

„Körperliche Arbeit?" Jools rümpfte die Nase. „Ich habe schon ein Pferd."

„Man kann immer ein weiteres brauchen. Ich hätte da noch ein paar Rennpferde im Angebot." Kim war eine gute Verkäuferin.

„Ich mag es lieber langsam", sagte Jools und tätschelte Becketts Hals.

„Ich nicht", platzte Turner heraus. „Lasst uns hingehen und sie in Augenschein nehmen."

Die beiden anderen Frauen blickten fragend in Robs Richtung.

„Gute Idee", stimmte er zu. „Kim hat bestimmt ein paar geeignete Tiere für euch." Jools und er saßen ab und führten ihre Pferde nun, um ihnen eine Pause zu gönnen. „Dann muss ich wohl noch etwas finden, das ich gegen Saber eintauschen kann."

„Nein, keine Sorge", meinte Kim. „Dem bin ich nie nahe genug gekommen, um ihn zu zähmen. Der gehört dir mit Haut und Haaren."

Sie machten sich auf den Weg zu Kims Ranch, und Rob war überglücklich.

Kim lief zwischen Stormie und Frida her. „Warum braucht ihr eigentlich Pferde, wenn ich fragen darf? Ihr seht nicht aus wie typische Pferdebesitzer."

„Richtig geraten", sagte Frida. „Wir sind nicht auf einen behaglichen Sonntagsritt aus."

Stormie deutete auf Rob. „Unser Kumpel Rob will uns

helfen, eine Kavallerie aufzubauen. Wir müssen uns um etwas kümmern."

„Um Zombies?", vermutete Kim und sah sie an.

„Nein. Wir haben eine Verabredung mit Dr. Dreck. Wenn wir uns jemals wieder frei in der Oberwelt bewegen wollen, müssen wir ihn ausschalten."

Kim nickte. „Ich habe gehört, dass seine Armeen überall sind. Deshalb halte ich mich am liebsten auf der Ebene auf. Hier habe ich alles, was ich brauche. Ich baue meinen eigenen Weizen an, mache Heu und züchte Gemüse. So gut wie alles andere tausche ich im Dorf ein."

Turner hatte zu ihnen aufgeschlossen. „So gut wie alles andere? Was fehlt dir denn?"

Das Mädchen mit der rosa Haut zögerte. „Ich bin mir … nicht sicher. Es ist nur so: Ab und zu denke ich, dass das Leben da draußen hinterm Horizont noch mehr für mich bereithalten müsste."

Rob spürte, dass er in ihr einen verwandten Geist gefunden hatte. „Ich weiß, was du meinst", sagte er. „Ich will in die Extremen Berge. Ich war zwar noch nie dort, aber … Na ja, das ist eine lange Geschichte."

„Wir haben Zeit", meinte Kim.

Also berichteten sie von Robs Notlage und der Bedrohung, der sie bereits zu Beginn ihrer Reise begegnet waren. Stormie hatte sich einverstanden erklärt, sie als eine Art Fremdenführer zu begleiten, da sie die Karten hatte und das Terrain kannte. Aber sie alle wussten, dass zuerst Dr. Drecks Festung gestürmt werden musste, bevor sie ohne allzu großes Risiko die Grenzen überschreiten konnten.

Kim hielt sich zurück, während die anderen die Details besprachen. Als ihr Hof in etwa fünfzig Blöcken Entfernung sichtbar wurde, sah sie Rob über die Schulter hinweg an. „Darf ich dich etwas fragen? Wäre es in Ordnung, wenn ich mich deiner Gruppe anschließe?"

„Sicher – es ist zwar nicht meine Gruppe", stammelte er, „aber du kannst gern mit uns reiten. Wir können immer gute Leute brauchen. Doch wie kommst du auf diese Idee?"

„Wie ich darauf komme?" Sie sah ihn an, als wäre die Antwort offensichtlich. „Na, weil ich die Welt retten will, Dummerchen."

6. Kapitel

Rob fühlte sich auf der Pferderanch wie ein Kind im Süßwarengeschäft. Stuten, Hengste und Fohlen in allen Schattierungen und Größen drängten sich am Zaun, um die Besucher zu begrüßen. Kim kannte die Persönlichkeiten all ihrer Pferde, wohingegen Rob die seiner Freunde kannte. Gemeinsam spielten sie Kuppler und teilten Frida, Stormie und Turner passende Pferde zu.

Dann war es Zeit für ihre erste Reitstunde. Kim holte einen Sattel hervor und zeigte Turner, wie man ihn befestigt. Zu Stormie und Frida sagte sie: „Ihr zwei könnt im Dorf weitere Sättel eintauschen, und Rob auch, falls er einen braucht. Fürs Erste wird es auch ohne Sattel gehen, wenn wir nicht schneller reiten als im Trab."

Kim half ihnen auf die Pferde und wies sie an, die Arme auszustrecken, um ihre Mitte und damit die beste Balance zu finden. Stormie saß auf einem schwarz-weiß gescheckten Pferd, während Frida ein glänzendes schwarzes Pony mit gepunktetem Rumpf zugeteilt worden war. Turner drehte sich auf dem Rücken des grobschlächtigen grauen Hengstes herum, den Kim für ihn ausgewählt hatte – einem bulligen Quarter Horse, dessen Leibesumfang größer war als der aller anderen Pferde zusammen.

„Ich kann mich hier nirgends festhalten", beschwerte sich Turner über seinen hornlosen Sattel.

„Wir wollen ja kein Vieh hüten", sagte Rob. „Außerdem, wie gedenkst du, Pfeile von Duffs Rücken abzuschießen, wenn du dich dauernd irgendwo festklammerst?"

„Eigentlich solltet ihr alle freihändig reiten lernen", stellte Kim fest. „Gewöhnt eure Pferde daran, dass ihr sie mit den Beinen lenkt."

„Wo ist eigentlich dein Pferd?", wollte Jools wissen, der neben Beckett stand und ihn mit Apfelstücken fütterte, die er von Kim erhalten hatte.

„Oh, ich reite nicht", antwortete sie. „Ich teleportiere mich, wo immer ich hinmöchte. Auf dem Weg hierher wollte ich euch nur Gesellschaft leisten."

Interessant, dachte Rob. Am Boden zu bleiben – oder ein Stück darüber zu schweben – bescherte Kim mehr Möglichkeiten, das Verhalten jedes Pferds zu studieren. *Sie kennt sie wirklich gut.*

Die Gruppe verbrachte etwas Zeit damit, ein Gefühl für die Pferde zu bekommen, indem sie sie abwechselnd im Schritt und Trab laufen ließen. Turner war überrascht, dass er noch auf dem Pferderücken saß, nachdem Duff angaloppiert war und die anderen überholte.

„Er ist schnell, aber geschmeidig", sagte Kim. Ähnliche Kommentare fielen über Armor und Ozelot, den Gescheckten und das Pony, auf denen die beiden Frauen ritten. Armor war der Mutigere von beiden, aber Ozelot war in der Lage zu manövrieren wie ein … nun ja, wie ein Ozelot eben. Und sie wussten bereits, dass Saber ein außergewöhnliches Sprungtalent besaß.

Rob gefiel diese Mischung aus besonderen Fähigkeiten in der Herde, die ihn an die verschiedenen Qualitäten ihrer neuen menschlichen Besitzer erinnerte. Er war davon überzeugt, dass sie zusammen ein großartiges Team abgaben.

„Gute Arbeit, Leute“, rief Kim. „Wenn ihr eure Pferde angebunden habt, könnt ihr mir beim Heumachen helfen und damit eure Schulden begleichen.“

Nicht einmal Turner konnte etwas dagegen sagen, schließlich zahlte sich das Training doch bereits für ihn aus. Er hatte herausgefunden, dass Duff sich willig dazu verleiten ließ, ihm den Rücken zu kratzen, wenn Turner die massige Pferdeschulter an einer bestimmten Stelle rieb. „Wir werden uns gut verstehen, Kumpel“, sagte er und tätschelte Duffs Seite.

Die Sonne überschritt ihren Zenit, als die Gruppe gerade den letzten Heuballen geformt und in Kims großer Scheune platziert hatte. Rob stellte fest, dass sie sämtliche Gebäude sehr stabil gefertigt und sogar hier und dort kleine Dekorationselemente wie Blumentöpfe und Smaragdintarsien hinzugefügt hatte. Wäre da nicht seine eigene Ranch gewesen, an der er hing, hätte er nichts dagegen gehabt, sich hier niederzulassen, vielleicht sogar für immer.

Aber die Pflicht rief.

„Wir sollten in die Stadt reiten“, meinte er.

Kim war äußerst zufrieden mit den Reitfertigkeiten ihrer neuen Schützlinge, also saßen sie auf und überquerten die Ebene in Richtung Dorf. Kim hüpfte in Zeitlupe mit ihnen mit, indem sie sich vor oder hinter die Gefährten teleportierte. Die Pferde schienen an diese ungewöhnlichen Bewegungen gewöhnt zu sein und beachteten sie gar nicht.

Bald erreichte die Gruppe die unbewachten Steinwälle eines Dorfs und passierte ein großes Steintor. Entlang der

Hauptstraße stand eine hübsche Mischung aus Läden und Häusern. Dorfbewohner hielten in ihren Tätigkeiten inne, um die Reisenden zu beobachten. Sie schienen Kim zu kennen. „Freunde von dir?“, fragte ein Melonenhändler, als sie sich vorbeiteleportierte. „Schön, dich zu sehen!“, rief eine ältere Frau, die gerade das Kopfsteinpflaster eines Gehwegs schrubbte. Sogar der patrouillierende Eisengolem salutierte vor ihnen. Kim nickte und winkte.

Vor dem Laden des Schlachters hielten sie an und banden die Pferde fest. „Hier treffen wir uns nachher wieder“, erklärte Kim, und die Frauen gingen in Richtung Lederhändler davon, während die Männer den Schmied aufsuchten.

Kaum in der Schmiede angekommen, bewirkte die enorme Hitze darin, dass Jools, Turner und Rob beinahe wieder rückwärts aus der Tür herausgegangen wären. Eine äußerst robuste Frau mit rötlicher Haut begrüßte die drei mit einem Hammer in der einen und einem Huf in der anderen Hand. „Ich bin Sundra“, stellte sie sich vor. „Fühlt euch wie zu Hause. Bin gleich bei euch.“ Sie widmete sich wieder dem Beschlagen eines Maultiers, das in einer Ecke stand und dessen kastanienbraunes Fell im Schein des Ofens glänzte.

„Und, was kann ich für euch tun?“, erkundigte sie sich verschmitzt.

„Ich brauche Obsidian“, antwortete Jools.

„Ich bin hier, weil ich ein Eisenschwert und einen Helm kaufen möchte“, sagte Rob und hoffte, dass sich Letzterer wenigstens in etwa wie ein Cowboyhut anfühlen würde.

Turner steckte einen Finger durch seine Kettenhaube. „Hier ist ein Loch drin“, erläuterte er unnötigerweise.

Sundra nahm ihre Wünsche auf, und sie überschütteten

sie mit Smaragden. Rob hatte für seine Hilfe beim Heumachen eine Handvoll Edelsteine von Kim erhalten, da er ihr für Saber ja nichts schuldete.

Die Schmiedin lächelte und entblößte eine Reihe vergoldeter Zähne. „Also, was haben drei stramme Kerle wie ihr hier im Dorf zu schaffen?"

Jools und Rob husteten betreten. Turner warf sich in die Brust und antwortete: „Nun, um ehrlich zu sein, sind wir auf der Suche nach Informationen."

„Du hast nicht zufällig etwas von Dr. Drecks Monstern gehört, die hier in der Gegend patrouillieren?", fragte Rob.

„Ich habe nicht nur von ihnen gehört, ich habe sie gesehen", korrigierte Sundra ihn. „Wir mussten sogar eine Nachtwache auf unserem Land einstellen. Unser Eisengolem bewacht zwar das Tor, aber Drecks Skelette setzten eines Nachts Leitern ein, um die Mauern zu überwinden. Sie haben drei Dorfbewohner und ein Schwein erwischt."

„Was du nicht sagst", murmelte Turner.

„Also dringt er inzwischen weit über die Biomgrenzen hinaus vor", stellte Jools fest. „Er wird mutiger."

Rob setzte sich seinen brandneuen Eisenhelm auf. „Wir aber auch."

*

Jools und Rob verabschiedeten sich bald und machten sich auf, das Dorf weiter zu erkunden.

„Ich bleibe noch etwas hier", sagte Turner und zeigte mit dem Daumen auf die Schmiede. „Vielleicht lerne ich ja noch was Nützliches." Sundra zwinkerte ihm zu, als er sich verschwörerisch über den Tresen zu ihr herüberbeugte.

Seine Partner zuckten mit den Schultern und traten hinaus ins Sonnenlicht.

Währenddessen hatte Kim die anderen Frauen zum Lederfachmann gelotst. „Aswan ist der Meister des Leders", sagte sie. „Und ein talentierter Schwarzhändler dazu. Was immer ihr auch sucht und nirgends findet – er hat es oder kennt jemanden, der es besorgen kann."

„Kim, meine Schönste!", rief der weiß beschürzte Handwerker und begrüßte die Pferdeflüsterin.

„Aswan, das hier sind meine Freunde Stormie und Frida."

Er taxierte sie bewundernd. „Wenn ich nicht schon dir verfallen wäre, meine Blume, hättest du jetzt Konkurrenz."

Stormie und Frida stupsten sich gegenseitig an und freuten sich offenkundig über das Kompliment.

„Wolltet ihr mich besuchen?", fragte Aswan hoffnungsvoll.

„Wir sind geschäftlich hier", erwiderte Kim und deutete mit dem Kinn in Stormies Richtung. „Sie benötigt ein Paar Lederstiefel. Und Frida braucht eine Hose."

Aswan war eindeutig enttäuscht, aber auch durch und durch Profi. „Dann wollen wir mal mit dem Abmessen beginnen."

Während er die Vorteile seines Berufs genoss, berichtete ihm Kim, dass die Gruppe ihr ein paar Pferde abgekauft hatte und nun drei Sättel erwerben wollte.

„Ich habe ein paar erstklassige hier", erklärte er, „aber die sind auch teuer. Zehn Smaragde das Stück." Er legte sein Maßband beiseite und notierte sich ein paar Zahlen.

Stormie griff in ihren Beutel und holte den edelsteinbesetzten Anhänger hervor, den Lady Craven verloren hatte. „Wie wär's *hiermit* für alles zusammen?", schlug sie vor.

Frida warf ihr einen erstaunten Blick zu. „Du willst damit handeln?"

„Wo das herkommt, gibt's noch mehr", sagte Stormie.

Aswans Augen blitzten auf. Er wischte sich die Hände an der Schürze ab und griff nach dem Anhänger.

„Nicht so schnell!" Stormie hielt die Kette so, dass er nicht an sie herankam. „Wir brauchen noch etwas anderes, wenn du die hier als Bezahlung willst."

Aswan kniff die Augen zusammen. „Und was soll das sein?"

„Informationen", antwortete Stormie, wohl wissend, dass ein guter Lederfachmann immer den besten Tratsch zu bieten hatte.

„Ich denke, dass wir ins Geschäft kommen", erklärte Aswan mit einem wissenden Lächeln und nahm die Halskette entgegen.

Er lud die drei Frauen in das Hinterzimmer seines Ladens ein, wo er sonst nähte und Leder zuschnitt. Während er an ihrer Kleidung arbeitete, berichtete er ihnen, was er über Dr. Drecks jüngste Unternehmungen wusste.

„Ich halte meine Ohren offen, und ich kenne eine Menge Leute", begann er. „Jeder Händler, der hier aus Richtung der Ebene vorbeikommt, muss sich früher oder später mit Drecks Mobs herumschlagen. Dschungel-, Wald-, Taigagrenzen", zählte er an seinen Fingern auf. „Berge, Ozeane …" Ihm gingen die Finger aus. „Er breitet sich aus wie die Pest."

Als sie mitsamt ihren Einkäufen wieder draußen standen, wandte sich Kim an Stormie. „Nichts davon klang ermutigend, oder?"

„Jede Information ist eine gute Information", konterte sie. „Wir brauchen einen Ort, an dem wir trainieren können ... Einen Ort, der wenigstens halbwegs sicher ist und an dem wir uns verteidigen können." Sie holte ihre Karte hervor, und sie scharten sich darum.

„Wir sollten irgendwohin gehen, wo es ausreichend Platz und Futter für die Pferde gibt", meinte Kim.

Frida zeigte auf einen Punkt. „Denkt ihr, was ich denke?"

„Die Tafelberge!", sagten sie alle gleichzeitig.

„Diese Berge sind isoliert genug, um sie leicht zu übersehen ...", begann Stormie.

„... aber rundherum befestigt", beendete Frida ihren Satz. „Sie bilden im Grunde genommen eine natürliche Schüssel aus Stein."

„Es gibt genug Wasser für die Pferde", fügte Kim hinzu und deutete auf eine blaue Zickzacklinie. „Und viel guten roten Sand. Jools wird sich freuen. Roter Sand ist perfekt geeignet, um Zuckerrohr anzupflanzen. Beckett wird sein Glück kaum fassen können."

Frida runzelte die Stirn. „Aber meine Saat wird auf dem Sand oder dem harten Lehmboden nicht anwachsen."

„Keine Sorge", sagte Stormie. „Wir können Gras aus der Savanne im Norden holen." Sie hielt die Hände hoch, und Kim schlug ein. „Los, sagen wir's den Jungs!"

*

Sie trafen sich vor dem Laden des Schlachters und stockten ihre Vorräte aus gebratenem Schweinefleisch und Hähnchenstreifen auf, die sie später einlegen und in der Sonne trocknen wollten, um sie haltbarer zu machen. Rob erwarb ein Paar neue Cowboystiefel, die Aswan extra für ihn angefertigt hatte. Danach statteten sie dem Dorfbibliothekar einen Besuch ab, bei dem Kim einige Smaragde gegen einen Kompass eintauschte, mit dessen Hilfe sie in unbekanntes Gebiet vordringen wollten.

Alle waren sich einig, dass die Tafelberge ein ideales Versteck bieten würden, wo sie ihre Kavallerie-Fähigkeiten trainieren konnten, bevor sie sich Dr. Drecks Armeen stellten. Im Süden grenzte das Biom praktischerweise an die Extremen Berge, die ja ohnehin Robs Ziel waren.

„Schade nur, dass das Dorf so weit entfernt ist", sagte Turner bedauernd. „Ich hätte nichts dagegen gehabt, Sundra öfter zu sehen."

Jools erinnerte sich an die robuste Schmiedin. „Mach dir keine Sorgen, sie ... hält einiges aus", kommentierte er.

„Ich glaube, es ist Liebe", frotzelte Rob.

„Jedenfalls habe ich ein gutes Geschäft gemacht!" Turner hielt den anderen die Kettenhose vor die Nase, die er ihr aus dem Kreuz geleiert hatte. „Die passt zu meinem Helm."

„Du bist schon ein echt sensibler Typ", stellte Jools fest.

Frida blickte säuerlich drein. „Wir sollten langsam losziehen. Die Sonne geht unter."

Der Himmel hatte sich im Westen bereits rötlich verfärbt, und sie mussten sich beeilen, wenn sie noch heute Abend einen Unterschlupf errichten wollten. Schon bald nachdem sie wieder aufgestiegen und durchs Tor geritten waren, entdeckten sie jedoch eine Staubwolke aus Richtung der Ebene, die direkt auf sie zukam.

„Was ist das?", fragte Rob. Saber spürte Robs Besorgnis und hob den Kopf, um festzustellen, wer – oder was – sich da näherte. „Kim, steig auf." Der Cowboy zog Kim zur Sicherheit hinter sich in den neuen Sattel.

„Griefer!“, ertönte ein Schrei vom Dorfwall aus. „Und ihre Armee! Schließt das Tor!“

Die sechs Freunde blickten einander an. Gleich würden sie hier draußen gefangen sein und mitten im nahenden Ärger stehen. Rob riss Saber herum und rief: „Los, weg hier! … Halt dich fest, Turner!“ Saber galoppierte zurück zum Wall, und der Rest der Pferde folgte ihnen. Doch Robs Sorge stellte sich als unbegründet heraus. Während sie sich durchs Tor zurückzogen, übernahm Turners Pferd Duff die Führung und balancierte seinen unerfahrenen Reiter aus, damit dieser nicht herunterfiel.

„Alle nach links, zu Aswans Werkstatt!“, ordnete Kim an. „Er hat ein Steinhaus, das groß genug für die Pferde ist.“

Die Griefer sollten ihre Pferde nicht früher als nötig sehen. Schließlich waren sie der Trumpf der Gruppe – der Vorteil, der bald eine Waffe für sich werden sollte.

Aswan sah sie kommen und winkte sie in seinen Unterschlupf, der bereits von Fackeln erleuchtet war.

„Erwartest du Besuch?“, fragte ihn Kim spitz.

„Wie jeden Abend um diese Zeit“, antwortete er.

Turner gab einen kleinen, erschrockenen Schrei von sich. „Wir wollen uns *verstecken*?“

„Wir verhalten uns unauffällig“, korrigierte Kim ihn.

„Gute Idee“, fand Jools.

„Das sehe ich anders!“ Turner stieg ab und wandte sich zur Tür.

Frida sah dabei zu, wie er sein Schwert zog, und warf Rob einen Blick zu. Sie würde Turner auf gar keinen Fall allein da rausgehen lassen. „Ich halte ihm den Rücken frei“, rief sie und rannte ihm nach.

Aswan schloss die Eisentür hinter ihr, und sie alle ließen sich in ihrem Behelfsbunker nieder, um auf das Schlimmste zu warten.

Ein donnerndes Gebrüll hallte durch die Luft und übertönte beinahe das Klackern von Knochen und das Flirren der Pfeile, die am Dorftor abprallten. Immer wieder hörten sie einen Dorfbewohner kreischen und dann einen Aufprall, wenn derjenige vom Wall stürzte.

„Das ist furchtbar!“, murmelte Rob und stöhnte. „Gibt es denn nichts, was wir für sie tun können?“

„Doch.“ Stormie blickte ihn grimmig und entschlossen an. „Überleben, um an einem anderen Tag zu kämpfen.“

Rob wusste, dass sie recht hatte. Sie waren nicht auf einen Kampf vorbereitet und auch nicht mehr vollzählig. Er machte sich Sorgen um Turner und Frida. Sie waren die härtesten Kämpfer, die er kannte, aber sie waren auch gnadenlos in der Unterzahl.

„Die kommen schon klar“, murmelte Kim, als hätte sie Robs Gedanken gelesen.

Nach gefühlten Äonen, die wahrscheinlich nur einige Minuten gedauert hatten, hörten sie ein lautes Klopfen an Aswans Tür.

„Macht auf!“, brüllte Turner schroff.

Aswan blickte Kim fragend an, die ihm ermutigend zunickte. Er öffnete die Tür einen Spaltbreit, und Turner schob Frida vor sich ins Haus. Sie ließen sich auf den Boden fallen und schnappten nach Luft, während Aswan sie alle wieder einschloss.

„Was ist da draußen los?“, fragte Stormie.

„Überall Griefer“, stieß Turner keuchend hervor.

Frida rappelte sich auf. „Griefer auf Skelettpferden!“

Beklommen sahen sich alle an.

„Die sind kaum totzukriegen", sagte Turner, immer noch schwer atmend.

Frida erholte sich langsam. „Du musst einen einzigen wohlplatzierten Treffer landen. Wenigstens können Skelettpferde keine Rüstungen tragen."

„Aber ich dachte, die halten sich an die Biomgrenzen. Warum greifen sie das Dorf an?", wollte Kim wissen.

Genau in diesem Moment hallte eine verstärkte Stimme durch die Straßen, die schrill und klar klang.

„Menschen ... dieses ... Dorfes! Ich, Dr. Dreck, verlange eure Ressourcen ... für meine Armee. Werft alles durch das Tor, und ich werde euch vielleicht nicht alle bei lebendigem Leibe verbrennen!"

„Meine Sachen kriegt der nicht", schwor Turner.

„Schhh!" Stormie legte ihm eine Hand auf die Schulter. „Er weiß nicht, dass wir hier sind."

Rob wurde ganz trübsinnig, als er das Klappern und Scheppern der Waren vernahm, die die Dorfbewohner aufgeben mussten. Aswan blieb wohlweislich bei seinen Gästen, aber sein Gesichtsausdruck verriet, dass er darunter litt, hier in seinem Unterschlupf zu hocken, während seine Freunde da draußen für ihn mitbüßen mussten.

Als das letzte Klappern schließlich verhallt war und sich das Dorftor erneut schloss, schob Aswan die Tür auf und lugte hinaus.

Nun konnten sie die schrille Stimme noch klarer hören, die erneut die Nacht durchschnitt: „Ihr ... habt ... gehorcht, Dorfbewohner. Sehr ... klug ... von euch!" Sie hörten einen neuerlichen Pfeilhagel, der die Straßen und Häuser traf, gefolgt von knisternden Lauten. Dr. Drecks grausames Lachen schoss ihnen entgegen wie Feuerwerk. „Ich ... werde ... euch trotzdem verbrennen ... ihr Verlierer!"

Das Glühen, das diesen Worten folgte, war keine harmlose Lichtshow. Jedes einzelne Holzgebäude im Dorf brannte lichterloh!

Die sechs Freunde und ihr Gastgeber stürzten aus dem Steinhaus und schlossen die Pferde im sicheren Unterschlupf ein. Sogar Jools begleitete sie. Sie gesellten sich zu den Dorfbewohnern, um den Brand zu bekämpfen, Blöcke zu zerschlagen, das Feuer zu ersticken und eine menschliche Eimerkette zu bilden, damit die Flammen schneller gelöscht wurden. Männer und Frauen rannten schreiend umher, um ihr verbliebenes Eigentum zu retten. Rauch waberte durch die Straßen. Nach und nach brachten sie das Feuer unter Kontrolle, bis es schließlich gelöscht war.

Die Überlebenden torkelten benommen umher, sammelten Schutt ein und erkundigten sich gegenseitig nach dem Befinden des anderen. Ein Stapel Eisenbarren und welke Mohnblumen ließen keinen Zweifel daran, dass es den Eisengolem erwischt hatte.

„Ihr bleibt heute Nacht besser hier“, schlug Aswan vor. Kim akzeptierte das Angebot dankbar für die Gruppe.

Während sie am Boden zwischen den Pferden saßen, versuchte Rob, dieser Situation etwas Positives abzugewinnen. „Ich denke, die Zeit ist reif für eine Kavallerie-Einheit“, sagte er, und Stormie nickte.

„Ehrlich gesagt habe ich da Bedenken“, knurrte Turner. „Skelettreiter sind ein paar Nummern zu groß für mich.“

Frida runzelte die Stirn. „Die Latte liegt wohl ziemlich hoch, was?“

Jools wischte sich über das verrußte Gesicht. „Vielleicht sollten wir aufgeben, solange wir noch einen Vorsprung …“

„Jetzt reicht's aber, ihr Memmen!", rief Kim. „Skelettpferde oder nicht, das sind immer noch Pferde. Mit der richtigen Strategie können wir sie besiegen. Vielleicht sogar ihre Macht für uns einsetzen."

„*Hmpf!*" Turner war nicht überzeugt.

„Ich muss auch an Beckett denken ...", murmelte Jools und rutschte zu seinem Pferd hinüber, um ihm den Hals zu streicheln.

„Leute!" Stormie stand auf und positionierte sich hinter Rob. „Unser Hauptmann wird bestimmt einen Weg finden, sie zu besiegen."

Rob wusste ihr Vertrauen zu schätzen, aber auch er war verzweifelt. *Griefer auf Skelettpferden? Brennende Dörfer, besetzte Grenzen* ... Nichts davon hatte er in den alten Büchern über Kavalleriestrategien gelesen. Sie würden mehr als sein Fachwissen brauchen, um Dr. Dreck zu schlagen. Wenn Rob doch nur einen Mentor gehabt hätte. Jemanden, der schon einmal etwas Ähnliches erlebt und überlebt hatte.

„Jools", sagte Kim ruhig. „Du bist in deinem Betätigungsfeld doch sicher schon einmal jemandem begegnet, der den Ersten Krieg überlebt hat ... Oder?"

Einst, in der Anfangszeit der Oberwelt, waren sämtliche gegnerischen Parteien aufeinandergeprallt und hatten um die Kontrolle – oder um die Freiheit gekämpft. Die gute Seite gewann: Bauern konnten wieder ihr Land bewirtschaften. Dorfbewohner gingen ihren Handelsgeschäften nach. Die überlebenden feindlichen Mobs zogen sich in den Nether und weit entfernte Gebiete zurück und lebten dort weiter, beschränkten sich jedoch auf Angriffe im Schutz der Dunkelheit. Die Bewohner der Randgebiete – wie Frida, Stormie und Turner – hatten ein Leben am Limit gewählt, bei dem sie den Monstern immer einen Schritt voraus sein mussten. Alle Passiven und Neutralen verdankten ihr Leben einem einzigen Mann – dem Mann, der den siegreichen Zug gegen das Böse angeführt hatte.

Jools ließ abrupt von Beckett ab. „Es gibt da jemanden ..."

Ein Hoffnungsschimmer erwachte in Rob. „Wen?"

„Sein Name ist Colonel M."

7. Kapitel

„Colonel M!“, rief Frida. „Der Mann ist eine Legende. Er ist derjenige, der ganz allein die Zombie-Infanteriebrigade besiegt hat!“

„Und der den Enderdrachen ins Nichts geschickt hat!“, fügte Kim ehrfürchtig hinzu.

„Aber all das ist schon ewig her“, warf Aswan ein. „Ich hörte, der Colonel hat sich in den Nether zurückgezogen.“

„Ich hab gehört, er ist zum Entdecker geworden und will einen Weg aus der Oberwelt finden“, sagte Turner.

„Ich habe ihn einmal getroffen“, meinte Jools. „Aber nur virtuell. Ich bin mir nicht einmal sicher, ob er noch einen Körper besitzt.“

„Das Ganze klingt so, als würde er auch keinen brauchen“, murmelte Rob bewundernd.

„Aber wie sollen wir ihn finden?“, fragte Kim.

Nur Stormie – die die Oberwelt bereist und Grenzen überschritten hatte und überhaupt die Widerstandsfähigste von allen war – sagte keinen Ton, als der Name des großen Kommandanten aus dem Ersten Krieg fiel. „Niemand findet Colonel M“, schaltete sie sich jetzt ein und hielt kurz inne. „Er findet dich.“

Aswan grinste koboldhaft. „Nun, ein … *Freund* mit einem ausgedehnten sozialen Netzwerk könnte vielleicht herausfinden, wo er sich aufhält.“

Rob fühlte Hoffnung in sich aufkeimen. Konnten sie diesen epischen Krieger aufspüren, auf dass er ihnen aus diesem Dilemma heraushalf? Oder war er nur ein Mythos, entstanden aus Erinnerungen und Wunschdenken?

„Erzählt mir mehr vom Ersten Krieg", bat er. „Es wäre besser, wenn sich die Geschichte nicht wiederholt."

„Amen, Bruder", sagte Turner und erging sich in Geschichten voller Verrat, Chaos und Zerstörung.

Rob zählte eins und eins zusammen. „Es gab also einst ein vereintes Volk, aber dann, eines Tages, versuchten Splittergruppen die Macht zu ergreifen? Wie in einem Bürgerkrieg? Nachbar gegen Nachbar, Bruder gegen Bruder."

„Und Schwester gegen Schwester", warf Frida ein. „Das war der Beginn einer langen Reihe von Kriegerinnen in meiner Familie. Die Jungen wurden bereits sehr jung fortgeschickt, aber über Generationen gaben die Mütter die Überlebenstricks an ihre Töchter weiter."

Daher also Fridas Leben als einsamer Wolf, dachte Rob. *Kein Wunder, dass sie sich so defensiv verhält. Nur eben auf gute Art und Weise.*

„Wenn auch nur der Hauch einer Chance besteht, dass all das wieder zurückkommt", fuhr Frida fort, „bin ich unbedingt dafür, zurückzuschlagen."

„Ich auch", stimmten Stormie und Kim ihr zu.

Rob beobachtete die Männer.

„Oh, *dafür* bin ich auch", sagte Jools und hob die Hände abwehrend. „Solange ich nicht andauernd getötet und irgendwo wiederbelebt werde. Das langweilt mich."

„Hört, hört", fiel Turner ein. „Ich hingegen sorge mich nicht so sehr ums Sterben. Ich will nur am Ende vor keiner leeren Kriegstruhe stehen."

Robs Miene verhärtete sich. „Du willst also wissen, wie du davon profitierst?"

„Hey, ein Mann muss ja auch von irgendwas leben. Besonders, wenn er auch am Leben *bleiben* will ..."

Kim erhob sich. „Ich schätze, wir sind uns alle in einer Sache einig: Die einzig akzeptable Oberwelt ist eine freie Oberwelt, richtig?"

Ihr Kommentar traf auf zustimmendes Nicken und Grunzen.

Kim klatschte in die Hände. „Dann mal los! Verteidigen wir sie!"

*

Am nächsten Morgen machten sie sich auf den Rückweg und verabschiedeten sich von einem todtraurigen Aswan. „Ich schau mal, was ich tun kann, um euren mysteriösen Fremden aufzuspüren!", rief er Kim hinterher, die sich bereits durch die versengten Dorfstraßen teleportierte.

Turner machte beim Pfeilmacher halt, um sämtliche Federn und Feuersteine einzutauschen, die Dr. Drecks nächtlichem Besuch entgangen waren. „Die werden wir brauchen", sagte er, als er mit einem kleinen Stapel für jeden zurückkehrte. Jools wollte erst ablehnen, aber die anderen versicherten ihm, dass auch er mit den Materialien einen Vorteil hätte.

„Ich bin nicht sicher, ob das wirklich stimmt", protestierte er, nahm die Gegenstände aber trotzdem entgegen.

Rob erkannte, dass er noch ein ordentliches Stück Arbeit vor sich hatte, bis seine Leute die Entschlossenheit und Arbeitseinstellung einer echten Kavallerie-Einheit zeigen würden. Wenigstens war mit den Tafelbergen bereits der richtige Ort gefunden. Dort würden sie ohne Ablenkungen trainieren können.

Auf dem Weg zum anderen Ende der Ebene erstellten die Gruppenmitglieder eine Liste all der Gegenstände, die sie bei sich trugen, und entschieden, was sie behalten wollten und wo sie suchen würden, um sich in den kommenden Tagen zu versorgen.

„Jools", sagte Rob und ritt neben ihn und Beckett, der wiederum Stormie auf Armor folgte. „Ich mache dich zum Quartiermeister. Du bist ab jetzt für die Versorgung zuständig."

Turner hörte das und schloss mit Duff zu ihnen auf, sodass Frida nun die Nachhut bildete. „Hey, jetzt warte mal eine …"

„Hör doch auf, Klops", unterbrach Frida ihn. „Zu viele Köche verderben die Schlacht." Sie und Ozelot ritten an den anderen vorbei und gesellten sich zu Stormie an der Spitze.

Rob grinste. „Der Schlüssel zu einer erfolgreichen Armee ist eine gesunde Befehlskette. Wir können sie genauso gut gleich festlegen, wenn ich euer Hauptmann sein soll."

Keiner antwortete.

„Ich *muss* das nicht machen …", fügte Rob entmutigt hinzu.

„Doch, du musst!", beharrte Stormie und eilte ihm zu Hilfe. „Frida hat recht, Klops. Einer hat das Sagen, und die anderen folgen ihm, ohne Fragen zu stellen. Sonst können wir gleich aufgeben." Armor schnaubte zustimmend.

„Außerdem", sagte Kim, „weiß Rob mehr über Pferde – und wahrscheinlich mehr über die Kavallerie – als jeder Einzelne von uns."

„Sogar mehr als du, o Pferdeflüsterin?“, neckte Jools sie.

Kim hielt mitten im Teleportprozess inne und sank hinter ihm auf Becketts Rücken. „Sogar mehr als ich. Ich habe mir alles selbst beigebracht. Rob ist ein Profi.“

Rob blickte nach unten und starrte Sabers Widerrist an.

„Ja, Profi-Blödmann“, murmelte Turner und trottete weiter zu den Frauen an der Spitze.

„Jetzt komm schon“, rief Kim. „Einer für alle und alle für einen. So sagt man doch, oder?“

„Ich finde, wir brauchen einen Namen!“, erklärte Stormie. „Irgendetwas, das Angst in den Herzen unserer Feinde weckt.“

Jools beobachtete Turner, der sich vor ihm auf seinem Sattel bewegte und dabei aussah wie ein Schlauchboot, das in einem Strudel gefangen war. „Wie wäre es mit ‚Robs Grünen Reitern‘?“, witzelte er.

„Nur eine von uns ist grün“, entgegnete Turner und deutete auf Frida, ohne den kleinen Scherz zu verstehen.

Doch sie verstand ihn ebenfalls falsch und funkelte ihn an. „Wie wär's mit ‚Riesendeppen‘?“

Rob ignorierte das Gezänk. „Nein, es muss irgendetwas mit ‚Bataillon‘ sein …“

„Ja, Bataillon Null“, brüllte Turner lachend.

„Hey, das gefällt mir wirklich!“, sagte Rob.

„Es hat jedenfalls den passenden Beiklang von Verderben“, bemerkte Jools.

„Bataillon Null rettet die Welt!“, rief Stormie und führte Armor hinter Rob und Saber.

Die anderen spielten mit Ausnahme von Turner mit und lenkten ihre Pferde in Reih und Glied.

„Sei kein Spielverderber!“, rief Kim.

„Ja, komm schon, Klops!", forderte ihn Stormie auf.

Er blickte über die Schulter auf die unordentliche Reihe aus berittenen Soldaten und ließ sich erweichen. „Für dich *Sergeant* Klops, Gefreite", schimpfte er, während Duff ohne das geringste Signal seines Reiters langsamer wurde und sich ans Ende der Reihe schummelte. Wie alle klugen Pferde beherrschte auch Duff die Befehlskette spielend.

*

Stormie schlug vor, an diesem Tag so weit wie möglich zu reisen. „So können wir uns morgen bei Nacht um die Ebenengrenze kümmern."

Also ritten sie entgegen ihrer Gewohnheit auch weiter, als die Sonne bereits unterging.

Kim fragte Turner nach seinen Erfahrungen als bezahlter Bodyguard.

„Ich bevorzuge das Wort ‚Leibwächter'. Das klingt netter." Er unterstrich seine Aussage, indem er nach seinem Schwert griff und einen Zombie erledigte, der in ihrer Nähe gespawnt war. „Personenschutz ist nicht viel anders, als sein eigenes Leben zu verteidigen, aber deutlich lukrativer", fuhr Turner fort. „Viele vergessen nur gern den Teil mit der Bezahlung. Ich habe schon mehr als einmal erlebt, dass mich jemand kaltmachen wollte." Er erledigte einen weiteren Zombie. „Dann erhält diese Tätigkeit eine ganze neue Bedeutung. Versteh mich nicht falsch, ich billige das Töten nicht …" Er wechselte die Schwerthand und spießte einen dritten Zombie auf Duffs anderer Seite auf. „… aber wenn es darum geht, wer von uns beiden überlebt, dann zieht der andere den Kürzeren, und das ist Fakt."

Er verlangsamte Duffs Schritt, als ein Babyzombie auf ihn zuwackelte. „Hallo, du hässliches kleines Biest", gurrte Turner. „Hast du dich … *verlaufen*?" Ein Zombiekopf kullerte über den Boden.

Kim teleportierte sich hinter die Gruppe und sammelte verrottetes Fleisch und die Minikartoffeln auf, die der kleine Zombie gedroppt hatte.

„Was ist mit dir, Jools?", fragte Kim. „Wie bist du zu deinem Geschäftszweig gekommen?"

„Dank meiner Beobachtungsgabe", antwortete er. „Ich bin wie du und habe mir alles selbst beigebracht. Ich hatte schon in jungen Jahren ein Auge für Muster und Strukturen. Und das Schöne an Strukturen ist, dass bereits kleine Abweichungen über Leben und Tod entscheiden können. So wird das, was *ich* tue, ebenfalls lukrativ."

„Hast du damit im Ersten Krieg begonnen?", erkundigte sich Rob.

„Nein, der fand lange vor meinem ersten Spawn statt", antwortete Jools. „Aber es gibt zu jeder Zeit und an jedem Ort irgendwo einen Konflikt. Streiks, ein politischer Putsch, Unternehmensübernahmen – es gehört zu meinem Job, solche Situationen aufzuspüren … und mich nicht einzumischen."

„Und was ist diesmal anders?", wollte Turner wissen.

Jools dachte einen Moment nach. „Anders ist, dass … Nun, ich bin nicht sicher, ob es nach diesem Mal ein nächstes geben wird, wenn du verstehst, was ich meine."

Turner nickte ernst.

Je weiter sie sich von der Zivilisation entfernten, desto weniger Feinde stellten sich ihnen in den Weg.

„Zombies mögen nicht besonders clever sein, aber sie sind vorhersehbar", meinte Frida. „Sie bevorzugen Orte mit höherer Bevölkerungsdichte. Sie sind Opportunisten, so wie wir."

„Hey, schließ nicht von dir auf andere", motzte Turner beleidigt.

Frida grinste. „Du, mein Freund, bist der größte Opportunist von allen."

„Daher mache ich dich auch zum Waffenmeister", sagte Rob zu Turner. „Du weißt, wann man am besten an- und eingreift – dazu gehören Kämpfe gegen unsere Feinde, aber auch Streitigkeiten innerhalb der Einheit. Oder eine Meuterei."

„Und was passiert, wenn er derjenige ist, der die Meuterei beginnt?", fragte Jools.

Turner setzte ein unschuldiges Gesicht auf. „Damit du's weißt, ich bin so loyal, wie der Tag lang ist."

Stormie machte eine Geste in Richtung Horizont. „Ja, und der Tag ist fast vorbei."

„Stimmt." Turner stoppte Duff und stieg ab. „Ich wäre dafür, dass wir hier unser Lager aufschlagen."

Rob schüttelte den Kopf. „Ich habe nichts von wegtreten gesagt, Sergeant. Steig wieder auf dein Pferd."

Turner beäugte ihn und versuchte herauszufinden, ob Rob es ernst meinte. Alle anderen warteten auf eine Reaktion von Turner. Langsam stellte er einen Fuß wieder in den Steigbügel und saß auf.

Nach etwa einem Dutzend Schritten hob Rob eine Hand. „Und, halt!" Er blickte sich auf der weiten Ebene um. In der Ferne ragten ein paar Felsausläufer in die Höhe. „Es sieht so aus, als wäre die Biomgrenze nicht weit. Wir schlagen hier unser Nachtlager auf."

„Verstanden", murmelte Jools, und alle stiegen ab und kümmerten sich zuerst um die Pferde.

Während Rob und Frida einige Zäune fertigten, berührte sie seinen Arm und sagte mit gesenkter Stimme: „Mit

Turner solltest du es dir nicht verscherzen, weißt du. Er ist das tödlichste Individuum, das ich kenne – jedenfalls auf der guten Seite der Oberwelt."

Rob legte die Stöcke ab, an denen er gearbeitet hatte. „Und wir brauchen *tödliche Individuen* auf *unserer* Seite. Es wird Zeit, dass ich ein paar Regeln aufstelle, wenn ich diese Kavallerie anführen soll." Er sah ihr ernstes Gesicht und fügte hinzu: „Keine Sorge, Frida. Er wird sich schon daran gewöhnen."

„Ja, aber achte trotzdem auf das, was du sagst und tust. Er ist unberechenbar."

Rob verspürte einen besorgten Stich, erkannte aber auch, dass er es sich nicht mehr leisten konnte, seine Sorgen mit anderen zu teilen. Ein Kommandant war immer einsam, hatte er einmal gelesen. Trotzdem hieß das nicht, dass er nicht ein paar Verbündete um sich scharen durfte. Frida konnte er vertrauen.

„Du kennst diese Welt besser als ich", gab er zu. „Ich zähle auf dich. Du wirst unsere Späherin sein. Du kannst Situationen am besten einschätzen, sogar bevor irgendetwas passiert."

„Du willst, dass ich die Spionin spiele?"

„Nenn es, wie du willst. Es wird deine Aufgabe sein, alles auszukundschaften und gegebenenfalls die Fronten abzustecken – auch wenn sie sich innerhalb des Bataillons befinden."

„Ich bin mir nicht sicher, ob ich diese Aufgabe übernehmen will."

Rob zögerte. „Irgendjemand muss es tun. Es dient dem Wohl der ganzen Einheit."

„Und dem Wohl der Oberwelt." Frida traf eine Entscheidung. „Du kannst auf mich zählen."

Sie beendeten ihre Arbeit an den Zäunen und ließen die Pferde darin eingeschlossen zurück. Saber hob den Kopf und warf Rob einen vielsagenden Blick zu, als dieser das Gatter schloss.

„Ich weiß, Kumpel, das wird dich nicht aufhalten. Geh einfach mit gutem Beispiel voran, okay? Ich nehme jede Hilfe, die ich kriegen kann."

8. Kapitel

Am nächsten Morgen saßen die Mitglieder von Bataillon Null auf und überquerten ohne Zwischenfälle die Grenze zum Tafelberg-Biom. Dr. Drecks Griefer waren wohl gerade woanders damit beschäftigt, ihre Beute vom Vortag zu sortieren, während sich die Legionen für den Tag in die Finsternis zurückgezogen hatten. Rob stieß einen erleichterten Seufzer aus, als Sabers Hufe die Erdblöcke hinter sich ließen und welche aus Ton betraten. Die Grenze lag hinter ihnen. Das Präriegras wich toten Büschen und Kakteen, und der Weg wurde steiler. Außenstehende hätten die kleine Gruppe womöglich für eine Gesellschaft gehalten, die einen Ausflug machte.

Die neue Landschaft bot eine endlose Vielfalt an Farben und Texturen, obwohl es kaum Bäume gab. Turmhohe tonbedeckte Sandsteinhaufen umgaben flaches Land wie Stalagmiten, in denen Erzadern sichtbar waren, und kleine Nebenflüsse durchzogen das Gebiet. Das Grün der Kakteen zeichnete sich scharf vor den roten, orange- und silberfarbenen Felsen ab. Es war, als hätte sich der Trupp in ein riesiges Sandgemälde begeben. Rob hatte schlimmeres Heimweh als je zuvor.

Seine Ranch lag inmitten einer hohen Prärie, an einem Ort, der diesem sehr ähnlich und trotzdem Welten entfernt war. Obwohl sie sich nun höher befanden als zuvor, erklärte Stormie ihnen, dass man ihre jetzige Position noch lange nicht mit der Höhenlage der Extremen Berge vergleichen konnte. Trotzdem hoffte Rob auf irgendein Merkmal in der Landschaft, das ihm den Weg nach Hause zeigen würde.

„Was denkst du gerade?", fragte Kim den stillen Cowboy, während sie sich neben ihn teleportierte.

„Nun, ich ..." Er erwachte aus seinem Tagtraum und unterdrückte seine Gefühle. Schließlich war es nun seine Aufgabe, diese Soldaten zu ihrem gemeinsamen Ziel zu führen – das darin bestand, *diese* Welt zu retten. Sein neuer Status als Kavalleriekommandant erlaubte es ihm nicht, sein Heimweh kundzutun. „Ich ... dachte nur gerade daran, was alles zu tun ist, wenn wir unsere Basis errichten", antwortete er.

„Kann ich helfen?"

„Es könnte hier langsam zu heiß für unsere Vierbeiner werden. Ich ernenne dich zur Pferdemeisterin, Kim. Wir brauchen gut genährte, gesunde und kampfbereite Tiere." Sie nickte. „Das kann ich am besten."

„Außerdem brauche ich dich während der Trainingseinheiten als Helferin am Boden. Wir müssen bald damit beginnen, diese Fußsoldaten zu berittenen zu machen und die Pferde daran gewöhnen zusammenzuarbeiten." Er wusste, dass er sich auf Kims gutes Auge verlassen konnte.

„Und wo ich schon dabei bin, kann ich auch gleich die restlichen Pflichten verteilen." Er rief die anderen zu sich. „Versammelt euch, Spieler!"

Rob erklärte, dass sie sich um ein sicheres Lager und eine Abwehrstrategie kümmern mussten, sobald sie einen geeigneten Ort gefunden hatten. „Frida und Stormie reiten vor, um einen Platz auszuwählen und die Karte zu aktualisieren. Sobald wir dort angekommen sind, muss jeder Eigeninitiative zeigen und seine Aufgaben erfüllen. Turner, du tust, was nötig ist, um uns alle jederzeit mit Schwertern, Bögen, Pfeilen und Äxten zu versorgen. Jools achtet auf unsere Gesundheit und Nahrungsvorräte und stellt sicher, dass wir immer genügend Proviant und Milch auf Lager haben. Außerdem wird er mir dabei helfen, unsere Schlachten zu planen."

Turner schlug mit der Faust in die flache Hand, und Jools nickte.

„Ich habe Kim die Verantwortung für die Pferde übertragen. Sie wird Frida helfen, genügend Gras und Zucker zu beschaffen."

„Was mache ich?", fragte Stormie.

„Darüber denke ich seit dem Tag nach, an dem wir uns begegnet sind – an dem du Lady Craven in die Luft gejagt hast. Sag mal, hast du die TNT-Kanone noch?"

„Sicher."

„Dann bist du unsere Artilleriekommandantin."

„Alles, was man aus Schwarzpulver herstellen kann, wird hergestellt, Hauptmann!", versprach sie und salutierte zackig.

„Wir werden alle hier und dort aushelfen müssen, wenn Not am Mann ist", erklärte Rob der Gruppe. „Vielleicht brauchen wir auch eine Nachtwache ... Das entscheiden wir noch."

„Ich wünschte, ich hätte ein paar Pinsel und Farben", murmelte Stormie verträumt. „Diese Landschaft ist atemberaubend."

„Du malst?", erkundigte sich Kim erstaunt.

„In meiner nicht vorhandenen Freizeit."

Turner lenkte Duff an ihre Seite. „Hey, wenn wir mal

etwas Luft haben, könntest du mich porträtieren." Er präsentierte ihr sein Profil. „Ich habe Sundra etwas versprochen, damit sie sich an mich erinnert."

„Du meinst etwas anderes als deinen bleibenden Geruch?", stichelte Jools.

„Es reicht langsam", schimpfte Rob. „Wir sollten eigentlich daran arbeiten, ein echtes Team zu werden, und keinen Krieg in den eigenen Reihen beginnen."

„Auf den Typen kann ich gut verzichten", grummelte Turner.

„Sergeant! Lass es gut sein", rügte Rob. „Die Rettung der Welt hängt von uns ab. Wir sind jetzt eine Kavallerie-Einheit. Also sollten wir uns auch so benehmen."

*

Auf Fridas Vorschlag hin schlug das junge Bataillon auf der Windschattenseite einer zerfurchten roten Klippe sein Lager auf. Die Landschaft war gespickt mit Felsdornen, die bis zum Mond zu ragen schienen.

„Sieh sich einer diese Felspfeiler an", sagte Turner und bewunderte deren große, von verschiedenen Farbschichten durchzogene Schönheit.

„Sie muten an wie stumme Wächter", bemerkte Kim.

„Das sind sie auch in gewisser Hinsicht", fand Rob. „Wir werden sie als natürliche Umzäunung nutzen."

Frida untersuchte die Felsentürme. „Ich kann in den Zwischenräumen Kakteen pflanzen, um Räuber draußen zu halten."

„Oder uns drinnen", stellte Jools fest. „Ich bin schon einmal gestorben, nachdem ich einen Kaktus berührt habe. Allerdings trage ich fast nie eine Rüstung, also war es eigentlich meine eigene Schuld."

„Tja, das wird sich ändern“, sagte Rob. „Wüste oder nicht, ich will, dass jeder von euch während des Trainings seine Rüstung trägt.“ Er blickte Jools an. „Und alle machen mit.“

Jools war verblüfft. „Aber …“

„Ich will nicht, dass du kämpfst, Quartiermeister“, fiel ihm Rob ins Wort. „Ich möchte nur, dass du bereit zum Kämpfen bist, wenn es nicht anders geht.“

Jools brauchte etwas Zeit, um diese Vorstellung zu verarbeiten, brachte aber keinen weiteren Einwand vor.

„Außerdem bist du ein sehr guter Reiter. Ich denke, dir werden die Reitkampfübungen gefallen. Und die Arbeit mit der Gruppe wird Beckett womöglich zu einem etwas schnelleren Galopp motivieren.“

Jools grinste. „Wie ich immer sage: Es geht nichts über einen strammen Galopp.“

Sie steckten ihr Lager an einem Flussufer ab, in dessen Nähe sich einige tote Büsche befanden, die Schatten spenden würden. Jools stellte geschwind seine Werkbank und eine Truhe auf. Turner machte eine Bestandsaufnahme ihrer Waffen und Munition. Dann gönnten sie sich eine Pause und nahmen ein Mittagessen aus Schweinekoteletts ein, woraufhin sich die Spannungen von vorher merklich lösten. Ihre Hungerleisten füllten sich, und die Gruppe unterhielt sich angeregt über ihre zukünftigen Pflichten, während die Pferde sich ausgiebig in einer Sandgrube rollten, um danach in der Sonne zu dösen.

Als die rauen Felsen schließlich nachmittägliche Schatten warfen, war es Zeit für ihr erstes Training. Die Kavalleriemitglieder rüsteten sich selbst und ihre Pferde aus. Rob bat Kim, etwas gebrannten Ton abzubauen und die

Blöcke so zu platzieren, dass sie eine rechteckige Arena bildeten. Die anderen kümmerten sich um den Abbau von Sand, der das Innere des Trainingsareals auskleiden sollte. Kim, die mit ihrem rosa Eisenhelm ausgesprochen kampfbereit aussah, rief alle zu den Pferden und hieß sie, sich in Reih und Glied nebeneinander aufzustellen. Es verging mehr Zeit, als Rob lieb war, bis sie endlich in einer halbwegs ordentlichen Reihe standen, die Augen auf Rob und Saber gerichtet. Der Hauptmann wollte ihnen kurz einige fortgeschrittene Manöver demonstrieren, damit sie wussten, worauf sie hinarbeiteten.

„Kim! Kann ich mir deinen Ohrring borgen?"

Rob platzierte den goldenen Reif auf einem langen Zweig, den er aus seinem Inventar zog und dann an einem Ende der Arena in den Boden steckte. Kurz darauf lenkte er Saber zur anderen Seite und zog sein Schwert. „Jetzt muss irgendjemand ‚Angriff!' rufen", wies er seine Leute an.

Kim hob eine Hand. „Angriff!"

Saber sprintete im gestreckten Galopp direkt auf das Ziel zu.

Als sie sich näherten, bereitete sich Rob darauf vor, mit seinem Schwert zuzustechen und den Ohrring aufzuspießen. Aber vielleicht hätte er das vorher mit Saber absprechen sollen. In letzter Sekunde drehte sich das Pferd in Richtung Stock und sprang im Glauben an ein Hindernis mit einem mächtigen Satz darüber hinweg. Sein überraschter Reiter blieb dabei auf der Strecke.

Erinnerungen brachen über ihn herein, als er stürzte, stürzte und schließlich abrupt auf einem Sandhaufen landete. *Wenigstens erwarten mich diesmal keine Zombies*, dachte er zerstreut und fühlte sich mehr denn je wie ein zerbrechliches Skelett.

„Und in welcher Schlachtsituation soll uns das weiterbringen?“, erkundigte sich Jools mit gespieltem Ernst.

„Ich glaube, Rob wollte uns nur zeigen, wie man es nicht machen soll“, stand ihm Stormie verteidigend bei. „Nicht wahr?“

„Äh, genau.“ Er lächelte verlegen und kam auf die Beine. „Lasst euch das eine Lehre sein. Auch der erfahrenste Reiter kann vom Pferd stürzen. Und behaltet immer euer Ziel im Auge. Erwartet nicht von eurem Vierbeiner, dass er eure Gedanken liest!“

„Wenigstens muss sich Duff darum keine Sorgen machen“, stichelte Jools in Turners Richtung. „Von einem Vakuum hat er schließlich nichts zu erwarten.“

„Leute! Hier kommt die zweite Lektion.“ Rob stellte einen Fuß in den Steigbügel und stieg wieder auf. „Wenn ihr fallt, müsst ihr sofort wieder aufsteigen.“ Er drehte Saber herum und führte erneut das Ohrring-Manöver vor. Dieses Mal lenkte er Saber sicher nach links und hielt den Kopf so lange gesenkt, bis er den goldenen Ohrring mit dem Schwert aufgespießt hatte.

Donnernder Applaus brandete aus der Reihe der Zuschauer auf, und sogar Turner musste einräumen, dass dieser Drill eine nützliche Zielübung war.

„Schützen, die einen Pfeil durch den Ohrring befördern, sind die wahren Künstler“, sagte Rob abwehrend. „Aber genug der Vorschau auf spätere Manöver. Jetzt üben wir den leichten Galopp und gewöhnen die Pferde an enge Formationen.“

Karnevalsmusik wäre eine passende Begleitung für das Chaos gewesen, das nun folgte und so lange andauerte, bis Rob und Kim die richtige Reihenfolge für die Pferde herausgearbeitet hatten. Beckett war zu langsam, um an der Spitze zu reiten. Armor war zu nervös für die hinterste Position. Ozelot verstand noch nicht den Sinn darin, sich in einer geraden Linie zu halten, und Frida fiel durch die schlingernden Bewegungen ihres Pferds wieder und wieder in den Staub. Zur großen Überraschung aller waren Duff und Turner die Stars dieser Trainingseinheit, egal, wo sie platziert wurden.

Als Rob dies Kim gegenüber erwähnte, antwortete sie: „Deshalb habe ich Duff für ihn ausgewählt. Dieses Pferd ist der geborene Babysitter."

Turner war über diese Worte alles andere als erbaut, aber Rob wusste, was Kim meinte. Manche Pferde gaben instinktiv acht auf ihre Reiter. In diesem Fall sah es deshalb so aus, als hätte Turner viel mehr Talent, als er eigentlich besaß. Rob nutzte diese Illusion zu seinem Vorteil. „Babysitter … Was sie meint, ist natürlich, dass Turner exzellente Reiter-Gene weitergeben wird."

„Das wird Sundra aber freuen", kommentierte Jools.

Am Ende war die ganze Gruppe in der Lage, im leichten Galopp hintereinanderher zu reiten, und Rob und Kim hatten endlich die Reihenfolge herausgefunden, mit der die Pferde am glücklichsten waren: Armor an der Spitze, gefolgt von Ozelot, danach Duff, dann Beckett und am Schluss Saber. So würde Rob außerdem ein Auge auf alle haben und wenn nötig mit dem Herdenchef zu Hilfe eilen können.

Kurz darauf verließ Hauptmann Rob, wie Stormie ihn nannte, die Formation und teilte die anderen in Gruppen auf. Im Kreis galoppierten Armor und Duff in die eine Richtung, während Ozelot und Beckett in die andere unterwegs waren, um auf halber Strecke der rechten Flanke wieder zu begegnen. Natürlich drehte Ozelot ab, und Turner vergaß, welche Seite die rechte war. Es folgten mehrere Beinahezusammenstöße, nach denen Frida und Stormie sich auf dem Boden der Tatsachen wiederfanden.

Rob bestand darauf, die Übung so oft zu wiederholen, bis sie ihnen gelang, aber nach einem halben Dutzend Versuchen verspürten die Frauen nur noch Frust und die Männer Langeweile. Rob reagierte auf ihr Gejammer, indem er die sprichwörtlichen Zügel straffer zog. „Noch einmal!“, befahl er. „Aber diesmal mit Gefühl.“

Weitere drei Versuche und Kommandos später war sein Trupp am Limit angelangt – was Rob geflissentlich ignorierte.

Er mochte ein Ziel verfolgen, aber Kim konnte bereits absehen, dass die Mordlust der anderen immer größer werden würde. Als Rob die Hände zu Fäusten ballte und die Gruppe erneut zurechtweisen wollte, teleportierte sie sich zu ihm und ließ sich auf Sabers Hinterteil nieder.

„Wenn ich kurz unterbrechen darf, Hauptmann“, flüsterte sie Rob ins Ohr. „Sie mögen Soldaten sein, aber sie sind zuallererst Spieler. Erinnere dich an den Anfang. Was wolltest du am dringendsten, als der Creeper deine Sandsäule in die Luft gejagt hat? Oder als die Zombies im Sonnenlicht aufloderten?“

Mit einem Schlag kehrte die Erinnerung an seinen ersten Tag in dieser neuen Welt zurück. „Ich wollte wissen, was zum Teufel vor sich geht“, antwortete er gereizt.

Sie klopfte ihm mit ihrer rosa Handfläche auf die Schulter. „Du wolltest wissen, *warum* das passiert.“ Sie winkte den Reitern zu, die eindeutig unzufrieden mit ihrer Lage waren. „Befehle sind Befehle, aber wenn du willst, dass deinen Kommandos Folge geleistet wird, solltest du sie zuerst erklären. Menschen sind wie kluge Pferde. Niemand folgt gern blind einem Anführer."

Rob sog tief die Luft ein. Sie hatte recht. Seine Truppe hatte keine Ahnung, warum er diese Übungen mit ihr durchzog.

„Danke, Kim. Manchmal brauche ich ein zweites Augenpaar, um zu sehen, was wirklich vorgeht."

„Ich tue nur meine Pflicht, Hauptmann", erklärte sie leichthin und teleportierte sich zurück zu Frida, um ihr auf die Beine zu helfen.

„Okay, Spieler", rief Rob. „Kommt hierherüber und stellt euch in einer Reihe vor mir auf." Er wartete geduldig und ohne weitere Anweisungen ab, bis alle vor ihm zum Stehen gekommen waren. Dann erklärte er ihnen, warum es so wichtig war, im Galopp aufeinander zuzureiten: Es sollte bewirken, dass die Pferde nicht scheuten, wenn ein Feind auf sie zukam. Und das Passieren auf der rechten Seite bereitete den Reiter auf Schwertkämpfe vom Pferderücken aus vor.

„Aber ich bin Linkshänder", wandte Turner ein.

„Das ist egal, denn dein Gegner ist es vielleicht nicht. Du musst dich daran gewöhnen."

„Also, lasst uns dieselbe Übung wiederholen, aber diesmal im Schritttempo", verlangte Rob. „So bewältigen wir sie vielleicht schneller. Wir wollen dieses Training schließlich mit einem positiven Gefühl beenden. So lernen Pferde, dass sie etwas richtig gemacht haben."

Und Menschen auch, dachte Rob und meinte damit sich selbst. Denn wenn diese erste Trainingseinheit auf dem Pferderücken schiefging, konnte er seinen Status als Hauptmann gleich wieder vergessen.

*

Robs Strategie ging auf, und den Reitern gelang es mehrere Male, ohne Zwischenfälle ordentliche Kreise zu drehen. „Nächstes Mal versuchen wir es wieder im Galopp", versicherte er ihnen und stellte überrascht fest, dass sich ein wohlbekanntes Gefühl in ihm breitmachte. *Natürlich! So trainiere ich auch die jungen Pferde auf der Ranch – einen Schritt nach dem anderen*. Es gab eine Menge Parallelen zwischen Pferden und Menschen – was er zuvor nie bedacht hatte, weil es schlichtweg nicht notwendig gewesen war. Er erinnerte sich daran, dass gerade zu Beginn eines Trainings weniger oft mehr war.

Also stellte er Frida bis zum nächsten Tag frei, damit sie sich auf den Weg machen und die gesamte Umgebung erkunden konnte. Für die folgende Nacht schlug Jools vor, Stolperdrähte rund um das Lager aufzustellen, anstatt eine Nachtwache einzuteilen, und Rob willigte ein. Sie alle waren erschöpft.

Als sie endlich ihre Pferde abgerieben und versorgt und die Umgebung gesichert hatten, brachten sie es gerade noch fertig, ein Lagerfeuer zu entzünden und gegen den Hunger etwas getrocknetes Hähnchenfleisch zu kauen. Sogar Turner saß untätig herum und schärfte weder Klingen, noch zählte er seine Smaragde. So müde, wie er gerade war, konnte Rob nicht anders, als diese Ruhe vor dem bald kommenden Sturm zu genießen.

Es war ein einsames Vergnügen.

Er hätte sich gern ans Flussufer neben Stormie gesetzt und mehr über ihr Leben erfahren oder Kim beim abendlichen Geplauder mit den Pferden Gesellschaft geleistet. Er hätte nicht einmal Einwände dagegen erhoben, sich bei Jools und Turner ein paar Beleidigungen abzuholen oder Frida zu diesem und jenem Thema um Rat zu fragen. Aber den anderen Spielern zu nahe zu kommen, würde womöglich dazu führen, dass sie ihn nicht mehr als ihren Anführer wahrnahmen. Obwohl er sehr wohl begriff, dass es wichtig war, sich ihren Respekt zu verdienen, war er dennoch unsicher, wie er mit den Gegebenheiten einer echten Schlacht zurechtkommen würde. Er hatte Waffen, er hatte Soldaten, aber er war sich nicht sicher, ob er auch ihr Vertrauen besaß. Vielleicht konnte er es sich mit einem grandiosen Plan verdienen … nur hatte er den leider auch nicht.

Aber Kims Worte von vorhin hatten ihn erkennen lassen, dass er nicht einfach darauf warten durfte, dass etwas passierte. Er musste den Sprung ins kalte Wasser wagen. Wie in seiner ersten Nacht, als er einfach seine vom Creeper zuvor zerstörte Säule neu errichtet hatte, ohne groß darüber nachzudenken. Das hatte ihm damals das Leben gerettet. Tja, ein Mann konnte Unmengen über das Anführen einer Kavallerie lesen, aber wenn er wirklich lernen wollte, wie es funktioniert, musste er es ausprobieren.

„Jools, Stormie“, rief Rob seinen Quartiermeister und die Artilleriekommandantin zu sich. „Wir müssen gleich morgen Früh unsere Köpfe zusammenstecken. Wir brauchen ein Primärziel und eine Strategie. Bring deine Karte mit, Stormie“, fügte er nach kurzem Nachdenken hinzu.

„Kim, kannst du Aswan über den Chat kontaktieren und herausfinden, ob er etwas über Colonel M herausgefunden hat?“ Wenn irgendjemand ihnen dabei helfen konnte, eine Strategie zu ersinnen, so war es sicher der Kriegsveteran. „Frida, in der Zwischenzeit möchte ich, dass du die Umgebung nach abbaubaren Ressourcen absuchst."

Alle stimmten zu. Es fühlte sich gut an, Freunde zu haben, auf die er sich verlassen konnte.

„Und Turner ...", sagte Rob. „Turner?", wiederholte er und bekam keine Antwort.

Er sah sich um. „Hat einer von euch Turner gesehen?"

Niemand bejahte.

Die Pferde waren ruhig. Dort befand sich der Söldner jedenfalls nicht.

Sie hörten weder Zombie-Gestöhne noch Skelettklappern oder kriegerische Ankündigungen von Griefer-Diktatoren, die ihnen mitteilten, dass ihr Waffenmeister getötet oder gefangen genommen worden war.

Alle richteten sich auf und suchten in dem Bereich, der von ihrem Lagerfeuer erhellt wurde, aber Turner war spurlos verschwunden. Nach eingehender Prüfung der Stolperdrähte war allerdings klar, dass diese nicht ausgelöst worden waren.

9. Kapitel

Die Müdigkeit der Gruppe war nach Turners rätselhaftem Verschwinden wie weggeblasen. Rob beauftragte Jools damit, Fackeln zu verteilen, damit sie einen Suchtrupp aussenden konnten. Aber der Quartiermeister kehrte mit besorgtem Gesichtsausdruck von ihrer Vorratstruhe zurück.

„Meine Tränke sind völlig durcheinander. Und etwas von dem Nachtsicht-Elixier ist verschwunden!" Er verteilte die Fackeln. Alle legten ihre Rüstungen aus dem eigenen Inventar an.

„Wir bleiben zusammen!", befahl Rob. „Frida, gibt es eine Richtung innerhalb unserer Stolperdrähte, die du noch nicht ausgespäht hast?"

Sie zeigte in Richtung des östlichen Quadranten auf einige flache Felsen. Rob gab sich einen mentalen Tritt und nahm sich fest vor, Erschöpfung nie wieder als Entschuldigung für eine mangelnde Erkundung des Terrains zu akzeptieren. „Hier entlang!" Er führte den kleinen Fackelzug durch die Finsternis an. „Turner!", rief er, und die anderen stimmten ein. Wenn es dort draußen Feinde gab, würde ihnen Schweigen ohnehin nicht viel bringen.

Sie erreichten ein Stück Sandboden, und plötzlich erspähte Frida mit ihren Adleraugen einen Hinweis. „Fußspuren!“, sagte sie. „Und hier ist ein Eingang in den Felsen!“

Frida und Stormie gingen zuerst hinein und winkten dann die anderen heran. Sie betraten einen fensterlosen Raum mit einem weichen Boden aus Erdblöcken. Drei Torbögen führten tiefer hinab in den hohlen Felsen.

Frida kniete sich hin, um den Boden genauer unter die Lupe zu nehmen. „Hier sind noch mehr Fußspuren. Er – oder irgendjemand anders – ist hier entlanggegangen!“

Rob schluckte schwer, als sie einen finsteren Korridor betraten. Natürlich hatte er den einen oder anderen forschenden Blick in die Höhlen geworfen, die sich in der Nähe seiner Ranch befanden. Aber das war seine eigene Welt gewesen und keine, in der Erklärungen eher dem Ärger folgten statt umgekehrt – und das obendrein manchmal zu spät.

Er bewegte sich auf Zehenspitzen hinter Frida und Stormie vorwärts. Jools und Kim liefen hinter ihm, und das Licht ihrer Fackeln enthüllte Spinnweben, die von der Decke hingen, und Teile alter Schienen zu ihren Füßen. „Ein Minenschacht“, stellte Rob fest.

„Achtet auf Höhlenspinnen“, rief Frida. „Die sind giftig!“

Robs Kopfhaut kribbelte unter seinem Helm, und er hieb instinktiv mit seinem Schwert um sich.

„Hey, pass doch auf!“, knurrte Jools und sprang zur Seite.

„Entschuldige.“

Sie stiegen eine Treppe hinab, die neben dem lückenhaften Schienensystem verlief, und überwanden alte Loren und eingestürzte Säulen. Dies wäre kein guter Ort, um festzusitzen, wenn das Gewölbe nachgab, dachte Rob und sorgte sich langsam um seinen mürrischen Freund. „Turner!“, rief er, und seine Stimme kam per Echo zu ihm zurück.

Die Passage machte einen Knick nach rechts. Als Rob die Kurve gerade hinter sich gelassen hatte, vernahm er Kims erschrockene Stimme.

„Unsere Fackeln sind ausgegangen!“

Er wirbelte herum und lief zurück. Genau in diesem Moment stöhnte Jools und schrie: „Auuahh!“

Der Lichtschein von Robs Fackel enthüllte eine Höhlenspinne, die genau auf dem Kopf seines Quartiermeisters gelandet war.

„Sie hat mich erwischt!“

Bevor irgendjemand reagieren konnte, hatte Kim bereits ihr rosa Schwert gezogen. „Stirb! Stirb! Stirb!“, brüllte sie und hieb wild auf die Kreatur ein. Die tote Spinne landete mit einem dumpfen Aufprall neben Jools, der bewegungslos dalag.

Rob stand hilflos daneben, während die zierliche Frau ihr Schwert zurück ins Inventar legte und sich den Staub von den Händen klopfte. Frida und Stormie waren ebenfalls zurückgekehrt und erschienen an der Ecke, wo sie zwei Fackeln aus ihrem Inventar holten. Aber es gab nichts, was sie für Jools tun konnten. Niemand hatte Milch dabei.

„Er wird bald wieder normal sein“, erklärte Kim lässig und sammelte den von der Spinne gedroppten Faden vom Boden auf. „Hey! Ein Spinnenauge!“, sagte sie dann. „Fünf Extrapunkte!“

Eine Hand griff über ihre Schulter und nahm ihr das Auge weg. „Das nehme ich“, erklärte Jools, der wieder ganz der Alte war. „Das ist genau das, was ich für mein Brau-Inventar benötige.“

Rob schüttelte sich und unterdrückte den Drang, kreischend die Treppe hinauf und nach draußen in die Nacht zu rennen. Er hatte sich nie vor Spinnen oder der Dunkelheit gefürchtet … Aber das war in einer Welt gewesen, in der er vorhersagen konnte, was sich hinter der nächsten Biegung befand. Er riss sich zusammen und ging erneut um die Kurve, während er weiter nach Turner rief.

*

Die Treppe schien ewig hinabzuführen, und dann, ganz plötzlich, war sie zu Ende. Dem Suchtrupp standen zwei Wege offen: nach links und nach rechts. Dies verursachte unter den Spielern mindestens so viel Aufregung wie die Entdeckung des Minenschachts.

„*Sch*!“, ermahnte Stormie sie von der Spitze der Gruppe. „Hier geht etwas vor sich.“ Rob vernahm von seiner Position hinter Frida ein schlurfendes, schnaufendes Geräusch. Es klang wie ein Bär. Aber nicht einmal Höhlenbären – die außerdem ausgestorben waren, wie er sich erinnerte – würden so weit in die Tiefe hinabsteigen, egal in welcher Welt.

Die Fußsoldaten drängten sich hinter Stormie, um etwas zu sehen, als sie die Fackel um die Ecke schwenkte.

„Wer ist da?“, rief sie herausfordernd.

Zu ihrer Überraschung war die Kreatur, die sich ihnen zuwandte, gebaut wie ein Mann, der allerdings riesige, hervorstehende Augen besaß.

Rob erkannte, was er vor sich hatte, und drängte sich an Stormie vorbei, um Turner ins Gesicht zu greifen. „Eine Schutzbrille!“ Er hielt sie hoch und ignorierte seine weichen Knie. „Was glaubst du eigentlich, was du hier tust?“

Turner holte mit der Spitzhacke aus und schwang sie vor Rob, ohne ihn zu berühren. In diesem Moment drängte sich Jools vor und bewarf Turner mit einem Trank.

Turner verdrehte die Augen, als hätte ihn ein Elefanten-Beruhigungsmittel getroffen. Er torkelte, ließ die Spitzhacke fallen und riss die Hände nach vorn, um denjenigen zu erwürgen, der ihn getroffen hatte.

„Nein, nein, du erwischst mich nicht", neckte ihn Jools und tänzelte außerhalb von Turners Reichweite herum.

Im Licht der vielen Fackeln spiegelte sich in Turners Augen zuerst Ungläubigkeit, dann Verstehen und schließlich Zorn wider.

„Ein eigenes Gebräu", erklärte Jools. „Langsamkeit, kombiniert mit Schwäche und Verärgerung. Der letzte Teil ist mein Markenzeichen."

Während Turner noch schwankte, hatte Frida die Situation schnell erfasst. „Er hat etwas abgebaut! Seht, hier sind überall Erzadern, und dort steht eine Lore mit einer halb vollen Truhe. Diamanten, Lapislazuli, Smaragde und noch mehr … Irgendjemand hat diese Mine viel zu früh verlassen."

Rob beugte sich mit seiner Fackel vor. „Aber wie konnte er sehen, was er tut?"

Jools rieb sich das Kinn. „Mein Nachtsichttrank, erinnerst du dich? Die Brille hat er nur zum Schutz mitgenommen und nicht, um im Dunkeln zu sehen."

Rob nickte grimmig. „Das bedeutet, er hat das von Anfang an geplant."

Kim starrte Turner an. „Du solltest dich schämen!"

Frida schüttelte den Kopf über ihren abtrünnigen Freund. „Ich bin wirklich sehr enttäuscht von dir, Klops."

Turners Stimme kehrte zurück, aber er war noch immer

betroffen vom Langsamkeits-Effekt. „Ent-täuscht …? Ihr solltet … mir danken!"

„Wir sollen dir also glauben, dass du die Beute mit uns teilen wolltest?", fragte Rob, der vor Zorn bebte.

„So weit … würde ich … nicht gehen", antwortete Turner ehrlich. „Aber ihr … könnt gern im … anderen Schacht … abbauen."

„Ich sollte dich mit deiner Spitzhacke bearbeiten!", rief Rob und zwang sich dann zur Ruhe. „Nun gut. Wir tun Folgendes. Frida, Stormie: Ihr begleitet Turner sicher zurück ins Lager. Bewacht ihn mit euren Waffen. Kim, Jools: Ihr helft mir dabei, diese Lore zur Oberfläche zu transportieren."

Die zusätzliche Arbeit war keinem willkommen, aber der zornerfüllte Adrenalinschub tat sein Übriges, und die Aufgaben wurden erledigt. Nach und nach versammelten sich alle ums Lagerfeuer, Turner bewacht von den beiden Frauen.

Rob trat zu seinem entehrten Waffenmeister. „Was hast du zu deiner Verteidigung zu sagen?"

Turner räusperte sich. „Mir kam in den Sinn, dass es in diesem Gebiet tote Minen geben könnte. Wo früher Bergleute gearbeitet haben, bleibt immer der eine oder andere Brocken zurück."

„Also dachtest du dir, du gehst einfach allein los und holst dir die Beute? Noch dazu im Dunkeln?"

Turner wandte den Blick ab. „Wer zuerst kommt, mahlt zuerst", murmelte er.

Kim und Jools schoben die halb beladene Lore vor sich her. „Danke, Leute", sagte Rob. „Jools, bau bitte eine neue Truhe. Darin werden wir all das verstauen. Und ab sofort wird jeder von uns sein gesamtes Inventar dem Quartiermeister überlassen – außer den Gegenständen, die ihr braucht, um zum Dorf und wieder zurück zu gelangen."

Turner quiekte wie ein verletztes Schwein. „Die Beute gehört mir! Wer's gefunden hat, darf's behalten." Er wollte sich erheben, aber Frida und Stormie hielten ihn in Schach.

„Die Beute gehört allen, bis der Krieg vorüber ist", erklärte Rob. „Wir brauchen vielleicht Bestechungsgeld, und diese Edelsteine könnten noch nützlich werden." Trotzdem gefiel es ihm nicht, dass Turner gefesselt war. „Denk nach, Sergeant. Damit hast du den Vorteil auf deiner Seite. Wenn du etwas von deinem Zeug aufgibst, erhältst du Anspruch auf die Sachen von allen anderen."

Dieses Argument munterte Turner etwas auf. „So hab ich das noch nie betrachtet", erwiderte er.

„Und wenn alles nach Plan läuft", fügte Stormie hinzu, „dann kehrt jeder von uns mit einem Vielfachen von dem nach Hause, was er investiert hat."

Turner dachte darüber nach.

„Können wir dir vertrauen?", fragte Rob.

Turner runzelte die Stirn. „Na gut ... Ich hab ja sowieso keine Wahl."

„Oh doch, Turner, die hast du. Entweder bist du dabei oder ganz draußen", stellte Rob klar. „Und ich bezweifle, dass Dr. Dreck dir ein ähnlich faires Angebot machen wird."

Turner wusste, dass sein Gegenüber recht hatte. „Verstanden", sagte er, und die Frauen ließen ihn los.

*

Am nächsten Tag traf sie die Realität wie ein kalter Regenschauer, als den Mitgliedern von Bataillon Null das ganze

Ausmaß der Last klar wurde, die sie geschultert hatten. Aufklärung, Strategie, Abwehr – die vielen Aspekte der Schlachtvorbereitung hielten sie den ganzen Morgen auf Trab.

„Ich bin erstaunt, wie viel Arbeit es macht, einen Krieg zu beginnen", meinte Jools, während er an seinem Computer eine Datenbank erstellte. Die Vorratstruhen enthielten inzwischen so viele Dinge, dass er sich nicht mehr alles merken konnte. Und er wollte keinesfalls, dass etwas verloren ging.

„Ich schätze, darum sind Armeen so … groß", sinnierte Rob, während er Stormies Karte studierte, die er auf eine der Truhen gelegt hatte.

Er hatte Frida und Turner ausgesandt, um nach Versorgungsrouten Ausschau zu halten. Außerdem sollte jemand ein Auge auf Turner haben, auf den er sich verlassen konnte. Kim war damit beschäftigt, Heu für die Pferde zu verteilen und den Gesundheitszustand der Tiere zu überprüfen. Wenn sie über diesen Tafelberg-Boden galoppieren wollten, mussten sie besonders gut auf die Hufe achten.

„Stormie, könntest du die Biome auf der Karte markieren, die unter Dr. Drecks Kontrolle stehen?"

Sie legte den Stapel Fackeln ab, den sie soeben hergestellt hatte, und trat zu ihm. „Ich weiß sicher, dass er seine Leute im Sumpfland, im dichten Wald und am Steinstrand positioniert hat – und nahe der Dschungelgrenze, an der wir uns trafen. Laut Aswan kommen Armeen an den Grenzen zum Wald, zur Taiga, den Bergen und zum Ozean hinzu. Ich bin aber nicht sicher, welchen Ozean er gemeint hat."

„Turner und Frida haben erwähnt, dass sie in der kalten

Taiga, auf der Ebene und in den Tafelbergen auf Ärger gestoßen sind."

„Welche Tafelberge?", fragte Stormie besorgt.

„Das weiß ich nicht." Rob zuckte mit den Schultern. „Aber diese waren es wohl kaum."

„Also, mit anderen Worten, wir haben die Qual der Wahl", sagte Jools, stieg über den Stapel Fackeln und trat zu ihnen. „Ene mene muh, und raus bist du!" Er schloss die Augen und ließ einen Finger auf die Karte sinken.

„Ohne Informationen darüber zu haben, wie viele Truppen sich in jedem Biom aufhalten, können wir eigentlich nur raten", sagte Rob. „Beginnen wir mit der Grenze, die die beste Abwehr bietet, oder mit der, an der wir am meisten erreichen?"

„Du meinst, für die anderen", stellte Stormie klar. „Dazu kommen wir später. Zuerst sollten wir uns um die Gebiete kümmern, die wir in einem Stück und als Gruppe wieder verlassen können."

„Vielen Dank für diesen Hinweis", murmelte Jools.

„Also …" Rob kratzte sich am Kopf. „Ein Hinterhalt mit guter Deckung oder dort vorstoßen, wo wir am leichtesten Skeletthorden niedermachen können?"

Jools wog die Vor- und Nachteile ab. „Wir könnten ihnen gleich nach Sonnenuntergang dort auflauern, wo sie sich einzeln bewegen müssen. Oder wir könnten ihnen an einem größeren, aber in sich geschlossenen Ort entgegenreiten, sodass sie sich zurückziehen müssen." Er pausierte. „Oder … wir könnten bis kurz vor Sonnenaufgang warten und sie dann weit genug in die Wüste locken, sodass sie verbrennen, bevor sie sich retten können."

Rob und Stormie sahen ihn bewundernd an.

„Lasst uns eine Weile darüber nachdenken", schlug

Rob vor. „Wenigstens haben wir drei Optionen." *Und ich habe keine Ahnung, welche Erfolg haben könnte*, dachte er bei sich. „In der Zwischenzeit … Stormie, behalte die uns bekannten Gefechtslinien im Auge und hilf Frida dabei, sie über die nächsten paar Tage zu beobachten."

Gerade als er den Namen der Späherin ausgesprochen hatte, näherte sie sich von Norden her mit Turner an ihrer Seite. Er hielt etwas Großes und Flaches über dem Kopf. „Leder!", rief er fröhlich.

„Sie haben wohl ein paar Kühe gefunden", sagte Jools.

Stormie staunte. „Wie sehr sich dieser Mann über kostenlose Dinge freuen kann …"

Aber Rob war ebenfalls froh. Er hatte von einem guten, leicht angebratenen Steak geträumt.

*

Trotzdem gab es abends Eintopf. Kim kochte das Fleisch der Kuh, die Turner getötet hatte, und fügte einige Karotten und Kartoffeln hinzu, die sie aus dem Gruppen-Inventar nahm.

„Das ist wirklich gut, Kim", erklärte Rob und schaufelte sich einen weiteren vollen Löffel in den Mund.

Stormie seufzte, nachdem sie selbst einen Happen verschlungen hatte. „Wie bei Muttern."

„Danke, Leute. Was habt ihr gefunden, Frida?", wollte Kim wissen.

Frida zählte die potenziellen Ressourcen auf, die sie im Bereich der nördlichen Savanne und der angrenzenden Sandwüste entdeckt hatten. Dort gab es Zuckerrohr, das sie beim Lager anpflanzen konnten, und genügend Akazien für Bretter und Stöcke. Frida grinste. „Ich habe eine Menge Wolle mitgebracht. Meine Schere hatte ich nicht dabei, also musste ich die Schafe töten, um sie zu scheren. Aber ich weiß, dass die Wolle für unsere Abwehr noch nützlich werden könnte."

Turner nickte. „Ich verstehe, was du meinst. Das Zeug brennt wie Zunder."

„Wo wir gerade dabei sind", unterbrach Rob ihn. „Sergeant, wie ist die Waffenlage?"

„Nun, wir könnten die Wolle einsetzen, um bei Bedarf eine Feuerschneise zu legen. Wir haben ein paar Dutzend Schwerter – aus Holz, Stein und Eisen. Aus Diamanten könnte ich auch eins bauen mit den Sachen, die ich letzte Nacht ..." Er brach ab und vertiefte das Thema lieber nicht weiter. „Dann gibt es noch drei oder vier Bögen pro Person und Stormies TNT-Kanone. Unsere Äxte und Spitzhacken können wir sowohl als Werkzeuge als auch als Waffen einsetzen, sobald das gute Zeug verbraucht ist."

Alle hörten schweigend zu.

„Und dann habe ich noch ein paar lustige Ideen", fuhr Turner fort und rieb sich die Hände. „Sand. Davon brauchen wir mehr – viel mehr. Wir stapeln ihn für Erstickungsfallen auf – das ist immer sehr unterhaltsam, wenn man es mit Zombies zu tun bekommt. Außerdem können wir ein paar feine Grubenfallen ausheben. Wir umstellen sie mit Stolperdrähten und füllen sie mit Kakteen."

Jools schnitt eine Grimasse. Rob war froh, dass Turner auf ihrer Seite stand ... jedenfalls fürs Erste.

„Neben den Fallen könnten wir noch ein paar Wölfe zähmen. Die fressen sich einfach durch einen Skelettmob. Und dann gibt's noch Tränke ..." Er nickte Jools zu.

„Ich habe einiges an Brauzutaten zusammengetragen", berichtete der Quartiermeister. „Bisher haben wir ein paar

Dutzend Tränke gegen Dinge, die uns in der Schlacht widerfahren könnten." Er warf einen Seitenblick auf Turner. „Oder im Lager, falls es Überraschungen gibt."

Turner ignorierte ihn. „Was die Munition angeht", nahm er den Faden wieder auf, „da gibt es noch viel Spielraum nach oben. Wir könnten wirklich mehr TNT brauchen. Und ich stelle so viele Pfeile her wie möglich ... bis zum Tag des Jüngsten Gerichts, wenn's sein muss."

Rob zuckte zusammen. „Ich kann dir helfen", bot er an und deutete auf den Stapel, an dem Turner gerade arbeitete.

Der Waffenexperte strafte ihn mit einem verächtlichen Blick. „Danke, aber nein, danke, Neuling ... ich meine, Hauptmann. Du kannst Bögen bauen, wenn du helfen willst, aber die Pfeile übernehme ich persönlich." Er nahm einen Stock vom Stapel neben sich in die Hand und verbog ihn. „Ein Bogen ist eigentlich nur ein gekrümmter Stock, aber ein Pfeil, tja ..." Er griff nach einem Pfeil, den er kurz zuvor hergestellt hatte, und betrachtete ihn verzückt. „Ein Pfeil ist ein Kunstwerk."

Erneut verspürte Rob Erleichterung und Zuversicht. Turner würde auf ihrer Seite stehen. Trotzdem hatten die Pflichten dieses Tages den Stresspegel im Lager etwas ansteigen lassen. Obwohl es niemand aussprach, dachte insgeheim jeder an ihren nächsten Schritt. Wann würden sie ihn wagen? Wie schwer würde es werden? Und würden sie Erfolg haben?

Niemand wollte wirklich die Antworten darauf hören.

Während sie um das Lagerfeuer saßen und ihre Lieblingsaufgaben ausführten, flötete Kim plötzlich: „Großartige Neuigkeiten, Bataillon Null!" Sie betrachtete den Bildschirm ihres Laptops und lächelte. „Ich habe Aswan erreicht. Einer seiner Händler hat die Koordinaten zu einer Netherfestung, in der wir Colonel M finden."

„Wow!", sagte Frida. „Wie überlebt er dort unten?"

Jools kannte die Antwort. „Er – oder das, was immer er als Haut benutzt, wenn er keinen Körper mehr besitzt – reitet das großartigste Ross der ganzen Oberwelt. Und jetzt auch der Unterwelt, schätze ich." Er warf Rob einen bedeutungsvollen Blick zu. „Man sagt, dass Nachtwind sogar dem Teufel davonlaufen kann."

10. Kapitel

Rob war beeindruckt. Dieser Colonel M war ein legendärer Kavallerist – und genau so jemanden brauchten sie, damit er sie bei einem bombensicheren Schlachtplan unterstützen konnte.

„Es gibt nur ein Problem“, meinte Kim und tippte auf ihrer Tastatur. „Der Händler sagt, dass der Colonel … gerade keine Besucher empfängt.“

Turner stieß den Atem aus. „Na und? Wir gehen einfach da runter und klopfen an seine virtuelle Tür. Aus dem Nether fliegt schließlich keiner einfach raus.“

„Vielleicht würde auch nur ein Schwachkopf dort unten willentlich Zeit verbringen – der Colonel natürlich ausgenommen“, sagte Jools.

„Stimmt“, warf Stormie ein. „Aber so ein Portal eignet sich bestens als Transportmittel. Bevor ich euch alle traf, habe ich darüber nachgedacht, eines zu verwenden, um den Scharmützeln an den Grenzen zu entgehen.“

„Es ist nur nicht gerade ein Ort, an dem man die Füße hochlegt und sich entspannt“, erklärte Frida ihrem Hauptmann.

„Inwiefern?“, fragte er unbehaglich.

„Dort gibt es fürchterliche Lavafälle“, antwortete Turner.

„Und wo Lava ist, sind auch Lohen“, betonte Jools.

„Ghasts!“ Stormie spie das Wort aus. „Die reißen dich mit ihren Explosionen in Stücke.“

„Und vergesst nicht die Zombie Pigmen!“, fügte Kim hinzu.

Rob riss die Augen auf. „Z-Zombie Pig-was?“

„Du hast richtig gehört.“ Kim nickte. „Und denen ist Lava übrigens völlig egal.“

In Robs Kopf drehte sich alles. All diese Gegner klangen unbesiegbar. Dennoch versuchte er, eine mutige Miene aufzusetzen. „Na, wenigstens gibt's keine Skelette! Das klingt doch gut.“ Er kicherte nervös.

„Oh doch, die gibt es“, sagte Kim. „Witherskelette. Massenweise.“

Frida bemerkte Robs perplexen Gesichtsausdruck. „Hauptmann, es scheint mir, als brauchst du einen Überblick. Okay. Der Nether für Anfänger.“

Sie begann, Colonel Ms Wahlheimat zu beschreiben. In der Unterwelt stand die Zeit still, und Karten waren sinnlos. Der Netherstein-Boden war scharf, uneben und voller Löcher und Gräben. Auch wenn ein Abenteurer hier schneller vorankam als an der Oberfläche, war die Reise auf Netherstein ausgesprochen schwierig. Pferde und Maultiere mit sicherem Schritt würden allerdings besser vorankommen als menschliche Spieler.

„Beckett zum Beispiel kommt dort gut klar“, sagte Jools stolz.

„Mit einem Trank der Schnelligkeit“, warf Stormie ein, „denn du musst andauernd vor superschnellen Mobs und Lavaflüssen fliehen.“

Turner verschränkte die Finger ineinander und streckte die Hände über dem Kopf in die Luft. „Und ich hoffe, du magst Feuer“, meinte er.

„Wer tut das nicht?“, erwiderte Rob leise.

„Feuer entstehen spontan“, fuhr Turner fort. *„Peng!* Außerdem gibt es viele Dinge, an denen du dich verbrennen kannst: Lavaseen, Lohen, Magmaschleime …“

„Brrr!“ Jools schüttelte sich. „Schleime aus Feuer.“

„Das klingt alles nicht gerade einladend“, schloss Rob. „Warum also sollte irgendjemand freiwillig in den Nether ziehen?“

Turners Augen leuchteten auf. „Dort gibt es Beute! Und zwar massig.“

Frida blickte finster drein, weil ihr Söldnerfreund wieder einmal seinen einspurigen Verstand unter Beweis gestellt hatte. „Oder, in Colonel Ms Fall, keine nervenden Nachbarn. Der Mann hatte wahrscheinlich irgendwann genug vom Zustand der Oberwelt; erst recht nach allem, was er im Ersten Krieg erreicht hatte.“

Rob nahm das alles nüchtern in sich auf. Wenn Colonel M die Oberwelt aufgegeben hatte, welche Chance hatten sie dann, den Frieden wiederherzustellen? Andererseits klang der Nether auch nicht gerade heiß … oder etwas *zu* heiß. „Seid ihr sicher, dass ihr mir alles gesagt habt? Es gibt nicht zufällig feuerspeiende Drachen im Nether, oder?“

Jools starrte ihn an, als wäre er verrückt geworden. „Du meinst das Ende. Dort lebt der Enderdrache.“

Stormie legte eine Hand auf Robs Ellenbogen. „Aber keine Sorge. Der spuckt kein Feuer.“

„Ja, nur Säure“, fügte Turner hinzu. „Aber zerbrich dir nur nicht den Kopf. Ich würde sagen, unsere größte Sorge im Nether ist nicht, *ob* du verbrennst, sondern *wie*.“

Die vielen Informationen sanken in Robs Bewusstsein wie Zement in Schaumstoff. Wen kümmerten schon Spinnen und pechschwarze Finsternis? Eine flammende Unterwelt war definitiv etwas, wovor er sich fürchtete.

Aber das konnte er seinen Leuten ja nun wirklich nicht gestehen.

*

Der Hauptmann von Bataillon Null lenkte sich von seiner Angst ab, indem er sich in die praktische Arbeit stürzte. „Wir haben weder die Zeit noch die Ressourcen, um den Nether zu besuchen", teilte er den Spielern mit. „Außerdem müssten wir nicht nur dort hingelangen und dabei Arbeitskräfte und Pferde riskieren, sondern auch noch Colonel M davon überzeugen, dass unsere Sache gut und richtig ist. Das halte ich für unwahrscheinlich."

Kim blickte unglücklich drein. Frida, Stormie und Turner wirkten genauso entmutigt. Nur Jools war zufrieden.

„Damit will ich nicht sagen, dass wir ihn in Zukunft nicht um Rat fragen", versicherte Rob ihnen und hoffte, dass man ihm diese Lüge abkaufte.

Stormie schien ihr Vertrauen in ihn wiedergefunden zu haben. „Ich verstehe. Er ist unser Trumpf", sagte sie. „Wie ein alter Freund. Oder eine Geheimwaffe."

„Richtig. Eine Geheimwaffe", wiederholte Rob und dachte daran, wie dringend sie eine brauchten – nur eben eine, die sie nicht so viel kosten würde.

Während der nächsten Tage arbeiteten die Soldaten an ihrem Training und füllten ihre Versorgungsslots. Beim folgenden Drill zeigte ihnen Rob, wie sie ihre Pferde bombensicher machen konnten.

„Du meinst, damit ihnen Creeper nichts anhaben?", fragte Turner.

Rob betrachtete ihn amüsiert. „Das ist nur so ein Ausdruck. Es bedeutet, wir trainieren sie, damit sie sich vor nichts mehr fürchten." Er lief entlang der Linie aus Reitern und Pferden. „Mir ist aufgefallen, dass diese Tiere zwar daran gewöhnt sind, Zombies und anderen nicht tierischen und nicht menschlichen Monstern zu begegnen. Aber was passiert, wenn sie sie berühren oder gar auf sie zugaloppieren sollen?"

Stormie verstand. „Armor ist mutig, aber so mutig nun auch wieder nicht", gestand sie.

Also verbrachten sie etwas Zeit damit, die Pferde unempfindlich für ungewöhnliche Dinge zu machen, die ihnen begegnen könnten. Rob warf ein paar Knochen in einen Sack und schüttelte ihn, um Geräusche zu verursachen, während er in der Arena umherlief. Stormie verschoss kleinere Ladungen mit ihrer TNT-Kanone, während die Pferde vorbeitrotteten. Frida stieg von Ozelots Rücken, steckte sich etwas Fleisch in die Tasche, das zu lange in der Sonne gelegen hatte, und imitierte dann den stolpernden Gang und kehligen Ruf eines Zombies.

„Wir wissen, dass Pferde die Farbe Grün erkennen", informierte Rob die Gruppe und zeigte auf Frida und ihre Hautfarbe, die sie mit den Zombies gemein hatte. „So spüren sie Gras auf, wenn sie zu weit entfernt sind, um es zu riechen."

Fridas Schauspiel war so überzeugend, dass Ozelot herumwirbelte und bockte, als sie wieder aufsteigen wollte.

„Es funktioniert!", rief Rob. Er wusste, dass das Verhalten, das er den Tieren austreiben wollte, zunächst ausgelöst werden musste, damit der Plan aufging. Sonst würden sie es nie lernen. Also bat er Frida, auch auf alle anderen Pferde aufzusitzen, auch auf Saber.

Bei den folgenden Drills übten sie den Kampf vom Pferderücken aus sowie das Absteigen und das Gefecht am Boden. Turner und die anderen fanden die Langbögen zu unhandlich, um sie vom Pferd aus abzufeuern.

„Die kann ich umbauen“, schlug der Waffenexperte vor, und schon am nächsten Tag waren alle mit kürzeren Bögen ausgestattet, die er mit Höhlenspinnenfäden verstärkt hatte. Sie waren stabil und konnten schnell von der einen auf die andere Seite des Widerrists verlagert werden, sodass die Soldaten beim Schießen beweglich blieben.

„Ich schätze, wir haben jetzt alles Nötige gelernt, um Dr. Drecks Armee entgegenzutreten“, meinte Turner, nachdem sie alle sicher vom Pferderücken aus ihre Ziele trafen.

„Es ist ein Anfang“, erwiderte Rob. „Nun müssen wir üben, als Team zusammenzuarbeiten.“

Dieser Schritt würde für alle schwierig werden. Wenn es eine Eigenschaft gab, die alle Mitglieder des Bataillons teilten, war es ihre Selbstständigkeit. Dadurch hatten sie immer überlebt: Kim allein auf ihrer Ebenen-Ranch, Jools, das Meisterhirn unter den Kriegstreibern, und Frida, Stormie und Turner, die alle von der Suche nach Reichtümern angetrieben wurden. Ihre Unabhängigkeit war ihre größte Stärke … und gleichzeitig ihre größte Schwäche. „In einer Schlacht“, erklärte Rob, „macht der Zusammenhalt eine Einheit stärker, als es ein einzelner Spieler je sein könnte. Daher ziehen Kavalleristen immer eng nebeneinander in den Kampf und nicht etwa einzeln.“

„Es ist viel effektiver“, stimmte Jools ihm zu.

„Klar, mit einem Mädchen an der Spitze“, kommentierte Turner.

„Lass stecken, Klops", warnte Stormie.

Er maß sie von oben bis unten. „Ich wünschte, ich könnte", spöttelte er.

Frida holte aus und schlug ihm die Faust ins Gesicht.

„Danke für diese erhellende Kraftdemonstration, Späherin", sagte Rob und musste sich das Lachen verkneifen, während Turner sich das Kinn rieb. „Es wird ohnehin Zeit für das Nahkampftraining. Und wir haben nur einander zum Üben."

Der Vorschlag war nicht abwegig. Frida und Turner waren schon seit Langem Sparringspartner, und der Rest hatte bereits genügend Nahkampfsituationen hinter sich. Bald waren Paare gebildet, die einander durch die Arena jagten und sich nichts schenkten. Jools hatte eine Heilungsstation mit diversen nützlichen Tränken und Snacks aufgebaut, die die Hungerleisten immer wieder füllten.

Schließlich verließ Rob das Kampfgeschehen und beobachtete seine Leute. Sowohl am Boden als auch zu Pferd bewiesen sie echtes Geschick. Ohne Vierbeiner konnten sie nun zustoßen, parieren, täuschen, Ausfallschritte machen und zur Not auch mit den Zähnen kämpfen. Zu Pferd hatte die Gruppe das Reiten im gleichen Tempo in dieselbe Richtung gemeistert. Sie ritten Stiefel an Stiefel, ohne dass potenzielle Gegner genug Platz gehabt hätten, einen Keil zwischen sie zu treiben. Sie waren in der Lage, in Formation vorwärtszureiten, sich als Einheit zu drehen und auf Kommando stehen zu bleiben – der letzte Punkt war besonders wichtig. Obwohl er dieses Training am liebsten bis in alle Ewigkeit fortgesetzt hätte, konnte Rob nicht abstreiten, dass Bataillon Null inzwischen mehr als bereit für die Schlacht war.

Kim teleportierte sich zu ihm und knuffte ihn leicht in die Seite. „Sieht gut aus, was, Hauptmann?"

Er nickte.

Aber war *gut* auch gut genug?

*

Rob und seine Berater Jools und Stormie einigten sich darauf, dass ihr erster Kampf gegen Dr. Dreck und seine Leute in der Nähe des Lagers stattfinden musste, falls ein schneller Rückzug notwendig wurde. „Oder eine schnelle Siegesfeier", bemerkte Stormie.

An der Grenze zwischen den Tafelbergen und der Savanne hatte ihre Späherin im Nordosten einen hügeligen, dichten Wald ausgemacht. „Die Klippen an der einen Seite werden zu hoch für Skelette sein, aber mit unseren Pferden können wir sie als möglichen Fluchtweg nutzen", hatte Frida gesagt.

Jools gefiel, dass der Lichtlevel unter dem dichten Blätterdach niedrig genug war, um ausgeruht und am Tag zuzuschlagen. „Drecks Truppen haben eher nachts den Vorteil auf ihrer Seite", erklärte er. „Und wir können uns jederzeit in die südliche Wüste zurückziehen, um sie ins Licht zu locken." Er beäugte Stormie und Rob. „Ich habe das Szenario durch meinen Wahrscheinlichkeitsrechner gejagt. Wir haben eine Chance von fünfundachtzig Prozent, diesen Kampf zu gewinnen."

Rob holte tief Luft. „Oder eine fünfzehnprozentige Chance zu verlieren."

„Ihr habt das Unentschieden vergessen", witzelte Stormie, um die Stimmung aufzulockern.

Während sie sich gemeinsam eine Strategie zurechtlegten, nahmen sich Turner, Frida und Kim der gefährlichen

Aufgabe an, ein paar Wölfe zu zähmen. Sie verschwanden im Flachlandwald östlich ihres Tafelberg-Lagers und wollten so entweder von Monstern unentdeckt vorankommen oder sie bekämpfen, wenn sie ihnen in kleinen Gruppen begegneten. Die Wölfe sollten ihnen dabei helfen, Drecks Skelette zu attackieren und Hexen zu jagen, die wertvolles Schwarzpulver droppten, wenn sie starben. Ihr TNT-Vorrat war extrem geschrumpft, und es würde so viel Schwarzpulver wie nur möglich brauchen, um die Kanone neu zu laden.

All diese Aufgaben waren innerhalb weniger Tage erledigt. Kims Talent im Bezirzen von Tieren, kombiniert mit einigen Skelettknochen, die sie unterwegs gefunden hatten, bescherten ihnen zwei loyale Wölfe, denen sie die Namen Biest 1 und Biest 2 gaben. Außerdem entdeckte die Gruppe drei Hexenhäuser im Sumpfland am anderen Ende des Waldes, und durch Fridas und Turners außergewöhnliches Talent im Umgang mit Pfeil und Bogen erledigten sie zwei Dutzend Hexen, ohne ihnen je so nahe zu kommen, dass diese sie mit ihren Wurftränken erwischen konnten.

Als die drei Soldaten zum Lager zurückkehrten, waren sie guten Mutes.

„Wir sind nicht aufzuhalten!“, erklärte Turner.

„Dann kannst *du* ja losziehen und Drecks Armeen bekämpfen“, schlug Jools vor. „Ich bleibe hier und spiele auf meinem Computer.“

Rob fand den Scherz wenig erheiternd. „Du bringst deine Vorratstruhen zur Front wie geplant, Quartiermeister.“ Etwas sanfter fügte er hinzu: „Du kannst aber einen der Wölfe in deiner Nähe behalten, bis wir ihn brauchen.“

Jools gefiel diese Idee, und Biest 1 ebenfalls. Das Tier

bettelte um eine Skelettrippe. „Guter Hund", lobte Jools ihn und tätschelte den silbrig-braunen Kopf des Wolfes.

Stormie verbrachte den Rest des Tages damit, TNT herzustellen, während die anderen Bataillonsmitglieder zuerst Rüstungen und Zaumzeuge polierten und dann ein Bad im Fluss nahmen. „Meine Soldaten halten sich sauber", verkündete Rob und dachte dabei an einen Absatz, den er in einem alten Kriegsleitfaden gelesen hatte und der besagte, dass ein gepflegtes Bataillon in Feindesaugen gefährlicher wirkt.

Schließlich gab es nichts weiter zu tun, als am Vorabend der Schlacht früh schlafen zu gehen. Rob hielt nicht viel vom Beten, aber er glaubte sehr wohl an die Unterstützung guter Freunde. Also besuchte er vor dem Schlafengehen Saber auf der Pferdekoppel.

Das Pferd stand da, hatte den Kopf gesenkt und befand sich in einem Zustand irgendwo zwischen Dösen und Wachsein.

„Na, Kumpel. Morgen ist der große Tag", sagte Rob.

Saber bewegte den Schweif.

„Ich bitte dich nur darum, immer genau nachzusehen, bevor du irgendwo hintrittst, und bei jedem Sprung deinem Herzen zu folgen."

Das Pferd schüttelte sich, um eine Mod-Fliege loszuwerden. Dann rieb es seine Nase zärtlich an Robs Schulter.

„Ich auch, Saber, keine Sorge. Ich auch."

Damit wandte sich der Ex-Cowboy und frischgebackene Kavallerie-Hauptmann ab und legte sich hin. Es wurde eine schlaflose Nacht.

*

Am nächsten Morgen sprach niemand mehr als nötig, während sie sich bereit machten, das Lager zu verlassen. Gerüstet, bepackt und auf dem Rücken der Pferde zog Bataillon Null los – Kim hinter Rob auf Saber, damit sie nicht zurückblieb.

Ihr Plan sah vor, die Hügelgrenze zu überqueren, die sehr wahrscheinlich nicht verteidigt wurde, und dann den Feind im dichten Wald auf der östlichen Seite zu überraschen. Die Pferde trugen sie über die höchsten Gipfel der Tafelberge, durch Riesenfelsen und Täler, während die beiden Wölfe an ihrer Seite trotteten.

„Ich fühle mich, als hätte ich ein Zielscheibentattoo auf der Stirn", murmelte Turner, während sie die Felsvorsprünge hinabstiegen, wobei sie von der Waldgrenze aus leicht zu erkennen waren.

„Hast du auch", sagte Jools. „Hier ist für Kim und mich Endstation." Die beiden würden mit den übrigen Vorräten und der Pferdeausrüstung zurückbleiben, und dieser Punkt sollte auch der Treffpunkt sein, wenn alles vorbei war.

Biest 1 setzte sich hechelnd und schwanzwedelnd neben Jools und Beckett.

Kim rutschte von Sabers Rücken und hob eine Faust. „Schnappt sie euch, Bataillon Null!"
„Das werden wir!", rief Stormie und führte die restlichen Reiter und den zweiten Wolf ins Unbekannte.

Zuerst hörten und sahen sie nichts im Dunkel des Waldes, der nur hier und dort kurze Blicke auf Lichtungen und spärliches Blattwerk erlaubte. Je näher sie ihrem Ziel kamen, desto deutlicher vernahmen sie das tiefe Stöhnen der Zombies und später das unverwechselbare Klappern von Knochen.

„Dreck wird in einem so dichten Wald kein Feuer riskieren“, flüsterte Frida. „Also keine Creeper. Ein Vorteil für uns.“

Rob wusste, dass sie sich so gut wie nur möglich vorbereitet hatten, um Zombie- und Skelettattacken abzuwehren. Seine Brust juckte unter dem Eisenpanzer, und er war froh über diese kleine Ablenkung. Doch aus diesem Grund zog er auch den Bruchteil einer Sekunde zu spät seinen Bogen.

Pock! Ein Pfeil prallte genau in dem Moment von seiner Rüstung ab, in dem die Reiter den Waldboden betraten.

„Bereit, Bataillon!“, brüllte er und sah sich wild nach dem Angreifer um. Seine Augen hatten sich noch nicht an die dunklere Umgebung gewöhnt. *Peng! Bäng! Wusch!* Pfeile umflogen ihn wie ein Schwarm Insekten, und das Knochenklappern wurde lauter.

„Vorwärts, Marsch … Angriff!“

Turner und Stormie legten Pfeile auf. Frida ließ Biest 2 frei. Gemeinsam ritten sie voran, aber die Bäume versperrten ihnen den Weg und machten ihre Formation zunichte. Rob lenkte Saber um eine Eiche und weiter vorwärts, um dann einen Riesenpilz zu überspringen – was ihn direkt in die Arme einiger bewehrter Skelette führte.

Rob stockte der Atem. Sein Schuss auf einen Schädel flog einen halben Meter an seinem Ziel vorbei, aber der nächste durchbrach die Rüstung des Feindes und tötete ihn. „Ha!“, rief er und spürte kurz darauf einen Pfeil in der eigenen Hand.

„Das war Glück“, knurrte Turner, während er mit dem Unterholz kämpfend auf Duff vorbeitrabte.

Stormie und Frida wurden von ein paar Rosenbüschen aufgehalten, sodass ihre Pferde nicht springen konnten, aber wenigstens bot der Dornenwall etwas Deckung. Sie ließen Pfeile auf die vorrückenden Skelette niederregnen und erledigten damit ein paar, erlitten jedoch selbst einige Fleischwunden.

Der arme Duff hatte sich und seinen Reiter in eine Ecke mit Eichen und Pilzen befördert, und Turner fand sich Auge in Auge mit einer Zombiehorde wieder. Er sprang ab, zog sein Eisenschwert und legte los, woraufhin Zombiegliedmaßen in alle Richtungen davonflogen. Aber auch seine Fähigkeiten waren begrenzt, und bald steckten in seiner Rüstung zwei Holzäxte, die vorher Zombies gehört hatten.

Rob konnte noch schießen, obwohl seine Hand schmerzte. Auf Saber schlängelte er sich durch die Bäume und ritt auf Turner zu, um ihm zu Hilfe zu eilen.

„Ich gebe dir Deckung, während du wieder aufsitzt!", rief Rob.

Aber er war nicht in der Lage, die Skelette abzuwehren, die ihrerseits flink über das unebene Terrain hinwegsprangen, um wieder in Schussweite zu gelangen.

Peng, peng, peng! Drei Pfeile bohrten sich in Turners Kettenhaube.

„Das nennst du Deckung?", schrie er zurück.

In diesem Moment sprang ein kleiner Griefer mit quadratischer Nase und drei Beinen auf einen nahen Pilz und sprach sie mit nasaler Stimme an: „So sehen wir uns also wieder, Turner!"

„Stirb, Mutant!", brüllte Turner und zielte. Aber es war zu spät. Der Griefer hatte sich längst von der Rückseite des Pilzes fallen lassen und seine Skelette vorausgeschickt.

Die Zombies, die Turner vorher nur verletzen, aber nicht hatte töten können, hatten weitere ihrer faulenden Art gespawnt. Nun war es an Rob, sie mit seinem Schwert abzuwehren. *Aber es sind so viele*, dachte er, und rasende Angst machte sich in ihm breit.

„Turner! Hauptmann! Hierherüber!“, rief Frida verzweifelt.

Sie und Stormie waren von Skeletten umzingelt. Rob musste dringend handeln!

Er ließ sein Schwert fallen und steckte zwei Finger in den Mund, um den lautesten und längsten Pfiff auszustoßen, den er jemals von sich gegeben hatte. Dann rief er: „Biest 1! Biest 2! Fasst!“

Ihr neuer wölfischer Kumpan stürzte den Berg hinab, um sich zu seinem Rudelmitglied zu gesellen. Knurrend und sabbernd verschlangen die beiden Tiere Fridas und Stormies unmittelbare Gegner. Knochen regneten auf den Boden herab und klangen dabei wie das schaurigste Xylofon der Welt.

Robs Magen verkrampfte sich, und er musste sich eingestehen, dass sie nach wie vor unterlegen waren. „Bataillon Null! Rückzug!“ Er schaute in verblüffte Gesichter. „Nicht abwarten. *Raus hier!*“

Die Wölfe hielten den Mob so lange in Schach, bis die Soldaten sich den Weg aus dem Wald gebahnt hatten. Turner drehte sich im Sattel um und rief über die Schulter: „Du bist schon tot, Legs! Wir werden uns wiedersehen!“

Ein Pfeilregen folgte ihrem Rückzug, und Rob und Saber galoppierten davon, so schnell sie Sabers Hufe trugen.

11. Kapitel

Rob war erleichtert, Kim und Jools in Bereitschaft vorzufinden, als Bataillon Null sich ihnen näherte.

„Ist jemand verletzt?", rief Kim.

„Nichts Dramatisches!", antwortete Turner und fügte hinzu: „Auf in die Berge!"

Der Trupp setzte sich erneut in Bewegung in Richtung der Tafelberge, dicht gefolgt von den beiden Wölfen. Kim stellte von ihrer Position auf Sabers Rücken aus sicher, dass ihnen keine Mobs über den Bergkamm folgten.

Zurück im Lager entledigten sich alle ihrer Rüstungen. Turner steckte bedauernd einen Finger durch das Loch in seiner Kettenhaube. Jools versorgte die Krieger mit ausreichend gekochtem Rindfleisch, um ihre durch die Skelettpfeile ramponierte Gesundheit wiederherzustellen. Rob verband seine Hand, und Kim reinigte ein paar Schnitte an Armors und Ozelots Vorderläufen, die von den scharfen Dornen der Rosenbüsche verursacht worden waren.

Einer nach dem anderen versammelten sich die Soldaten um das Lagerfeuer, und nachdem sie die Pferde versorgt hatte, gesellte sich Kim dazu. „Ihr habt einiges abbekommen. Was ist schiefgegangen?"

Ja, was ist eigentlich schiefgegangen?, fragte Rob sich, und seine Angst machte bitterem Zorn Platz. Er ballte die Hände zu Fäusten. *Nun, zum einen bin ich ohne Grund aus einem Flugzeug gefallen und dann in einem Ozean auf einer anderen Welt gelandet. Dann habe ich meine erste Nacht überlebt, obwohl ich sie besser nie überstanden hätte.* Er sah die Bataillonsmitglieder an, die deprimiert um ihn herumsaßen. *Dann lief ich Fräulein „Ich weiß alles besser" Frida und Großmaul Turner über den Weg … und Jools und Stormie und Kim, die sich überraschenderweise alle als unglaublich inkompetent herausgestellt haben! Was ist wohl schiefgelaufen?*

„Alles!", schimpfte er und begann aufzuzählen: „Frida, Stormie, eure Aufklärung war nutzlos! Jools, großartiger *Plan*! Dichter Wald war das eine Biom, das wir *nicht* hätten angreifen dürfen. Und Turner …"

Der Waffenmeister richtete sich abwehrend auf.

„Du kannst dir ja nicht einmal deinen Weg aus einer Papiertüte freischießen!"

„Jetzt halt mal die Luft …"

„Kim", fuhr Rob unbeirrt fort, „warum hast du unsere Pferde nicht mit Tränken der Sprungkraft ausgerüstet? Wir sind mehr oder minder gegen eine Wand gerannt."

„A-aber … du hast mich nie darum gebeten." Kim sah aus, als würde sie gleich in Tränen ausbrechen.

„Du bist die Pferdemeisterin." Rob stach mit seinem Finger in die Luft und zeigte auf sie. „Du musst vorhersehen, was sie brauchen."

„Schuldzuweisungen werden uns jetzt nicht weiterhelfen, Hauptmann", sagte Stormie ruhig.

„Geht mir aus den Augen!", grollte er. Wie vom Donner gerührt saßen sie da, also stapfte er wutentbrannt in Richtung des verlassenen Minenschachts davon.

Als er dort angekommen war, nahm er zwei Stufen auf einmal und lief hinunter bis zum Boden dieser finsteren

Grube, die seinen momentanen Geisteszustand widerzuspiegeln schien. An der Sackgasse bog er nach links ab. Er ließ eine erleuchtete Fackel aus seinem Inventar auf den Boden fallen, griff nach einer Spitzhacke und schlug unbarmherzig auf die Steinwände ein.

Wozu waren Vordenker und Strategen gut, wenn sie trotzdem Fehler begingen? Er hatte auf Jools vertraut, dass der ihm einen perfekten Schlachtplan entwarf. Er dachte, Kim hätte verstanden, dass ihre Pferde in der Lage sein mussten, wenn nötig eine ganze Legion gepanzerter Skelette zu überspringen. Und Turner, Frida und Stormie hätten ihre Angreifer erledigen sollen …

Damit ich es nicht tun muss, gestand er sich ein.

Scham überkam ihn. Was war er überhaupt für ein Anführer? Nur ein Feigling schickte seine Truppen gegen Feinde vor, damit er nicht selbst kämpfen muss. Rob ließ das Werkzeug fallen und sank geschlagen zu Boden.

Eine kurze Zeit war vergangen, als er den Kopf wieder hob, den er auf die Arme hatte sinken lassen, und die Wand anstarrte. Das Loch, das er mit seiner Spitzhacke geschlagen hatte, gab den Blick auf etwas Quadratisches und Hölzernes frei.

Rob griff erneut nach der Spitzhacke und vergrößerte das Loch. Er zog und zerrte, und kurz darauf stand er vor einer beachtlichen Truhe. Er wischte Spinnweben, einige Kohlestücke und ein paar Eisenbarren aus dem Weg und enthüllte ein altes, staubiges Buch, das an der Bindung beinahe auseinanderfiel.

„Was ist das?", fragte er laut.

Als er das Buch aus der Truhe nahm, begann es leicht zu glühen.

Das muss etwas Wichtiges sein!

Die Sorgen von vorhin waren wie weggeblasen, als er die Treppe wieder hinaufrannte und zum Lager zurückkehrte. „Leute! Seht euch das an!"

Die anderen versammelten sich vorsichtig um ihn, als erwarteten sie weitere Beschimpfungen.

Jools erschrak, als er sah, was Rob in den Händen hielt. „Gib mir das! Das ist mächtig."

Der Rest beobachtete ihn, als er das Buch drehte und wendete. „Es enthält eine Verzauberung!", berichtete er aufgeregt.

Turner deutete auf ihren Hauptmann. „Lasst es uns an ihm testen." Er griff nach dem Wälzer.

Jools riss das Buch ruckartig zur Seite, damit Turner nicht an es herankommen konnte. „Nichts da. Dieses Ding enthält einen Zauber. *Nur einen*."

„Welchen denn?", wollte Frida wissen.

„Wir könnten ihn einsetzen, um unsere Rüstungen zu verbessern", sagte Stormie bedächtig.

„Ich weiß!" Turner schnipste mit den Fingern. „Wir könnten damit unsere Beutedrops vergrößern. So kriegen wir die doppelte oder dreifache Menge!"

Jools klammerte sich an das wertvolle Buch. „Oder ..." Er grinste schelmisch und fuhr fort: „Wir könnten das Buch verwenden, um unsere nächste Schlacht zu gewinnen."

*

Die neue Strategie war brillant, das musste sogar Rob zugeben. Sie würden ihre bereits existierenden Fallen einsetzen und bei der Griefer-Armee mit einer Dornen-Verzauberung ein Vielfaches an Schaden verursachen.

„Normalerweise wirkt man diesen Zauber auf Rüstungen und sorgt dafür, dass Angriffe nach hinten losgehen", erklärte Jools. „Aber ich kann ihn erweitern, sodass er unsere Kaktusfallen optimiert!"

Rob dachte darüber nach.

„Das ist ja alles gut und schön", beschwerte sich Turner, „aber was verwenden wir als Köder?"

„Ja. Die Mobs hocken sicher an den Biomgrenzen", erinnerte Stormie Jools an das Offensichtliche. „Wie locken wir sie hierher?"

Jools legte den Kopf schief. „Beantwortet mir folgende Frage: Was lieben Skelette am meisten?"

Turners Hand schoss nach oben. „Töten."

„Genau. Und in der Finsternis folgen sie dir durch alle Widrigkeiten, nur um in Schussweite zu bleiben."

Kim erkannte, worauf Jools hinauswollte. „Wir wissen bereits, dass sie klägliche Schützen sind. Sie müssen zehnmal so oft feuern wie wir, um einen Treffer zu landen."

Frida nahm den Gedanken auf: „Also ... alles, was wir tun müssen, ist, ungefähr fünfzehn Blöcke vor ihnen zu reiten und auf das Beste zu hoffen."

Stormie nickte. „So locken wir sie direkt in unsere Fallen!"

Rob klatschte in die Hände. „Das ist eine wirklich gute Idee, Jools", sagte er und bedauerte seine Tirade von zuvor. „Was ich vorhin gesagt habe, tut mir leid. Jeder macht Fehler." Er grinste Jools an. „Kluge Menschen lernen daraus."

Turner beugte sich vor. „Und nutzen sie, um die Dummen zu töten. Ich hab noch eine Rechnung mit Legs offen, Leute."

„So machen wir's!", rief Stormie.

Rob wollte keine weiteren Risiken bezüglich des Terrains eingehen. Er hätte wissen müssen, dass sich eine Kavallerie nicht ohne Weiteres in Formation durch einen dichten Wald bewegen konnte. Und sobald sie sich trennten, waren sie leichte Ziele. Jools, der schon so lange allein auf Beckett ritt, hatte diesen Umstand einfach übersehen. Rob nutzte den Fehler, um seine Truppen daran zu erinnern, wie wichtig es war, dass sie zusammenarbeiteten.

Sie nahmen ihr Reittraining wieder auf und konzentrierten sich besonders auf Formationsübungen. Rob stellte sicher, dass Jools und sogar Kim, die allein auf Sabers Rücken trainierte, sicher in einer Linie reiten konnten. Die Reiter an beiden Enden stimmten sich aufeinander ab und erhöhten oder verringerten das Tempo, wenn es darum ging, die Linie zu begradigen. Schließlich bewegten sie sich wie eine Einheit.

Als diese Herausforderung gemeistert war, trainierten sie diese Übung in jeder Gangart und schließlich auch mit Sprüngen. Sie wollten die Skelettverfolger in die getarnten Fallen locken, indem sie sie übersprangen und die sterbenden Mobs hinter sich zurückließen. Dabei durfte ihnen nicht der kleinste Fehler unterlaufen.

Ihr Plan erforderte außerdem zusätzliche Spähmissionen, um den nächtlichen Sammelpunkt der Armee an einer Grenze herauszufinden. Stormie entnahm der Karte, dass drei Grenzen an einem Punkt neben den Tafelbergen aufeinandertrafen. „Wenn wir die Aufmerksamkeit der feindlichen Truppen dort auf uns ziehen, könnten wir gleich drei fette schwarze Fliegen mit einer tödlichen Klappe schlagen“, meinte sie.

„Skelette sind keine Fliegen“, wandte Rob ein, „aber ich weiß, was du meinst. Dreimal so viele Gegner bedeuten dreifachen Schaden. Gute Arbeit, Leute.“ Er hatte erkannt, dass bei seinen Gefährten schon kleine Lobesbekundungen viel einbrachten, und sich geschworen, sie ab sofort eher mit Zuckerbrot als mit der Peitsche anzuführen.

Er beauftragte Frida mit einer Nachtmission, bei der sie den bestmöglichen Angriffsort erspähen sollte, und sie akzeptierte erfreut. „Lass es mich allein machen", bat sie ihn. „Tarnung ist meine beste Waffe." Rob stimmte ihr zu, also blieben Stormie und Turner bis zu ihrer Rückkehr im Lager, um an der Munition und den Fallen zu arbeiten. Wenn alles bereit war, würden sie bei Sonnenuntergang losziehen.

Die Pferde waren der Schlüssel zum Erfolg ihres Plans. „Gibt es noch etwas anderes außer einem Trank der Sprungkraft, was ich ihnen einflößen soll?", fragte Kim Rob am nächsten Tag.

„Ja", antwortete Rob mit einem Funkeln in den Augen. Die neue Methode, seine Soldaten zu motivieren, ließ sich auch auf die Tiere anwenden. „Gib ihnen Zucker, Kim. Eine Menge Zucker."

*

Später am Tag, als die Sonne weiter ostwärts zog und sich das Blau des Himmels in Violett verwandelte, prüften die Mitglieder von Bataillon Null erneut ihre Ausrüstung. Denn obwohl sie einen fingierten Rückzug planten, würde es vielleicht trotzdem zum Kampf kommen.

„Turner, Waffenbericht!", befahl Rob.

Der Waffenmeister zählte ihr erweitertes Inventar aus Bögen, Klingen und Pfeilen auf, die von einem halben Dutzend Spitzhacken aus dem verlassenen Minenschacht Gesellschaft bekommen hatten. „Sie sind alt, aber verwendbar", berichtete er. Stolz präsentierte er für jedes

Truppenmitglied je einen Vierundsechziger-Stapel brandneuer Pfeile. „Holt sie euch nach einem Treffer wieder, wenn ihr könnt!“, ermahnte er sie. „Sonst tun es die Mobs.“

Die TNT-Kanone sollte in dieser Schlacht nicht zum Einsatz kommen, da sie keine Explosionen in der Nähe ihres Lagers riskieren wollten. Turner überließ es Stormie und Kim, den Zustand der Kaktus- und Erstickungsfallen darzulegen. In ihren freien Minuten hatten sie abgebaut, gegraben und gestapelt, bis mehrere verborgene Fallen platziert waren. „Aufgepasst!“, rief Kim. „Ihr müsst euch die Standorte der Fallen *genau* einprägen. Sie sind für Dr. Drecks Streitkräfte gedacht und nicht für unsere wertvollen Pferde. Wir haben sie getarnt, damit unsere *Feinde* überrascht werden und nicht wir.“

Stormie hatte Wollstreifen mit Erz eingefärbt, das sie vorher in der Umgebung abgebaut hatte, und diese dann über die Gruben gespannt. Dadurch sahen sie aus wie der sie umgebende Sandstein und Ton, und die Fallen verschmolzen mit der Landschaft. Die Bataillonsmitglieder liefen die Verstecke nach und nach ab und prägten sich die Standorte ein – alle bis auf Turner. Rob sah ihm dabei zu, wie er sich die Koordinaten auf einem Handrücken notierte. „Je weniger ich mir in der Schlacht merken muss, desto besser“, sagte er.

Jools erstellte eine Liste der Vorräte, auf die sie sich in der Hitze des Gefechts und für den Fall eventueller Verletzungen verlassen konnten. Es gab Elixiere, die ihre Geschwindigkeit und Stärke erhöhten, und Tränke der Heilung und Regeneration. „Ich habe noch ein paar Helme übrig“, informierte er die Gruppe, „also kommt vor Schlachtbeginn zu mir, wenn ihr welche braucht. Außerdem hat Rob in der Truhe im Minenschacht Pferderüstungen gefunden. Aber das könnte euch am Springen hindern."

Sie entschieden sich schließlich dagegen und beschlossen, sich bezüglich der Sicherheit von Saber, Armor, Ozelot und Duff auf das schlechte Zielvermögen der Skelette und den Abstand, den sie zu ihren Gegnern einhalten wollten, zu verlassen. Kim hatte vorgeschlagen, die Wölfe einzusperren, damit sie nicht selbst in den tödlichen Fallen landeten, während sie den Skeletten hinterherjagten.

„Gute Idee", sagte Rob.

Wieder einmal gab es für ihn vor der Schlacht nichts weiter zu tun, als bei seinem treuen Ross vorbeizuschauen. An diesem Abend war Saber wach und hatte gerade ein leichtes Mahl beendet, als Rob am Zaun eintraf. Diesmal gab es weder Worte noch Wiehern, nur inbrünstige Wünsche und von Herzen kommende Versprechen.

Die vier Kavalleriesoldaten saßen auf, ließen Kim und Jools im Lager zurück ... und ritten dem Feind entgegen.

Die Reiter gelangten an einen hoch gelegenen Punkt, von dem aus sie einerseits die aufeinandertreffenden Grenzen im Auge behalten konnten und andererseits hinter einem Vorhang aus toten Büschen verborgen waren. Dort stiegen sie ab und warteten auf den Sonnenuntergang. Nach kurzer Zeit sahen sie Bewegungen im Wald unter sich.

Es war genauso, wie Frida gesagt hatte. Als die Nacht hereinbrach, marschierten und torkelten Heerscharen von Zombies, Skeletten und einige Hühnerreiter auf den zentralen Punkt zu, an dem die Grenzen von Wald, dichtem Wald und Wüste auf die Tafelberge trafen. Wenn der Feind dieses Gebiet halten konnte, stünden damit alle drei Biome neben ihrem Tafelberg unter Dr. Drecks Kontrolle.

„Das ist nicht euer Land“, presste Turner durch zusammengebissene Zähne hervor, als sich die Monster näherten.

Rob gab das Signal zum Aufsteigen. Er nahm all seinen Mut zusammen und rief: „Bataillon Null, Formation, Marsch!“ Schon preschten Stormie auf Armor und Frida auf Ozelot davon. Rob und Saber folgten Turner und Duff. *Wer hätte gedacht, dass ich jemals freiwillig auf ein Rudel Zombies und Skelette zureiten würde*, dachte Rob.

Dann bemerkte einer der Zombies die Bewegungen der Pferde. Die Wache rief sogleich weitere Monster auf den Plan, die ein alarmierendes Geheul ausstießen, das auch die furchtlose Kavallerie erreichte. „Öhhhhh, ohhhh, unghhhh!“

„Ich habe keine Ahnung, was die sagen“, murmelte Turner, „aber sicher nicht ‚Happy Halloween!‘.“

Rob presste die Lippen aufeinander. „Bringen wir es hinter uns“, sagte er. „Kavalleristen in Formation ... Marsch!“ Die Gruppe wurde schneller.

Als sie sich auf ungefähr fünfzig Blöcke genähert hatten, hörten sie Legs' Stimme, die immer noch so klang, als wäre er erkältet: „Halt, Eindringlinge! Diese Biomgrenzen gehören Dr. Dreck!“

„Nur ein Jammerlappen würde ihm die Drecksarbeit abnehmen!“, brüllte Turner zurück.

Bataillon Null setzte seinen Vorstoß fort.

Es folgte ein kurzer Moment der Stille. Dann kreischte Legs: *„Aaangriiiff!“*

Rob wartete ab, bis die Monster sich ihnen auf zwölf Blöcke genähert hatten. „Linke Flanke! Und ... vorwärts!“, wies er seine Reiter an.

Wie Uhrzeiger drehten sich die vier Reiter nach links um

ihre Mitte und kamen in einer Linie zum Stehen. Dann bewegten sie sich als Einheit vorwärts und lockten sowohl Zombies als auch Knochengerüste fort von der Grenze.

„Schneller, schneller!“, rief Stormie, blickte über die Schulter zu ihren Verfolgern und wandte sich dann Rob zu, um die Formation zu korrigieren.

Pfeile regneten hinter ihnen zu Boden.

„Feuer nicht erwidern“, ermahnte Rob seinen Trupp. „Einfach weiterreiten.“

Die vier Pferde, aufgekratzt vom Zucker und gedopt durch die Sprungkrafttränke, schossen vorwärts.

„Langsamer! Langsamer!“, rief Turner. „Oder sie drehen ab.“

Es war schwierig, das richtige Tempo zu finden. Sie mussten nah genug an den Skeletten bleiben, ohne zu menschlichen und tierischen Nadelkissen zu werden, durften sich aber auch nicht von den Zombies überrennen lassen.

„Ich kriege dich noch, Turner!“, rief Legs steif aus der sicheren Position hinter den Mobs.

„Dann komm doch ...“, murmelte Turner. „Komm doch her!“

Die vielen Tage des Trainings und Planens machten sich endlich bezahlt. Das winzige Bataillon fegte in Formation über die Tafelberge und ließ hinter sich nur so viel Platz, wie nötig war, um die torkelnden Untoten anzulocken. Sie überquerten die niedrige Erhebung in der Nähe des Lagers und wandten sich in Richtung ihres getarnten Ziels.

Es stellte sich heraus, dass Turner seine Tattoosammlung nicht durch die Grubenkoordinaten hätte ergänzen müssen. Sie hatten sich in Robs Gedächtnis eingebrannt. Er war es, der den Absprungbefehl im richtigen Moment erteilen musste … sonst würden sie alle auf den Stacheln den Tod finden.

Die Klänge von Pferdehufen, klappernden Knochen, unirdischem Gestöhne und angestrengtem Atmen erfüllten die Nachtluft. „Stormie!", rief Rob. „Countdown!"

Sie sah zurück, um die schrumpfende Pufferzone zwischen Verteidigern und Angreifern abzuschätzen. „Zwölf Blöcke! Zehn … neun … acht …"

Die Bogenschützen näherten sich, aber sie zielten noch schlechter als vorher.

„… sieben … sechs … fünf …"

Die aufgebrachten Zombies im Schlepptau der Skelette heulten immer lauter.

„… und … jetzt!"

Rob bereitete sich darauf vor, den Befehl zu geben. „Achtung, alle zusammen, *Sprung*!" In nahezu perfektem Timing kommunizierten, antworteten und sprangen die vier Paare aus Pferd und Mensch in Richtung Himmel. Bevor sie überhaupt gelandet waren, durchbrachen schon die ersten Wellen rennender Skelette die Wollschicht über der Kaktusfalle und stürzten hinein, um von verzauberten Dornen aufgespießt zu werden. All das passierte so schnell, dass die zweite Welle keine Zeit hatte anzuhalten, bevor die Schwerkraft auch sie in den Tod zog.

Die langsameren Zombies waren unfähig, die offensichtlichste Gefahr zu erkennen, und versuchten daher gar nicht erst, die nun sichtbare Grube zu umgehen. Auch sie fielen einer nach dem anderen hinein. Ihr Griefer-Kommandant hingegen hatte die Falle inzwischen wahrgenommen und blieb abrupt stehen.

Legs blickte gehetzt ins Halbdunkel. Seine Griefer-Verstärkung war noch nicht eingetroffen. Als er einen langsameren Hühnerreiter entdeckte, schnappte er sich das Goldschwert des Babyzombies und stieß ihn in die Grube. Dann sprang er auf den Hühnerrücken, riss das Tier herum und floh zurück zum Hügel.

Turner wollte gerade auf Duff hinter ihm herjagen, aber Rob hielt ihn zurück. „Lass ihn gehen", sagte er. „Er kann uns ohne seine Monster nichts anhaben. Und er muss Dr. Dreck über unseren Sieg informieren."

Kim und Jools ließen die Sandstapel in die Grube fallen, und nach und nach verstummte das Klackern und Heulen. Rob erinnerte sich unwillkürlich an den Tag, an dem er den Zombie mit seiner Sandsäule am Strand getötet hatte. Das schien eine Ewigkeit her zu sein.

„Alle anwesend, Hauptmann!", meldete Stormie. Niemand hatte einen Pfeil abbekommen, und keines der Pferde hatte auch nur einen Kratzer davongetragen.

„Es hätte nicht besser laufen können", wisperte Rob. Der Hauptmann von Bataillon Null erlaubte es sich, für einen Moment zu vergessen, dass dieser Erfolg nur die Spitze des Eisbergs war, und erfreute sich an der Gewissheit, dass er seine Truppen unverletzt und erfolgreich durch eine Schlacht gebracht hatte.

12. Kapitel

Die Siegesfeier hielt das Bataillon die halbe Nacht wach. Biest 1 und Biest 2 heulten glücklich den Mond an. Jools spielte den DJ und ließ aus seinen PC-Lautsprechern laute Discomusik erklingen. Und wer hätte gedacht, dass Frida so tanzen konnte?

In der Zwischenzeit tauchte Stormie einige unverzauberte Kaktusnadeln in Tinte, um Turner ein Erinnerungstattoo auf eine Stelle am Bizeps zu stechen, die er extra für eine solche Situation frei gehalten hatte. Kim und Rob verbrachten Zeit mit den Pferden und warfen ihnen vom Zaun aus immer wieder Karotten zu.

Während der Mond über den Himmel wanderte, versammelten sich nach und nach alle um das Lagerfeuer und rekapitulierten den Schlachtverlauf.

Turner war immer noch aufgekratzt. „Habt ihr Legs' Visage gesehen, als jedes einzelne seiner Skelette in unsere Falle gestürzt ist?"

Jools lehnte sich vor und schüttelte ihm die Hand. „Mir hat besonders gefallen, als er kreischend auf dem Rücken eines Hühnchens abgehauen ist."

Stormie wandte sich an ihren Anführer: „Und, wie sieht unser nächster Schritt aus, Hauptmann Rob?"

„Lasst uns das doch einfach noch mal machen!", schlug Turner vor.

„Ich wünschte, das wäre möglich, Sergeant. Aber ich bezweifle, dass die Strategie ohne Überraschungsmoment funktioniert."

Stormie rutschte näher an Rob heran. „Dr. Dreck kennt diesen Plan jetzt", stimmte sie ihm zu. „Aber ich bin sicher, dass dir und Jools etwas einfallen wird."

Rob grunzte. Es war so einfach, sie in diesem Glauben zu lassen.

Frida griff nach einer leeren Trankflasche und legte sie auf den Boden. „Lassen wir doch das Schicksal entscheiden." Sie drehte die Flasche. Der Hals zeigte nach Süden in Richtung der Extremen Berge, als sie zum Stehen kam.

„Die Berge!", sagte sie. „Ich erkunde das Terrain morgen."

„Hm", murmelte Kim nachdenklich. „Die Zombies und Skelette müssten die Wüste erst durchqueren, um dorthin zu gelangen. Man sollte denken, sie halten sich von der Sonne lieber fern."

„Und da ergibt Drecks Plan tatsächlich Sinn", stellte Turner fest. „Seine Streitmacht befindet sich mindestens die Hälfte der Zeit in Deckung. Schließlich hat jedes Biom Nachtphasen, die normalerweise zu Sonnenuntergang einsetzen."

„Danke für diese prägnante Darlegung, Sergeant", meinte Rob. „Ich habe mir die Karte angesehen. Die Berge könnten der Schlüssel zur Eliminierung von Dr. Drecks Einfluss auf die Oberwelt sein. Mir ist aufgefallen, dass sie an doppelt so viele Biome grenzen wie der Wald, den wir gerade befreit haben. Ihm die Extremen Berge abzuluchsen, würde einem Zehntel der gesamten kartierten Welt den Frieden bringen." *Und mir vielleicht den Weg nach Hause öffnen.*

„Der Weltfrieden ist ein nobles Ziel", sagte Jools, „aber fürs Erste ist es womöglich dringlicher, dass wir uns der Sonnenblumen-Ebene widmen. Wenn wir dort nicht in nächster Zeit tätig werden, könnten das Dorf und Kims Ranch schon bald Geschichte sein."

Rob warf der Pferdemeisterin einen schnellen Blick zu. Sie hatte kein Wort der Sorge fallen lassen, weder über ihre Tiere und den Hof, den sie zurückgelassen hatte, noch über das Wohlergehen ihrer Freunde im Dorf. Sie hatte das Wohl der Gruppe über ihre eigenen Bedürfnisse gestellt. Vielleicht schuldeten sie es ihr, diese Loyalität zu vergelten.

„Dann ist es beschlossen", erklärte Rob. „Wir legen die Berge zunächst auf Eis. Frida, überprüfe so schnell wie möglich die westliche Grenze zum Tafelberg-Biom, ob es dort Griefer-Aktivitäten gibt. Dort greifen wir an und reiten dann ins Dorf, um es zu verstärken." Er erinnerte sich daran, wie das Dorf bei ihrer Abreise ausgesehen hatte: Rauchschwaden in der Luft und die Überreste des Eisengolems über den Boden verstreut. „Sehen wir, ob wir diesen Menschen ihre Freiheit zurückgeben können."

Kim schlug einen Salto und warf die Arme um Robs Hals. „Oh, Hauptmann! Wie kann ich dir je danken?"

Er errötete. „Vielleicht kannst du mir ja bei Gelegenheit deine Sprungtechnik beibringen …"

„Hey, Leute!", sagte Stormie. „Ich habe eine Überraschung für euch."

Sie erhob sich eilig und entfernte sich vom Lagerfeuer. Dann rief sie aus der Distanz: „Auf unseren Triumph!"

Sie sahen einen Funken und hörten ein Zischen. Kurz darauf erstrahlte der Himmel in verschiedenen Lichtmustern – rot, golden, grün und lila.

Ein Feuerwerk! Ihre Artilleriekommandantin hatte es heimlich in ihrer Freizeit hergestellt.

„Ooohhh …"

„Ahhhh …"

„Seht euch dieses Lila an!", kam ein weiterer anerkennender Kommentar.

Während die Show weiterging und nun kleinere Raketen den Himmel in Farbe tauchten, kehrte Stormie zurück und stellte sich neben Rob, um das Schauspiel zu beobachten. „Das ist für dich", flüsterte sie und berührte ihn leicht.

Es war, als wäre sie ein menschlicher Magnet und er eine Eisenrüstung. Aber seine Rolle als Kommandant bedeutete auch, dass die Pflicht über allem stand.

„Vielen Dank, Artilleristin Stormie. Dieses Feuerwerk war sehr schön." Er drehte sich auf dem Absatz um, ging zum Fluss und sprang mit zusammengebissenen Zähnen ins abendkühle Wasser.

*

Nach dem letzten Sieg war Bataillon Null gut ausgerüstet für eine Attacke gegen die Monster, die an der Grenze zwischen Ebene und Tafelbergen stationiert waren. Fridas Aufklärungsarbeit hatte ergeben, dass Dr. Dreck und seine Legionen in der Gegend ihr Unheil getrieben und dabei jeden Versuch der Dorfbewohner, ihr geschundenes Dorf wiederaufzubauen, zunichtegemacht hatten. Kims Ranch und ihre Pferde waren nur einen kurzen Ritt entfernt. Es musste etwas geschehen.

Kim kontaktierte Aswan im Chat, um sich seine Sicht der Dinge anzuhören. „Es ist schlimmer, als wir dachten, Leute", berichtete sie dem Kriegsrat. „Die Griefer haben alle drei Grenzen zur Ebene eingenommen und halten die Dorfbewohner in der Mitte mehr oder weniger wie Gefangene. Es ist nur eine Frage der Zeit, bis ihnen die Vorräte und die Kraft ausgehen."

Rob wusste, dass die Angst um ihre Tiere sie innerlich zerfraß, aber trotzdem konzentrierte sie sich auf den Hilferuf aus dem Dorf. „Wir haben keine Zeit zu verlieren", sagte er an Jools gerichtet. „Ich brauche von dir eine Einschätzung, was besten- und schlimmstenfalls passieren kann, wenn wir morgen Nacht angreifen."

„Tja, das habe ich längst ausgearbeitet", entgegnete der kluge Quartiermeister. „Der Bestfall sieht folgendermaßen aus: Wir beginnen damit, sie mit unserer Feuerkraft zu bedrängen – Kanone, Flammenpfeile und einige explodierende Creeper, die ich mit einem Spawner-Ei generieren kann. Wenn wir sie damit ins Schwanken gebracht haben, beschießen wir sie vom Pferd aus mit Artilleriefeuer und hetzen ihnen Biest 1 und Biest 2 auf den Hals. Danach mähen wir alles, was noch stehen kann, zu Fuß mit unseren Äxten und Klingen über den Haufen."

Alle fanden, dass diese Option gut klang.

„Und der schlimmste Fall?"

„Wir nehmen die Beine in die Hand", antwortete Jools und zuckte mit den Schultern. „Mehr habe ich nicht zu bieten."

Keiner wollte wissen, was der Wahrscheinlichkeitsrechner vorhersagte. Wenn ihr Bestes in dieser Schlacht nicht genug war, wäre es ohnehin egal, wie die Chancen standen.

Diesmal würden sie Pferderüstungen brauchen. Leider passte keiner der Eisenpanzer auf Duffs massive Brust oder sein beachtliches Hinterteil. Kim beruhigte den besorgten Turner. „Wenn es ein Pferd gibt, das auf sich aufpassen kann, dann ist es Duff."

Als sie schließlich in Richtung Biomgrenze aufbrachen, passten Armor, Ozelot, Saber und Beckett äußerlich perfekt zu ihren Reitern, die ebenfalls ihre Rüstungen angelegt hatten. Nur Duff blieb ungeschützt.

„Ich bin froh, dass du nicht passend zum Pferd dein Adamskostüm trägst", sagte Jools an Turner gewandt. „Nicht, dass es an dir noch besonders viel nackte Haut gäbe."

Turner lehnte sich im Sattel zurück. „Ein Mann muss ein paar Tattoos vorweisen können", erklärte er stolz.

Die Stimmung sank, je mehr sich der Himmel verfinsterte, während sie sich vom Lager entfernten und dem Ort der nächsten Schlacht näherten. Sogar der sonst federnde Gang der beiden Wölfe wirkte beschwert.

„Hoffentlich hat Aswan recht", meinte Kim, die sich auf dem Rücken von Robs Pferd niedergelassen hatte. „Turner, als ich zuletzt von ihm hörte, hat mir Aswan berichtet, dass Sundra sich zum Schutz vor Feuer unterirdisch niedergelassen hat."

„Die Frau ist clever", stellte Turner fest. „Vielleicht nehme ich sie diesmal mit. Wir könnten einen guten Schmied brauchen."

Rob war nicht glücklich darüber, die Tafelberge verlassen zu müssen. Das hier war nicht das Leben, das er sich ausgesucht hätte. *Nichts als lange Phasen voller ereignisloser Langeweile, hier und dort unterbrochen von entsetzlichen Schlachten*. Er erlaubte sich einen kurzen Moment der Erinnerung an seine Heimat mit ihren beruhigend zirpenden Grillen und nach Salbei duftenden

Windböen. Nur um diesen Ort irgendwann wiederzusehen, konzentrierte er sich darauf, eine Welt zu verteidigen, in der er ein Fremder war … und ein Außenseiter.

Rob schob die Erinnerung beiseite und überprüfte ein weiteres Mal die Strategie für die kommende Schlacht. Wenn wirklich Einzelkämpfe auf sie zukamen, würde der Name „Bataillon Null" schon bald besser passen, als ihm lieb war.

*

Wieder nutzten sie einen Tarnvorhang aus Dickicht, um das Erscheinen der Monster abzuwarten. Jools und Kim errichteten eine Versorgungsstation, und Frida und Stormie stahlen sich davon, um die TNT-Kanone in Reichweite zu platzieren. Sie mussten relativ nah heran, also willigte Jools ein, ihnen mit Ozelot und Armor sowie dem Spawner-Ei zu folgen. Dann würde er sich gemeinsam mit den Frauen zurückziehen, sobald die Creeper gespawnt waren und sich auf die Gegner zubewegten. Turner und Rob hielten sich bereit, um zuzuschlagen, sobald der erste Kanonenschuss Chaos verursachte.

Auf Robs Signal legte die Gruppe los.

Aber sie wurden bereits erwartet.

Bevor Stormie die Kanone vorbereiten konnte, wieselte eine Legion Babyzombies mit ausgestreckten Armen auf sie zu. „Gooooh-goooh, gaaah-göööööhhh!"

Sie ließ sich ein Stück zurückfallen und rief Rob zu: „Was soll ich tun, Hauptmann?"

Es war schwer zu glauben, dass diese ungeschickten Kreaturen ihnen Böses wollten. Das Schlimmste an ihnen war noch, dass sie stanken wie verrottende Leichen. Als Rob zögerte, brüllte Turner: „Jag sie in die Luft!"

Rob warf ihm einen Blick zu. „Jag sie in die Luft!“, wiederholte er dann. Die kurze Verzögerung verschaffte den flinkfüßigen Minimonstern genug Zeit, um Frida und Stormie zu erreichen, die nach wie vor ohne Pferde unterwegs waren. Die kleinen Biester zogen ihre Goldschwerter und stürzten sich in den Nahkampf. Winzige grüne Gliedmaßen und Köpfe flogen in alle Richtungen, während sich hinter ihnen eine Reihe erwachsener Zombies in Stellung brachte.

„Los geht's, Männer“, befahl Rob an Turner und Jools gewandt. Ihre Pferde reagierten auf seine Stimme, galoppierten auf die Frauen zu und ließen Kim und die Wölfe bei den Vorräten zurück.

„Ööhh … ooohhh!“

Rob und Turner hielten die Zombies mit Pfeilen auf Abstand, manche, indem sie ihnen tiefe Fleischwunden beibrachten, und andere schalteten sie gleich ganz aus. Der Gestank breitete sich aus.

Als Stormie endlich die Möglichkeit bekam, die Kanone zu laden, hatte Jools bereits den Creeper-Mob gespawnt und an die Front geführt. „Schick die Wölfe!“, rief er Kim zu, und die zwei Biester jagten den Creepern in Richtung Feind hinterher.

Dann endlich zündete Stormie die TNT-Kanone … aber nichts passierte.

Kein Lärm.

Keine Explosion.

Keine Zombieteile, die auf sie herabregneten.

Rob blickte Turner an. Was war nur diesmal wieder falsch gelaufen?

*

„Erbärmliche … Menschen … von … Bataillon … Null!“, tönte ihnen eine schrille Stimme von der finsteren Ebene entgegen. „Dieses Biom … gehört *mir*!“

Stormie und Frida, die gerade von Jools ihre Pferde entgegennahmen, erstarrten. Turner und Rob zügelten Duff und Saber und waren unsicher, wohin sie sich wenden sollten.

Es folgte ein ominöses Grollen, das so tief und mit den Füßen spürbar war, dass es nur unterirdischen Ursprungs sein konnte.

„Ich zahle … euch das … mit gleicher … Münze … heim!“, kreischte Dr. Dreck. „Und auch … mit … meiner … eigenen.“

Voller Panik erkannte Stormie, was hier passierte, sprang in den Sattel und bedeutete Frida, es ihr gleichzutun. „Los, los, *los*!“, befahl sie den anderen. „Wir müssen auf unsere Seite der Grenze zurück!“

„Rückzug!“, brüllte Rob und befolgte sogleich seinen eigenen Befehl.

In dem Moment, in dem sie die Grenze überquerten, schien es, als würde sich die Erde auftun.

Ka-bumm! Eine mächtige Detonation schuf einen Graben und schickte gewaltige Brocken aus Grundgestein in den Himmel. Dr. Dreck hatte das TNT in ihre Richtung umgeleitet und die gesamte Grenze damit in Schutt und Asche gelegt.

Rob warf schnell einen Blick über die Schulter, als er die Reiter zurück zu Kim führte. Dort gruppierten sie sich neu und sahen zu, wie die Grenze der Ebene zum Tafelberg-Biom verbrannte.

„Wenigstens hält sie das von uns fern“, sagte Turner und klammerte sich an Duffs Zügel.

„Oder auch nicht", erwiderte Jools ernst und deutete auf etwas. „Dort drüben!"

Durch die Feuersbrunst jagte eine Kavallerie-Einheit aus berittenen Skeletten auf sie zu, als spürten sie keinen Schmerz.

„Sie kehren nicht um", erkannte Jools.

„Das sind Zombiepferde!", schrie Kim.

„Wir müssen hier weg", sagte Rob und übertrug seine Panik auf Saber, der zu bocken begann.

„Jemand muss mir mit der Versorgungstruhe helfen", rief Kim gehetzt.

„Lass sie hier!", erwiderte Jools und beförderte sie hinter sich in Becketts Sattel. „Jetzt oder nie, Beckett. Wir haben keine Zeit für Tränke."

Das Bataillon floh in Richtung des Tafelberg-Lagers, gefolgt von endlosen Reihen berittener Skelette. Die Verfolger kamen Rob und den anderen immer näher und brachten sich in Angriffsdistanz. Die Pfeile flogen so dicht an sie heran, dass einige tatsächlich ihr Ziel trafen. Kim, Frida und Stormie erlitten nacheinander schmerzhafte Treffer. Duff trug eine Fleischwunde im Rumpf davon. Rob fühlte, wie sich ein Pfeil in seinen Nacken bohrte. Und die Angreifer ließen nicht von ihnen ab.

Rob zermarterte sich das Gehirn nach einer klugen Idee, wie sie sich in Sicherheit bringen könnten. Die Hufe ihrer Pferde waren an den harten Untergrund der Tafelberge gewöhnt, und sie würden noch eine ganze Weile so galoppieren können. Aber Zombiepferde …

„Turner!" Er lenkte Saber an Duffs Seite. „Was passiert mit Zombies, die ihre Beine verlieren?"

Turner dachte einen Moment nach. „Sie kriechen einfach weiter!"

„Das ist es. Wir brechen ihnen die Beine. Bataillon, Galopp … Los!"

„Wir galoppieren doch schon, so schnell wir können, Hauptmann!", rief Stormie.

„Nicht langsamer werden!"

Während sie über die steinigen Tafelberge donnerten, wurden ihre Verfolger tatsächlich nach und nach weniger. Ein Huf ging hier verloren und ein Bein dort. Langsam vergrößerte sich der Abstand zwischen den zwei Soldatengruppen.

Als die Skelette schließlich ihre Schussdistanz nicht mehr halten konnten, gaben sie auf und ritten zurück zur Ebene.

„Heilige Mutter des Lapislazuli!", fluchte Turner. „Das war knapp."

Sie erreichten das Lager, verletzt, verängstigt und geschlagen.

Kim rutschte von Becketts Rumpf. „Oh nein! Wo sind die Wölfe?"

Sie alle starrten die brennende Front in der Ferne an. Biest 1 und Biest 2 hatten sich auf der anderen Seite befunden, als die Kanone explodiert war. Die Wölfe waren verloren, genau wie der Kampf.

Kim weinte rosa Tränen.

Stormie trat zu ihr, um sie zu trösten. Frida baute sich vor Rob auf. „Hast du noch weitere großartige Ideen, Hauptmann?", blaffte sie. Er hatte keine Antwort.

Mit fast leeren Gesundheitsanzeigen und um den Großteil ihrer Vorräte gebracht, hatten die Mitglieder des Bataillons mehr als nur einen Rückschlag erlitten. Sie waren verwundbar, und Dr. Dreck wusste es.

Jools flehte seinen Hauptmann an: „Lass mich und Stormie in den Nether gehen. Wir waren schon einmal dort. Wir können Colonel M finden und herbringen."

Rob erinnerte Jools daran, dass sie geschworen hatten, immer zusammenzubleiben und die Einheit nicht aufzulösen. „Wir können es uns nicht leisten, noch irgendjemanden oder -etwas zu verlieren", sagte er unglücklich und war sich bewusst, dass er sich mehr denn je davor fürchtete, der Unterwelt einen Besuch abzustatten. Sie mussten es ohne Colonel Ms Hilfe schaffen.

Sie teilten sich auf, um sich zu heilen, sich um die Pferde zu kümmern und am Lagerfeuer auszuruhen. Die Abwesenheit der beiden Wölfe war schmerzlich spürbar, als Stormie, Kim, Jools, Frida und Rob sich am Feuer einfanden. Aber es fehlte noch jemand. Rob sah sich um. Duff stand auf der Koppel, aber sein Reiter war verschwunden.

„Hat jemand Turner gesehen?", fragte Rob.

Alle sahen einander an, aber keiner wagte zu antworten.

*

Tage vergingen, aber der Waffenmeister kehrte nicht zurück. Sie durchkämmten den alten Minenschacht und suchten flussauf- und flussabwärts nach ihm, aber ohne Erfolg. Frida konnte nicht einmal Fußspuren entdecken. Als sie ihn zuletzt gesehen hatten, war Turner am Leben gewesen. Und er hatte sein Pferd zurückgelassen. Wohin also war er verschwunden?

Ohne einen ihrer besten Kämpfer war Rob ratlos, wie sie die nächste Schlacht, geschweige denn einen Krieg um die Oberwelt gewinnen sollten. Er brauchte echte Hilfe, jetzt mehr denn je.

Um ihre schwindenden Vorräte zu erweitern, wanderten sie in die umliegenden Tafelberge, um alles einzusammeln, was die Zombiepferde und ihre Skelettreiter gedroppt hatten. Turner hätte sich niemals mit den minderwertigen Pfeilen der Skelette zufriedengegeben, aber sie waren besser als nichts. Die heiße Sonne verstärkte den Gestank von toten Zombies noch, sodass die Arbeit nahezu unerträglich wurde. Inmitten von Unmengen verrottendem Fleisch, Knochen, Karotten und Kartoffeln fanden sie jedoch den erschreckendsten Gegenstand von allen. Frida hielt ein rosa Ponyzaumzeug hoch, auf dessen Stirnstück Diamanten befestigt waren. „Weiß jemand, wem das hier gehört?", fragte sie die anderen.

Kim näherte sich ihr mit zusammengekniffenen Augen und rannte das letzte Stück. „Das … das gehört mir! Es ist Starlas …" Sie brach sichtlich erschüttert ab. Erst nach einiger Zeit gelang es ihr, ihre Schlussfolgerung in Worte zu fassen: „Dr. Dreck hat meine Pferde zu Zombies gemacht."

Diesmal weinte Kim nicht. Sie schien all ihr Wissen und ihre Stärke zu bündeln und band sich beides um den Körper wie einen Gürtel, der sie zusammenhielt. Dann warf sie Rob einen stillen, flehentlichen Blick zu.

Er verstand. Diese Tat schrie nach Rache. Und sie waren nicht in der Lage, das allein zu bewältigen.

Bewegungslos stand er da, hin und her gerissen zwischen Tatendrang und Vorsicht. Und dann dachte er daran, wie er sich fühlen würde, wenn jemand Saber zum Zombie gemacht hätte, und fasste einen Entschluss.

Es war egal, was er tun oder nicht tun konnte und wollte. Hilfe konnten sie nur in der Unterwelt finden, und genau dorthin musste Rob. Er konnte nicht einfach Jools und Stormie vorschicken. Wenn er seinem Bataillon das Äußerste abverlangte, musste auch er bereit sein, ebendies zu leisten.

„Soldaten“, sagte Rob, erhob sich und packte sein Bettzeug zusammen. „Macht euch bereit. Ihr alle. Wir gehen in den Nether.“

13. Kapitel

Die Mitglieder von Bataillon Null bereiteten sich auf ihre Reise vor. Ohne die bevorstehende Expedition in den Nether waren sowohl das Schicksal der Oberwelt als auch Kims Ranch und Robs Heimreise in Gefahr. Jools' letzte Vorratstruhe enthielt ausreichend Obsidian, Feuerstein und Stahl, um ein Netherportal zu bauen und zu aktivieren, aber nicht genug für zwei. Also würden sie sich ihren unterirdischen Weg merken müssen, wenn sie je zum Eingang zurückfinden und die Sonne wiedersehen wollten – jedenfalls ohne dafür sterben zu müssen.

Stormies Kompass und Karte waren ihnen im Nether keine Hilfe. Wie Turner es vorgemacht hatte, schrieben sich alle die Koordinaten ihres Lagers in der Oberwelt auf den Handrücken. Sie sollten proportional mit denen in der Unterwelt übereinstimmen, aber Jools erinnerte sie daran, dass es keine Garantien gab.

„Der Lichtlevel und das feindliche Terrain verfälschen da unten zusätzlich jeglichen Orientierungssinn", sagte Jools. „Wir müssen uns eine Spur aus Brotkrumen legen."

„Was?" Rob wusste, dass sich in ihren Vorräten kein Brot befand.

„Farbiger Ton wird auch ausreichen, um unseren Weg zu kennzeichnen", erläuterte Jools. „Unser allererster Schritt muss jedoch sein, das Portal einzubauen und in seiner Nähe einen Unterschlupf zu errichten. Auf diese Weise haben wir einen Rückzugsort, falls dem Portal etwas passiert."

Rob schluckte schwer. Der Gedanke daran, vielleicht nicht hierher zurückzukommen, war beinahe ebenso schrecklich wie die Vorstellung, nie wieder nach Hause zu gelangen ... und es gab nur eine Sache, die noch schlimmer war als das. „Soweit ich weiß, besteht im Nether eine erhöhte Chance zu ... sterben. Was passiert dann?"

„Du wirst hier oben wiederbelebt", antwortete Stormie. „Benutze dann einfach dein Feuerzeug, um das Portal zu reaktivieren, und komm zurück zu uns. Wenn also jemand verloren geht, trifft sich der Rest des Bataillons in der Nähe unserer vorübergehenden Basis."

„Aber das würde uns extrem verlangsamen", stellte Jools fest. „Also lasst es."

„Was? Sterben?" Rob setzte sich gerade hin. „Ich werde mich bemühen. Aber was ist, wenn wir Hunger kriegen?"

„Bei dem vielen Feuer brauchen wir uns jedenfalls nicht um Kochstellen zu sorgen", meinte Frida mit einem schiefen Grinsen. „Ich wünschte, wir hätten ein paar Marshmallows."

Rob stellte sich vor, als menschlicher Marshmallow aufgespießt auf einen Stock über einer Lavagrube zu rösten. Er konnte es kaum abwarten. *Nicht.*

Neben Verpflegung und Abwehrvorräten gab es nicht viel, was sie tun konnten, um sich vorzubereiten. Das große Fragezeichen waren die Pferde.

„Wir können nicht auf ihnen durchs Portal reiten", erklärte Jools. „Das wird einfach nicht funktionieren. Aber wir können sie hindurchführen."

Rob fragte sich, ob ihnen das gefallen würde.

„Du projizierst deine Gedanken auf sie", erinnerte ihn Kim. „Vergiss, was du über die Unterwelt weißt. Denke wie ein Pferd. Sie wissen nicht, dass sie in den Nether gehen. Sie rechnen nicht damit. Sie wissen nur, dass sie gehen, wohin du sie führst, und dass sie dir vertrauen."

„Also … einfach Augen zu und durch?", mutmaßte Rob.

Über Kims Gesicht huschte der Hauch eines Lächelns. „Und eine Menge Leckerlis mitnehmen!"

Sie füllten ihre Inventare mit Zucker, Karotten, Waffen und Munition und ließen die Materialien für das Herstellen von Fackeln und das Brauen von Tränken im Lager zurück. Glowstone würde unter der Erde ausreichend Licht spenden, und Jools konnte auch im Nether einen Braustand aufbauen, falls das notwendig wurde. Schließlich gab es dort die besten Zutaten für einfache Tränke.

Rob wünschte sich nur, er hätte bei Turner gelernt, wie man gute Pfeile herstellt. Seine eigenen waren beinah so schlecht gefertigt wie die der Skelette. Stormie und Frida fügten dem Stapel bessere hinzu, während Kim sich darauf konzentrierte, die Bruchstein-, Holz- und Eisenvorräte aufzustocken. Im Land von Netherstein und Feuer würden sie keine der Ressourcen finden, die man für das Errichten eines soliden Unterschlupfs benötigte.

Auch wenn seine Position als Hauptmann recht wacklig war, versuchte Rob dennoch, so gut er konnte die Führung in dieser Situation zu übernehmen. Er wandte sich an die vier Soldaten. „Die Pferde werden auf dieser Mission unser wertvollstes Kapital sein. Mit ihnen kommen wir schneller voran als zu Fuß oder per Teleportation. Daher möchte ich, dass du auf Duff reitest, Kim, wenn wir nicht gerade das Portal durchqueren."

Sie nickte wortlos. Der fehlende Reiter, an den sie alle in diesem Moment denken mussten, wurde nicht erwähnt.

Rob wandte sich an Jools. „Quartiermeister, da du der Einzige von uns bist, der bereits direkten Kontakt zu Colonel M hatte, wirst du unser Verbindungsmann sein. Wir brauchen deine uneingeschränkte Unterstützung in dieser Angelegenheit." Er machte eine Pause. „Haben wir die?"

„Selbstverständlich", versicherte Jools ihm.

„Sehr gut", sagte Stormie und befürwortete diese neue, ausgeglichenere Hierarchie im Bataillon. „Ich melde mich freiwillig zum Markieren des Wegs. Auch ohne Karte und Kompass ist es besser, wenn nur eine Person sich darauf konzentriert. So bleiben wir eher auf Kurs, und es gibt weniger Diskussionen."

„*Keine* Diskussionen", verlangte Rob. „Wir müssen als Einheit agieren. Das Schicksal der Welt hängt davon ab."

Sie legten ihre Rüstungen an und versorgten die Pferde mit Leckereien. Schließlich gab es nichts mehr zu tun, und sie konnten aufbrechen. Das Portal wurde errichtet, das lila Feuer aktiviert, und ihre U-Bahn in die Hölle stand wartend bereit.

Einer nach dem anderen führten sie ihre Pferde hinein – zuerst Stormie mit Armor, dann Frida mit Ozelot, Kim und Duff sowie Jools und Beckett. Ihr Hauptmann warf einen letzten Blick auf die Sonne, schnalzte Saber zu und trat selbst ins Portal. Lila Licht umwaberte die beiden, verschwamm und wurde wieder klar. Die Geräusche Tausender wimmernder Kinder wirbelten im Raum herum.

Wieder einmal betrat Rob unbekanntes Gebiet. Panik stieg in ihm auf, die eine allzu reale Erinnerung an seinen Sturz aus dem Flugzeug und in den Ozean wachrief. Ohne Saber, den er am Zügel führte, wäre er vor Panik einfach tot umgefallen, davon war er überzeugt. Aber ein Mensch musste ein Pferd führen, sonst würde es ihn leiten – und zwar nicht immer dorthin, wohin er wollte.

Während des Trainings hatten alle Reiter diese Lektion schmerzlich am eigenen Leib gelernt. Sie bereiteten sich mental auf den bevorstehenden Weg vor, was den Überlebenskünstlerinnen Stormie und Frida etwas leichter fiel, und ein paar Augenblicke später standen sie in der unterirdischen Dimension. Kim behielt recht; die Pferde folgten ihnen geradewegs durch das Portal und auf den scharfkantigen Netherstein, mit dem ihre beschlagenen Hufe gut zurechtkamen.

Sie bewegten sich in einer Reihe vorwärts. Die Luft roch nach Schwefel und Kohle und hinterließ einen unangenehmen feuchten Film auf der entblößten Haut. Robs Augen gewöhnten sich gerade rechtzeitig an das trübe Licht, dass er nicht von einem schmalen Felsvorsprung hinunter in einen großen See voll schimmernder Lava fiel.

„Ich suche uns einen Ort, an dem wir aufsitzen können“, flüsterte Stormie von der Spitze. „Von hier aus ist es unmöglich, das Portal mit Stein zu befestigen. Wir können uns hier ja kaum bewegen.“

Vom Gedanken an die hohe Klippe aus Netherstein auf der einen Seite und den Lavasee auf der anderen wurde Rob schwindelig. Wortlos griff er nach Becketts Schweif, da er überzeugt davon war, dass ihn das Pferd ohne Zwischenfall führen würde. Plötzlich explodierte etwas genau hinter Saber, der das Schlusslicht bildete. Als das Pferd die Flammen dicht hinter sich spürte, machte es einen Satz nach vorn und stieß mit Rob zusammen, der wiederum gegen Becketts Hinterseite prallte und eine Kettenreaktion in Gang setzte.

„Hey!"

„Uff!"

„Auu!"

„Was zum …?"

Glücklicherweise verlief die Bewegung nach vorn und nicht zur Seite, denn dann wären sie alle hinuntergestürzt.

„Entschuldigt, Leute!", rief Rob. „Ich hatte keine Zeit, mit Saber Feuerring-Übungen zu pauken." Tatsächlich war sein Pferd eindeutig verängstigt und stolperte fortan über die enge Netherstein-Klippe, bis Stormie endlich einen Seitenweg entdeckte, der zu einer freien Fläche führte. Sie hielten an und versuchten sich zu orientieren.

Rob spürte, dass die Pferde einigermaßen ruhig bleiben würden, wenn ihre Reiter es auch taten. Er zwang sich, seine Angst vor all den schrecklichen Monstern niederzuringen, von denen er gehört hatte, und begann mit einer, wie er hoffte, normalen Stimme, Befehle zu erteilen. „Frida, Ozelot sollte mit diesen Gräben gut zurechtkommen. Schau dich bitte in der Umgebung nach einem geeigneten Ort für eine Basis um."

„Ja, Hauptmann!" Vorsichtig ritt sie voraus.

„Stormie, Kim. Steckt die Köpfe zusammen und findet die schnellste Route zu unserer Netherfestung. Jools, du bestimmst, wie wir Hindernisse umgehen, und hältst uns am Leben, bis wir da sind."

„Wie geht's dir, Hauptmann?", erkundigte sich Stormie besorgt.

„Gut", sagte Rob und dachte: *Ich habe eine Heiden-*

angst. „Ich halte die Augen offen", versprach er und fügte innerlich hinzu: *Nicht, dass es uns etwas bringen wird.*

Es war pures Glück, dass er wenigstens als Beobachter etwas beitragen konnte, denn in diesem Moment brachte Rob nicht viel mehr zustande, als seine Umgebung anzustarren. Er war noch niemals so überwältigt gewesen und hatte noch nie etwas wie diesen Ort gesehen. Die völlig fremde Landschaft erinnerte ihn an einen Tag, an dem er eine Krötenechse verspeist hatte. Ein Freund hatte die Echse getötet und gegrillt, als sie campen waren, und Rob erinnerte sich gut an das Gefühl, etwas zwischen die Zähne zu bekommen, das er noch nie zuvor gegessen hatte. Für einen kurzen Moment hatte er sich gefragt, ob er sich selbst in eines dieser stacheligen Reptilien verwandeln würde. Natürlich war nichts dergleichen passiert, aber er hatte fortan das Gefühl, sich verändert zu haben. Wenn auch nur um ein winziges Molekül.

Und was macht dann das hier aus mir?, fragte er sich und behielt die Umgebung im Auge. Diese Dimension schien eingequetscht zwischen Schichten aus Grundgestein zu sein, mit Glowstone-Licht von oben – aber nicht genügend, um etwas zu erkennen. Er musste nach den Konturen suchen und sich den Rest dazudenken. In dem Gebiet, das an den Lavasee grenzte, war es heller, aber auch dort gab es nicht viel mehr als einige vertrocknete Bäume zu sehen. Die Felsformationen, die aus dem Boden ragten, sahen aus wie das Werk eines schludrigen Riesen, der in das Gestein gebissen, es zerkaut und dann wieder ausgespuckt hatte. Einige Blöcke waren zerbrochen und zerfurcht von scharfen Schluchten, während die intakten endlos brannten.

Rob befürchtete, dass sich diese finstere und seltsame Unterwelt tief in seine Seele einbrennen und nichts je wieder so sein würde wie zuvor.

*

Sie hörten ein Grunzen, und Rob bemerkte eine Gruppe hockender rosa-grüner Zombiekreaturen. „Pigmen!", flüsterte er, und Jools signalisierte ihm mit einer Geste, dass Ignoranz hier die beste Waffe war.

„Du darfst sie nicht beachten", riet er Rob. „Behandle sie wie Endermen, und sie werden uns in Ruhe lassen."

Also unterdrückte Rob den Instinkt, die Zombiemutanten mit seinem Eisenschwert zu attackieren. Er rüttelte leicht am Seil, mit dem er Saber führte, um dessen Aufmerksamkeit von den Monstern abzulenken. Sie passierten die Mobs, und kurz darauf kehrte Frida zurück. Die restlichen Reiter saßen auf und folgten ihr den kurzen Weg zu einem relativ ebenen Areal, das groß genug war, um einen kleinen Unterschlupf zu errichten.

Kim hielt die Pferde und sang eine Melodie für sie, während die anderen damit beschäftigt waren, Wände und ein Dach aus Bruchstein zu errichten sowie Eisengitter für die Fensteröffnungen herzustellen. „Es gefällt mir nicht, dass wir nur eine Holztür zur Verfügung haben", sagte Frida und platzierte den zukünftigen Ein- und Ausgang, „aber sie muss fürs Erste ausreichen."

Stormie fertigte einige rötlich-orange Tonsäulen, um den Ort zu markieren. „Wenn jemand von der Gruppe getrennt wird oder stirbt und wiederaufersteht, findet er so seinen Weg hierher zurück. Der Rest wird sich dann hier mit ihm treffen", meinte sie. Die Gruppe ließ einige Vorräte in einer Truhe zurück und zog weiter.

Sie nahmen einen Weg, von dem Jools glaubte, dass er sie zu der Festung führen würde, in der sich Colonel M laut Aswan aufhielt. Stormies umsichtiger Hengst Armor war als Leitpferd definitiv die richtige Wahl gewesen. Ozelot, Beckett und sogar Duff gerieten nach und nach durch die Hitze des blubbernden Lavasees, der unmittelbar neben ihnen lag, ins Schwitzen. Rob hielt sein Pferd einige Längen weiter auf Abstand als vorher, weil Saber immer wieder Anstalten machte, nach vorn auszubrechen, und die Herde aufzuschrecken drohte.

Robs Entschluss, ruhig zu bleiben, geriet schon bald ins Wanken. In der gruseligen Stille ertönte plötzlich ein Quietschen wie von einer Tür mit rostigen Angeln. Eine Reihe kindlicher Ächzlaute folgte, aber Rob konnte nichts sehen. Erst als sich das Bataillon vom brennenden See entfernte, senkte sich ein riesiger schwebender Würfel über ihnen herab.

„Ghast!“, brüllte Jools.

Die gigantische und wuchtige Kreatur schwebte viel eleganter, als Rob es für möglich gehalten hätte. Der große Hauptwürfel war umgeben von einem halben Dutzend wackelnder Beine und sah aus wie eine schlecht gemalte Qualle. *Was soll daran gefährlich sein?*

Die Antwort kam postwendend, als der Ghast zuerst einen und dann zwei weitere Flammenbälle auf sie abfeuerte. *Bumm! Bumm! Bumm!* Die Bomben landeten in der Nähe und spalteten das Nethergestein, sodass die Pferde scheuten und die Reiter verzweifelt versuchten, die Balance zu halten. *Kein Wunder, dass das Terrain so zerfurcht ist*, dachte Rob und zog Sabers Kopf herum, um dem Buckeln ein Ende zu bereiten. Scheinbar konnten Ghasts schlecht sehen oder nicht zielen oder beides.

Der schwebende Ghast gluckste und feuerte eine weitere Flammenrakete ab. Frida und Stormie beschossen das Wesen mit nutzlosen Pfeilen, aber Jools war geistesgegenwärtig genug, abzuwarten, bis der Flammenball nahe genug herankam. Rob und Kim sahen ihm zu, als er die tickende Bombe zurückschlug. Anstatt zu explodieren, flog sie zurück in Richtung des Ghasts. *Rumms!* Ein Ex-Ghast.

Sie jubelten, und Jools senkte bescheiden den Kopf. „Ich war schon immer gut im Cricket", sagte er.

Frida lief los, um das Schwarzpulver und die Ghastträne einzusammeln, die gedroppt waren, als das Monster explodierte. „Geht schon vor!", rief sie. „Ich hole euch ein."

Sie mussten um jeden Preis in Bewegung bleiben. Ihre Gesundheits- und Hungerleisten ließen sich hier unten weitaus schwieriger füllen, und je eher sie den Colonel fanden, desto schneller konnten sie diesen Ort wieder verlassen.

Sie folgten einem weitgehend diagonalen Weg, der sie an Gruben, tiefen Gräben und kleinen Lavaseen vorbeiführte. Schließlich erreichten sie einen brennenden Strom, der zäh von einer Klippe floss und den sie überqueren mussten. Die weniger erfahrenen Reiter waren nicht begeistert.

Rob lenkte Saber in Richtung Ufer. „Lasst mich zuerst springen", bat er. „Folgt meinem Beispiel. Haltet eine gleichmäßige Geschwindigkeit und schaut auf keinen Fall nach unten!" Wenn er Saber bei einer Sache voll und ganz vertraute, dann waren es weite Sprünge. Aber über ein flammendes Band aus fließender Lava?

Rob stieß Saber die Fersen in die Seiten und erledigte seine Aufgabe als Reiter – er stellte sich den Weg über einen imaginären Zaun vor, brachte sich in der Mitte von Sabers Balancepunkt in Stellung und blickte nicht nach unten. Das war alles, was das Pferd benötigte. Hätte Rob sich und sein Pferd doch nur gesehen, als sie gemeinsam die sengende Barriere übersprangen, als wäre es nur ein weiteres Hindernis in einem Rennen. Als Sabers Vorderhufe den Netherstein berührten, rief Rob über die Schulter: „Bataillon, vorwärts! Springen!"

Er wagte es nicht, sich umzusehen, weil er fürchtete, dass die anderen Pferde zögern könnten. Daher zügelte er Saber, bis er stillstand, und wartete ab. Armor erreichte ihn schwer atmend; Ozelot folgte mit geblähten Nüstern; Duff kam donnernd hinter ihnen auf, ohne auch nur zu keuchen …

„Leute!", rief Jools ängstlich. Sie sahen sich um. Beckett tänzelte auf der anderen Seite und verweigerte den Sprung über den Feuerfluss.

Rob zögerte nicht, drehte Saber herum und wiederholte den Sprung hinüber auf die andere Seite. Dann warf er Jools ein Ende eines Seils zu. „Treib ihn an!", befahl er, und beide Tiere fielen in einen unsicheren Galopp, wobei Saber das stämmigere Pferd führte. „Noch einmal!", rief Rob, und mit einem gewaltigen Satz hob Saber erneut ab, gefolgt von Beckett, der perfekt am anderen Ufer landete.

„Jetzt streichle ihn", forderte Rob Jools auf und klopfte zitternd Sabers muskulösen Hals. Pferde waren bemerkenswerte Tiere. Definitiv bemerkenswerter als Menschen.

Kim verteilte Zucker.

Sie setzten ihren Weg nach Jools' Vorgabe fort, während Stormie weiterhin ihre Tonmarkierungen platzierte. Plötzlich stoppte sie Armor und kratzte sich den behelmten Kopf. Vor ihnen standen Tonsäulen in derselben Farbe wie ihre Markierungen. Sie liefen etwas weiter und fanden eine weitere … und noch eine.

Wollte irgendjemand das Bataillon in die Irre führen? Oder hatten andere Reisende zufällig dieselbe Art der Wegmarkierung gewählt?

Als sie um eine Kurve in der Netherstein-Wand bogen, ragte vor ihnen turmhoch ein riesiges Gebäude auf, das vollständig aus Ziegeln bestand. Davor lag ein Haufen rötlich orangefarbener Tonblöcke. Aus dem Inneren hörten sie das Klappern brüchiger Knochen und das Knistern eines Feuers. Eine Rauchwolke hing schwer über dem Bauwerk. Der Lichtstreif einer Fackel erschien, als das Ziegeltor geöffnet wurde.

Jemand war zu Hause.

14. Kapitel

„Ich habe schon auf euch gewartet", erscholl eine tiefe, männliche Stimme, die hohl und mächtig klang – wie ein feierlicher Trommelschlag.

Die Reiter hielten den Atem an, als sich das Tor weiter öffnete. Kurz darauf erschien in der Öffnung ein riesiges menschliches Gesicht überzogen mit Haut wie aus gegerbtem Havannaleder, Augen schärfer und leuchtender als Ghast-Feuerbälle und silbrigem Haar, das hier und da wild vom Kopf abstand. Hinter dem intensiven Blick verbarg sich ein gewisses Maß an Humor, wie Rob erleichtert feststellte. Dieser gigantische Kopf sah aus wie der freundlichste, dem er je begegnet war – aber er war natürlich auch der einzige, den er jemals gesehen hatte.

Seltsamerweise konnte er direkt durch die Gesichtszüge hindurchblicken und sah eine Reihe aus Fackeln über einem Eisengitter und etwas, das sich dahinter im Zwielicht bewegte. Rob stieß Jools mit dem Ellenbogen an.

„J-ja, richtig", stotterte Jools, der zum ersten Mal wirklich nervös zu sein schien. Er bewegte den widerwilligen Beckett vorwärts. „Colonel M? Wir haben uns schon einmal getroffen."

„Ich erinnere mich an dich", rief der Kopf donnernd, woraufhin die Pferde vorsichtig einige Schritte nach hinten machten. „Du hast mitgeholfen, als meine Freunde ihren Redstone-Generator aus den Händen des Syndikats zurückeroberten."

„Nun, ich ..."

„Und nun willst du, dass ich den Gefallen erwidere."

„Sie schulden mir ..."

„... nichts. Warum hast du mich dann aufgesucht?"

Jools sah zu Rob. „Nun, wir ..."

Der Kopf schnitt ihm das Wort ab. „Ich weiß, warum ihr hier seid. Warum reitet ihr auf diesen Pferden nicht in der Oberwelt in die Schlacht, anstatt hier vor meiner Tür eure Zeit zu vergeuden? Ich mag keine Bittsteller."

Rob wurde langsam wütend. „Wir verkaufen keine Zeitungsabos, *Sir*", sagte er mit etwas zu viel Betonung.

Der Mund des Kopfes öffnete sich so weit, wie die Tür hoch war. „Ruhe!", brüllte er donnernd, und Pferde und Menschen erzitterten. „Ihr habt kein Recht, irgendetwas von mir zu verlangen, ohne dafür zu bezahlen." Der Kopf des Colonels schwebte abwartend vor ihnen. „*Also?*"

Kim lenkte den zögernden Duff in Richtung Tür und nahm aus ihrem Inventar das rosa Pferdegeschirr, das dem Tier aus ihrer gestohlenen Herde gehört hatte. „Für Ihr Pferd, Sir." Sie räusperte sich. „Man kann es anpassen."

„Nun, vielleicht sind die Diamanten zu gebrauchen ...", murmelte der Kopf und betonte jedes zweite Wort wie eine Basstrommel.

Das Tor schwang auf, und der Kopf neigte sich leicht zu einem halbherzigen Willkommensgruß.

Die Reiter saßen ab und führten ihre nervösen Pferde in den Vorsaal der Festung. Rob sah einen großen Raum mit einem Eisengitter als Rückwand, das die klappernden, unruhigen Kreaturen aufhielt, die von der anderen Seite dagegenhämmerten. Sie ähnelten den Skelettmonstern, die er bereits kannte, waren jedoch kohlrabenschwarz und führten Steinschwerter anstatt Bögen mit sich. Die Monster fuchtelten mit ihren Klingen herum, schlugen gegen das Gitter und verursachten dabei einen Höllenlärm.

„Witherskelette", kommentierte Jools. „Nette Wachhunde."

„Sie tanzen nach meiner Pfeife", sagte Colonel M, während sein Kopf rückwärts schwebte, um Spielern und Pferden Platz zu machen.

„Clever von Ihnen, diesen skelettsicheren Raum einzurichten", sagte Stormie, um das Eis zu brechen.

„Der ist nur für geladene Gäste", stellte der Colonel klar, und seine Augen loderten.

Im zusätzlichen Licht vernahm Rob eine Bewegung in einer Ecke des Eingangsbereichs. Er drehte sich um und stolperte erschrocken gegen Sabers Schulter.

„Wurde langsam Zeit, dass ihr kommt", sagte eine bekannte, schroffe Stimme.

Dort saß Turner, intakt und am Leben, und hatte die Füße auf einen kleinen Magmaschleim gelegt. Die schwarze Fußstütze strahlte Wärme aus ihren orangeroten Augen ab.

Noch während ihn die einzelnen Gruppenmitglieder erkannten und anstarrten, sagte Turner: „Ich habe dem Colonel gerade davon erzählt, wie wir Legs gezwungen haben, auf einem Hühnchen abzuhauen."

Colonel M kicherte grollend. „Gute Idee, diese Grubenfallen", murmelte er anerkennend und drehte den Kopf in Robs Richtung. „Ist er das Unschuldslamm, das du erwähnt hast?"

„Ja, der Neuling. Colonel M, darf ich vorstellen, das ist Hauptmann Rob."

Der geisterhafte Kopf maß Rob und sein Pferd mit aufmerksamen Blicken. „Enderdrachen-Futter", spie er aus. „Aber ihr könnt euch hier kurz ausruhen. Und dann wieder verschwinden."

„Turner!", rief Frida und runzelte die Stirn. „Wie kommt es, dass *du* hier bist?"

„Ich ging nicht davon aus, dass Hauptmann Neuling eine Reise in den Nether überlebt. Ich habe mein Portal auseinandergenommen, als ich hier ankam, damit er nicht reinfällt und draufgeht."

Rob sah rot. „Danke, Turner, aber ich kann gut auf mich selbst aufpassen. Und was du getan hast, ist Hochverrat." Turners Verschwinden hatte ihnen stundenlange Sorgen und nutzlose Suchaktionen beschert.

„Hochverrat!", wiederholte der Colonel. „Inwiefern?"

„Lassen Sie es mich erklären, Sir", begann Rob, „unsere Kavallerie-Einheit war gerade dabei, in der Oberwelt die Übernahme einer Grenze durch Griefer zu verhindern. Da verschwand Turner plötzlich."

Die Augen des Colonels verfinsterten sich. „Erkläre dein Verhalten, Soldat", verlangte er von Turner.

„Ja, tu uns doch den Gefallen", stieß Frida durch zusammengepresste Zähne hervor.

Turner gab dem Magmaschleim einen Tritt und beugte sich nach vorn. „Ich hab die Festungskoordinaten in Kims Browserverlauf gefunden und dachte, ich biete dem Colonel meine Dienste an, anstatt ihm mit unserem kleinen … Problem auf die Nerven zu fallen."

„Kleines Problem!", wiederholte Stormie. „Wenn du einen Weltkrieg *klein* nennst …"

Colonel Ms Blick wechselte zwischen den beiden hin und her wie ein Suchscheinwerfer.

„Na ja, für ihn ist es sicher klein", verteidigte sich Turner. „Tatsächlich sagte er mir eben, dass er vielleicht ein paar gute Söldner brauchen kann, um die Mobs in Schach zu halten. Wir wollten das Geschäft gerade besiegeln, als ihr aufgetaucht seid."

Jools war erschüttert, weil Turner sie alle in Gefahr gebracht hatte, um seine egoistischen Ziele zu erreichen. „Heißt das, du bleibst lieber hier, wenn du ein besseres Angebot erhältst?"

Der Söldner entspannte sich und legte erneut die Füße hoch. „Ich weiß, dass es im Nether nicht so viele hübsche Frauen gibt, aber für ein gutes Gehalt kann ein Mann hier unten ganz gut leben ..."

Der Kopf schien noch größer zu werden, während er sich so weit aufrichtete, wie es einem körperlosen Schädel möglich war. „Geld", sagte Colonel M, „hat keinen Platz in einer gerechten Sache." Seine Augen feuerten einen Strahl ab, der den Magmaschleim unter Turners Füßen wegschleuderte, sodass der Sergeant das Gleichgewicht verlor und zu Boden stürzte. „Ich ziehe mein Angebot zurück. Nun geht, und zwar alle. Bevor ich das Tor dort öffne!" Drohend flog er hinüber zum Gitter, das vom Fackellicht erhellt wurde und durch das die Skelette immer noch ihre Schwerter und knöchernen Arme steckten.

Die Pferde zerrten voller Angst an den Zügeln. Turner und die anderen beeilten sich, zum Festungseingang zu kommen – mit Ausnahme von Rob. „Nein", erklärte er und hielt Saber mit aller Kraft fest.

Colonel M wollte seinen Augen nicht trauen. Dieser winzige Mann, dieses Drachenfutter, wagte es, sich ihm zu widersetzen?

Rob war nicht den ganzen Weg hierhergekommen, um

dann wie ein lästiges Insekt weggescheucht zu werden. Erneut überkam ihn die Erinnerung an seine schreckliche erste Nacht und die vielen Prüfungen, die er überstanden hatte. Der Verlust von Turner und Kims Pferden, dass er seine Freunde in den furchterregendsten Teil der Karte hatte führen müssen … Er war ein großes Risiko eingegangen und würde jetzt nicht mit leeren Händen abziehen.

„Sie sind doch angeblich diese großartige Legende", blaffte Rob den riesigen Geist an. „Eine Kavallerie-Legende, der alles gelang." Er ließ Sabers Zügel los und näherte sich dem Colonel, während das Pferd zurückwich. „Sehen Sie sich doch an! Sie haben nicht einmal mehr einen Körper. Die einzigen Streitkräfte, die Sie kommandieren, sind ein paar verbrannte Skelette. Die einzige ‚gerechte Sache', an der Sie interessiert sind, ist eine, die bedürftige Menschen davon abhält, an Ihre Tür zu klopfen. Wenn Sie sich wirklich nicht um uns scheren", fuhr er fort und deutete auf seine Mitstreiter, „könnten Sie wenigstens unseren Pferden Unterschlupf gewähren. Sie haben Immenses geleistet, um uns hierher zu bringen … und sie haben Angst!"

Alle standen wie vom Donner gerührt da. Die Geduld ihres Gastgebers stieß beinahe an ihre Grenzen, und sie waren davon überzeugt, dass nun ihr sicherer Tod folgen würde.

„Niemals sollte ein Pferd für seine Scheu bestraft werden", zitierte Rob.

Der schreckliche Blick des Colonels wurde freundlicher. „*Cookes Kavallerietaktiken*, 1862", murmelte er. „Ein guter Kavallerist denkt zuerst an sein Pferd." Auf einmal wirkten seine Augen leicht amüsiert. „Ich mag deinen Stil, Hauptmann. Und ich danke dir für diese Erinnerung." Er nickte Rob zu. „Es ist schon eine Weile her, dass ich berittene Soldaten kommandiert habe."

„Ich hoffe, hier gibt's auch Wasser", murmelte Rob. „Sie haben bestimmt Durst."

*

Colonel Ms geisterhafter Zustand machte zwar Nahrung und Wasser überflüssig, aber sein Pferd Nachtwind besaß nach wie vor einen Leib. Der Offizier lud seine Besucher ein, sich an seinem feuersicheren Heu und seiner unendlichen Wasserquelle zu bedienen.

„Er muss echte Superkräfte haben, um hier im Nether Wasservorräte zu halten", sagte Jools und beobachtete Beckett, der genüsslich aus einem Eimer schlürfte.

„Wie sollte er denn sonst klarkommen, wo er doch nur noch ein Kopf ist?", erwiderte Turner.

„Ich wüsste wirklich gern, wie es dazu gekommen ist", flüsterte Stormie.

Ihr Gastgeber schwebte aus einem Hinterzimmer auf sie zu. „Ich erzähle euch, was passiert ist", erklärte er mit seiner dröhnenden Stimme. „In der letzten Schlacht des Ersten Krieges war meine Einheit den vereinten Streitkräften des Feindes gnadenlos unterlegen. Meine Leute brauchten eine Ablenkung, um sich vermeintlich zurückziehen und den Feind dann von hinten einkesseln zu können."

„Sie!", stieß Rob keuchend hervor.

Der Kopf nickte. „Ich. Dabei trug ich so viel Schaden davon, dass ich in meinem eigenen Körper nicht wiederauferstehen konnte."

„Aber ... was ist mit Nachtwind?", fragte Kim.

„Ich hatte ihn außerhalb der Reichweite festgebunden. Er hat sich keinen Millimeter bewegt."

„Großartiges Training", murmelte sie bewundernd.

„Aber warum sind Sie in den Nether umgesiedelt?", wollte Frida wissen.

Colonel M bedachte sie mit einem amüsierten Gesichtsausdruck. „Das schien damals eine gute Idee zu sein." Er schwebte an jedem Pferd vorbei und prüfte, ob den Tieren Wasser und Heu zusagten. „Und jetzt ist offenbar der richtige Zeitpunkt gekommen, um in die Oberwelt zurückzukehren. Und zu beenden, was ich begonnen habe."

„Sie meinen ... Sie werden uns helfen?", platzte es aus Rob heraus.

Der körperlose Colonel nickte dem Rest des Bataillons zu. „Ihr habt schon alles, was ihr braucht", sagte er. „Was ich noch beisteuern kann, ist mein Rat."

Rob war noch nie so glücklich gewesen, jemandem zu begegnen, der ihm Vorschriften machte. Aber er musste seine Autorität wahren. „Wir wären stolz, wenn Sie mit uns reiten würden, Colonel. Aber ich bin der Kommandant dieser Einheit."

Wieder lächelte der Colonel amüsiert. „Diese Aufgabe will ich auch nicht zurückhaben. Ich bin jetzt Zivilist und nur noch dem Namen nach Colonel."

Nun, da sie erreicht hatten, wofür sie hergekommen waren, mussten die Mitglieder des Bataillons nur noch ihr Portal wiederfinden.

„Es geht doch nichts über einen schnellen Besuch im Nether", meinte Turner, der nun wieder auf Duffs Rücken saß.

Colonel M hatte Kim Nachtwind überlassen, nachdem er sich ihre Geschichte angehört und sie dabei beobachtet hatte, wie schnell sie sein Pferd um den Finger wickelte. Nachtwind war das größte Tier, das sie jemals geritten hatte, und trotzdem war sein Körper optimal proportioniert, sodass er vom Sattel aus ganz normal aussah. Er reagierte auf die leichteste Bewegung ihrer zierlichen rosa Gestalt – so effektiv, dass sie mit den Zügeln nichts anderes tun musste, als sie festzuhalten.

Die beiden führten die Gruppe ohne Zwischenfälle über den Lavastrom, an dem Beckett vorher gescheut hatte. Weiter ging es entlang der Spur aus Tonsäulen, die Stormie hinterlassen hatte. Sie erwähnte Turner gegenüber, wie seine Markierungen der Gruppe signalisiert hatten, dass hier etwas nicht stimmte.

„Kluge Menschen haben eben dieselben klugen Gedanken", sagte er, woraufhin Colonel M Rob anblickte und seine riesigen Augen verdrehte.

Es gab einen kurzen Schreckensmoment, als ihnen plötzlich ein Mob aus Witherskeletten den engen Weg über den Lavasee versperrte. Aber dank Colonel Ms Anwesenheit blieb das Bataillon unbehelligt. Die Monster, die sich seinem Rückzugsbefehl widersetzten, fanden durch seine bloße Anwesenheit einen schnellen Tod. Als die normalen Skelette Anstalten machten, ihre schwarzen Bögen zu spannen, blies sie der Colonel mit seinen riesigen Lippen einfach in den sengenden See, wo sie laut kreischend verbrannten und dann untergingen.

Nachdem die Gruppe den Standort des Portals erreicht hatte, durch das sie hierher gelangt waren, blickte Stormie sich unruhig um.

„Es … es war genau hier", stammelte sie.

Aber dort stand kein Portal.

Nach näherem Hinsehen und einem Blick über die Kante des Vorsprungs entdeckte und identifizierte Frida das

Stück eines Obsidianblocks, das in der Netherstein-Klippe steckte wie eine Waffel in einem Eisbecher. „Sieht so aus, als wäre das alles, was übrig ist!", rief sie. „Der Ghast muss es zerstört haben. Lasst uns zum Unterschlupf gehen und dort ein neues Portal errichten."

Der Obsidian von Turners dekonstruiertem Portal würde dafür ausreichen. Während er und die anderen sich an die Arbeit machten, verspürte Rob eine überwältigende Müdigkeit. Das Anführen einer Einheit verlangte einem Menschen viel ab. Nun, da vorerst alles unter Kontrolle war, konnte er vielleicht ein kleines Nickerchen wagen. Er zog seine Schlafmatte hervor und ließ Saber bei den anderen Pferden stehen.

Frida sah ihn aus dem Augenwinkel in Richtung Steinunterschlupf gehen „Was hast du vor …?"

Er ging hinein, hockte sich hin und entrollte die Matte.

Frida sprintete zur Tür. „Rob! Tu das nicht!"

„Tu was nicht?", fragte er und kroch in den Schlafsack, um ein wenig zu schlafen.

Rumms! Die plötzliche Explosion war stark genug, um die Späherin fortzuschleudern, die in den Ästen eines toten Baums landete.

*

Das überlebe ich nie und nimmer, dachte Rob, als Jools und Stormie seinen kraftlosen Körper durch das neue Netherportal trugen. Seine Gesundheitsleiste hatte sich drastisch verringert.

„Wie oft muss ich es dir noch sagen?", rügte Turner den Hauptmann. „Im Nether darf man sich niemals schlafen legen!"

„Das hast du mir noch nie gesagt", grollte Rob. „Woher

sollte ich denn wissen, dass mein Bett in die Luft fliegen würde?"

Frida zuckte zusammen. Sie war stolz darauf gewesen, ihren naiven Freund bisher am Leben gehalten zu haben. Auch sie hatte vom Freiflug in den Baum und dem darauf folgenden Sturz auf den scharfen Netherstein Schaden davongetragen. Nachdem Turner das Portal aktiviert und Jools und Stormie mit Rob hindurchgewinkt hatte, stützte er Frida, und sie betraten erneut den lila Nebel.

Kim folgte mit Armor, Saber und Ozelot.

Colonel M schwebte hinter Beckett, Duff und Nachtwind her, die er sicher hindurchführte. Das angewachsene Bataillon Null zog zurück ins Sonnenlicht und schleppte sich matt zum Lager.

Rauch stieg in der Ferne auf. Stormie hob eine Hand und brachte die Gruppe damit zum Stillstand. Einen kurzen Moment dachte sie, dass das Portal versagt hätte. Dutzende kleiner Feuer brannten dort, wo einst ihr Lager gewesen war. Befanden sie sich immer noch im Nether?

Aber die Sonne schien, und die Tafelberge sahen ansonsten genauso aus, wie sie sie verlassen hatten. Sie gingen ins Lager. Das einzige Anzeichen für Leben war ein sehr großes Huhn, das im Kreis herumlief.

„Griefer!", murmelte Jools.

„Ein ganz spezieller Griefer", grollte Turner. „Das Hühnchen dort ist ein eindeutiges Zeichen, dass Legs hier gewesen ist." Er warf Kim Duffs Zügel zu, lief hinüber und stieß das Huhn in eines der Feuer. Dann sammelte er das gebratene Fleisch auf, das gedroppt wurde, und reichte es in der Runde herum. „Und *das* ist ein Zeichen von mir", sagte er, bebend vor Rachegelüsten.

Aber der Gegenschlag musste vorerst warten. „Wir sind

hilflos wie Ozelotkätzchen!", erkannte Jools. „Wir haben gerade im Nether-Unterschlupf eine Vorratstruhe verloren, und nun wurden auch noch unsere Lagervorräte geplündert."

Wie sollten sie ohne Rüstungen, Tränke, Waffen und Munition einen Angriff starten?

„Ich hab euch doch gesagt, dass es eine blöde Idee ist, unsere Inventare zusammenzulegen", beschwerte sich Turner beim Hauptmann, der bewegungslos neben der alten Lagerfeuergrube lag, die ebenfalls zerstört worden war.

Rob hatte nicht die Kraft, den Sergeant wegen seiner Respektlosigkeit zurechtzuweisen. Aber er warf ihm aus seinem eigenen Inventar einen Eimer zu und befahl ihm, die Feuer zu löschen.

*

Dank eines Regenerationstranks, den Jools und Colonel M gebraut hatten, war der Hauptmann von Bataillon Null kurz darauf wieder bei Kraft und Gesundheit. Allerdings hatte seine Würde einen ordentlichen Knacks bekommen. Er konnte nicht anders, als sich für den Verlust der Vorräte schuldig zu fühlen. Dieser Fehler konnte die Gruppe alles kosten, was sie erreichen wollte.

Als er nachdenklich am Fluss entlangwanderte, gesellte sich Colonel M zu ihm. Da dieser früher einmal dieselbe Rolle gehabt hatte wie Rob, konnte er dessen Dilemma bestens nachfühlen. „Was macht eine Kavallerie zu einer Kavallerie?", fragte der alte Geist den jungen Kommandanten.

„Nun ... Pferde", antwortete Rob. „Und Menschen", fügte er hinzu, und der Colonel nickte.

„Es gab schon Fälle“, sagte Colonel M, „bei denen ganze Schlachten ohne eine einzige Klinge geschlagen wurden. Du solltest eure effektiven Fallen noch einmal in Betracht ziehen.“ Sie liefen ein Stück weiter. „Natürlich kannst du keine erfolgreiche Strategie wiederholen … aber du kannst sie sehr wohl modifizieren.“

Die beiden diskutierten darüber, welche Tricks sie am besten einsetzen konnten, um zurück ins Dorf zu gelangen, sich neu auszurüsten und auf einen weiteren Angriff gegen Dr. Dreck vorzubereiten. „Du denkst bei deiner Kriegsführung zu modern“, betonte Colonel M. „Wie kannst du die beiden Dinge, die dir zur Verfügung stehen, so einsetzen, dass du bekommst, was du haben willst?“

Pferde … und Menschen. Rob stellte sich beide als Schachfiguren vor und bewegte sie vor seinem inneren Auge herum. Die Pferde – und dazu gehörte auch Beckett, wenn er von jemand Starkem angeführt wurde – würden sie alle über die Gefechtslinie zum Dorf tragen. *Was kann jeder am besten?*, fragte Rob sich und dachte dabei an seine menschlichen Mitstreiter. Sie alle waren äußerst talentiert. Wenn er ihre Stärken optimal einsetzte, konnten sie gewinnen, ohne auch nur einen Schuss abzufeuern.

Es ergab keinen Sinn, sich weiter im zerstörten Lager aufzuhalten. Rob rief sein Bataillon zusammen. „Kim! Wir brauchen einige Informationen von Aswan. Finde heraus, ob das Dorf den gefallenen Eisengolem ersetzt hat. Und, Turner, frag Sundra, ob sie genug Metall auf Lager hat, um die Dorfbewohner mit guten Schaufeln auszurüsten.“

Turner warf ihm einen Seitenblick zu.

„Lass zur Abwechslung den klugen Kommentar stecken. Jools, Stormie, wir sollten einen weiteren Blick auf die Karte werfen."

Colonel M stand an der Seite und musterte die Gruppe zufrieden. „Der Junge ist der geborene Anführer", bemerkte er gegenüber Frida, die über ihre eigene Zustimmung überrascht war. Es war nicht allzu lange her, dass sie Rob mit einer gefälschten Karotte ausgetrickst hatte. Er hatte es weit gebracht.

Kim berichtete, dass das Dorf in der Tat einen neuen Eisengolem besaß, und Turner hatte Sundra davon überzeugt, so viele stabile Schaufeln wie möglich herzustellen.

„Was jetzt?", wollte Stormie wissen. Sie hatte eine Erhebung hinter dem Dorf entdeckt, die mittels einer Brücke mit der Oberseite der Mauer verbunden werden konnte, sodass sich eine Hintertür öffnete, die bisher nicht existierte. Allerdings würde diese Maßnahme das Dorf auch angreifbar machen, falls ein Feind Kenntnis davon erlangte.

Jools schnipste mit den Fingern und warf Vorschläge in die Runde. „Wir lassen Aswan und die anderen tagsüber die Brücke errichten – wenn Drecks Legionen in ihren Höhlen sind. Sie könnten sie tarnen ..."

„... mit Farbstoffen und Wolle", schlug Stormie vor. „So wird es aus der Ferne so aussehen, als wäre alles beim Alten, und niemand schöpft Verdacht."

„Dann gibt Aswan die Order weiter, vorn am Eingangstor einen Graben auszuheben – dort, wo Dreck immer angreift", fuhr Jools fort. „Und den tarnen sie auf dieselbe Weise."

Frida erkannte den Kern des Plans. „Der Eisengolem bleibt auf der Dorfseite des Grabens, und die Skelette und Zombies rennen auf ihn zu, um ihn zu attackieren und den Dorfbewohnern zu schaden." Sie machte eine Pause.

„Aber was soll die Monster anlocken? Woher wissen wir, dass sie überhaupt auftauchen werden?“

Rob grinste. „Wir richten einen Netzwerkchat mit einer gefälschten Quelle ein, über den wir die Nachricht verbreiten, dass eine riesige Menge an Edelsteinen auf dem Weg zum Dorf ist. Dr. Dreck wird einer so leichten Beute nicht widerstehen können.“

Jools nickte. „Und während all das passiert, reiten wir einfach durch die Hintertür ins Dorf und halten bis Sonnenaufgang die Stellung.“

Endlich verstand auch Turner die Tragweite der Aktion. „Jedes einzelne Monster wird in dem Graben gegrillt werden.“

Kim klatschte in die Hände. „So erhalten wir die Vorräte, die wir brauchen, ohne dass uns jemand zwischen dem Dorf und meiner Ranch in die Quere kommt!“

Rob hoffte, dass sie dort einige gute Nachrichten erwarteten. Der Rückzug zur Ranch würde es ihnen ermöglichen, sich um ihre Pferde zu kümmern, deren Hufe nach der langen Reise über Netherstein dringend neue Eisen brauchten. *Manchmal muss man rückwärtslaufen, um vorwärtszukommen*, dachte er.

Colonel M erriet seine Gedanken. „Du hast es erfasst, Hauptmann“, sagte er mit einem Funkeln in den riesigen Augen. „Ein guter Stratege denkt niemals nur in eine Richtung.“

„Gut gesprochen“, meinte Jools.

Turner setzte eine finstere Miene auf. „Jetzt bekommt dieser Legs, was er verdient.“

15. Kapitel

Fridas Zuckerrohr war verbrannt, und Kim hatte weder Karotten noch Heu für die Pferde. Bevor sie das Lager abbrachen, schickte Rob die beiden Frauen los, um ihre Gras- und Apfelvorräte aufzustocken. Turner und Stormie bauten im alten Minenschacht Eisen, Gold und Edelsteine ab, um etwas zum Handeln und für den Rüstungsbau zu haben und später ungehindert die Ranch besuchen zu können. Außerdem legten sie die alten Loren im Bataillonsinventar ab.

Colonel M bot großzügig an, seine Vorräte an Brauzutaten mit ihnen zu teilen. Er und Jools steckten die Köpfe zusammen und brauten gemeinsam Basistränke, die sie für den Schutz des Dorfes benötigen würden. Als alle Aufgaben erledigt waren, verabschiedeten sich die Mitglieder von Bataillon Null von ihrem Tafelberg-Lager und machten sich auf den Weg zur Ebenengrenze.

Während sie neben dem schwebenden Kopf des Colonels herritten, berichtete die Gruppe ihm von den Dingen, die sie gemeinsam erlebt hatten.

„Du bist aufgetaucht, nachdem Lady Craven verschwunden war?“, fragte Colonel M Stormie und war offensichtlich beeindruckt. „Ein Artilleriegenie stand hinter so manchem großen Triumph.“

„Aber wir haben die TNT-Kanone während der Schlacht auf der Ebene verloren“, gab Stormie bedauernd zu.

„Ich wollte ja nicht den Schwanz einziehen …", sagte Turner in dem Versuch, seinen Ruf wiederherzustellen.

„Das ist witzig", entgegnete Jools. „Ich erinnere mich nämlich genau daran, an der Spitze der Truppe Duff gesehen zu haben, der einen Skelettpfeil im Hintern stecken hatte."

„Das Pferd hat eben seinen eigenen Kopf", maulte Turner.

„Wenigstens ist er noch ein echtes Pferd", warf Kim ein, die den Tränen nahe war und an ihre mutierte Herde dachte.

Rob beschrieb die Verfolgungsjagd von Dr. Drecks Mob auf Zombiepferden und berichtete von ihrer Sorge, dass er alle Tiere verwandelt haben könnte, die Kim in jahrelanger Arbeit auf ihrer Ranch gezüchtet hatte.

Die riesigen Mundwinkel bewegten sich nach unten. „Eine wahrlich dreckige Taktik", bemerkte der Colonel, der augenscheinlich betroffen über den Verlust so vieler guter Pferde war. „Dieser Griefer macht seinem Namen alle Ehre. Und liefert gleichzeitig einen Vorschlag mit, wo wir seine letzte Ruhestätte platzieren sollten."

Dieser offenkundige Solidaritätsbeweis bewirkte, dass Robs Stimmung schlagartig besser wurde. Nachdem er sich tagelang einsam und gebrochen gefühlt hatte, wagte sich die Hoffnung langsam zurück in seinen Körper. *Kriege werden nicht allein mit brachialer Gewalt gewonnen*, dachte er, obwohl er erleichtert war, Turner in seinem Rücken zu wissen … Dummerweise war dieser Söldner nicht wirklich verlässlich.

Sie diskutierten über ihre kurzfristigen Pläne. Wenn sie voraussetzten, dass der Trick mit dem Graben Dr. Drecks Truppen dezimierte, dann konnten sie eine halbwegs sichere Passage zur Ranch erwarten. Nach einem kurzen Aufenthalt dort wären sie darauf vorbereitet, in die Extremen Berge vorzudringen – und vielleicht endlich Dr. Drecks dortige Stellung zu brechen und damit die umgebenden sechs Biome zu befreien.

„Dort liegt das Hauptziel, das sehe ich genauso", stimmte Colonel M zu. „Aber diese Berge ..." Er erschauderte, stieß dabei gegen Ozelot und schwebte durch das Tier hindurch, das sich von dieser Störung überhaupt nicht beirren ließ.

„Das bedeutet wohl, dass sie ihre Geisterprüfung nun bestanden hat!", erklärte Frida stolz.

„Was ist mit den Bergen, Colonel?", beharrte Rob.

Der durchsichtige Mann schwieg einige Sekunden lang. „Mit den Extremen Bergen ist nicht zu spaßen", antwortete er schließlich. „Sie sind tückisch. Sie bieten fast keine Deckung, aber viele Möglichkeiten für Hinterhalte. Dort habe ich ..." Er zögerte kurz. „... dort habe ich mich selbst verloren."

Rob spürte, wie sein Magen auf einmal unglaublich revoltierte. „Die Extremen Berge? *Dort* fand die letzte Schlacht des Ersten Kriegs statt?"

Turner warf ihm einen Blick zu. „Ich dachte, du wüsstest das."

Rob betrachtete Frida. Sie hatte nichts davon erwähnt, als sie sich das erste Mal über einen Aussichtspunkt unterhalten hatten, der ihm den Weg nach Hause weisen könnte.

Frida blickte zu Boden. Damals, als sie sich zum ersten Mal begegnet waren, hatte es keinen Grund gegeben, ihn über die bedrohliche Wahrheit aufzuklären. Rob hatte etwas gebraucht, an das er sich klammern konnte, und nicht erfahren sollen, dass er diese Welt wahrscheinlich nie wieder verlassen würde.

Aber jetzt traf den ehemaligen Cowboy die Erkenntnis ob dieser Neuigkeit schwer.

Flehentlich richtete er das Wort an seinen Mentor. „Sie sagen also, dass dieser Ort unmöglich zu verteidigen ist?"

Der Colonel wählte seine Worte mit Bedacht. „Ich sage nicht, dass ein Angriff an diesem Ort unmöglich ist. Alles hängt davon ab, was du wirklich damit bezweckst."

Konnten sie Dr. Drecks Armee besiegen? Würde die Eroberung der Extremen Berge wirklich den Anfang vom Ende für die Herrschaft der Griefer über die Oberwelt bedeuten – oder für Bataillon Null? Und noch wichtiger, würde es Rob überhaupt gelingen, von dort aus einen Weg zurück in sein altes Leben zu finden?

Es gab nur eine Möglichkeit, all das herauszufinden.

*

Die Dorfbewohner waren vorbereitet, wie Kim und Turner es ihnen aufgetragen hatten. Aswan winkte ihnen enthusiastisch von der Zugbrücke aus zu, die als Verbindung zum Hügel errichtet worden war. Die Reiter konnten seine saubere weiße Schürze schon aus der Ferne sehen. Durch die optische Illusion der Bemalung hinter Aswan sah es beinahe so aus, als schwenkte am Horizont jemand eine weiße Flagge.

„Kim, meine Liebste!", rief Aswan, als sie sich näherten. „Dein Wunsch ist mir Befehl."

Sie ignorierte wie üblich sein Kompliment, freute sich aber dennoch, ihn wiederzusehen. Die Gruppe überquerte die Brücke, die Aswan hinter ihnen sicherte, und betrat die ummauerte Stadt.

„Welch wunderbares Ross du reitest", verkündete er. „Es ist deiner Schönheit angemessen!"

Frida und Stormie stupsten sich gegenseitig an.

„Und ihr zwei seid auch nicht übel …", schmeichelte Aswan.

Turner hielt vor der Schmiede. „Ich hoffe, Sundra ist inzwischen aus ihrem Versteck rausgekommen. Reitet ihr ruhig schon vor. Ich komme später nach."

Rob schüttelte den Kopf. „Tut mir leid, Sergeant. Das Bataillon braucht dich zunächst für eine dringende Mission."

„Deine Sundra ist sowieso gerade nicht hier", informierte Aswan den schmollenden Waffenmeister. „Sie ist an der Front und überwacht die Grabungen. Sie meinte, sie wolle ihre besten Schaufeln nicht aus den Augen lassen."

Turner grinste. „So ist sie eben. Sie liebt ihr Werkzeug."

„Sie pflanzt rund um die Dorfmauer eine Reihe Sonnenblumen", fuhr Aswan fort. „Vielleicht denken Drecks Wachen bei dem Anblick ja, wir wären bei der Gartenarbeit."

Kim murmelte zustimmend.

Aswan grinste breit und enthüllte ein Dutzend Goldzähne. „Das war meine Idee." Er führte sie in seinen Laden und weiter in den geschützten hinteren Raum.

„Danke für deine Hilfe", sagte Rob. „Ich hätte da noch eine Bitte. Würdest du dich für uns ins lokale Netzwerk einloggen? Wir müssen eine Nachricht übermitteln."

„Aber klar doch, klar doch", erwiderte der Händler, bevor er der Bitte nachkam.

Rob bedeutete Turner, sich an den Computer zu setzen, und diktierte ihm einen Text. Emsig tippte der Söldner mit zwei Fingern.

„Kann ich jetzt gehen?“ Turner hatte sich schon halb vom Stuhl erhoben.

Jools drückte ihn wieder nach unten. „Jetzt warten wir“, erklärte er. „Und schauen, ob sie den Köder schlucken.“

Tatsächlich dauerte es nicht lange, bevor eine Antwort über den Server kam:

<legs399> lässt jetz schon deine freunde im stich?

„Das ist Legs!“, flüsterte Turner, als ob ihn der Griefer durch den Chat hören könnte.

„Schnapp ihn dir“, befahl Rob, und die Gruppe versammelte sich um den Bildschirm.

Turner tippte einen Moment lang.

<kill4cash> was soll ichn sonst tun?
<legs399> arbeit fpr uns

„Der Idiot … kann nicht mal schreiben“, murmelte Turner und tippte wieder etwas.

<kill4cash> was hab ich davon?
<legs399> = beute

Alle waren gespannt, was Turner tun würde.
<kill4cash> deal

Turner schnitt eine Grimasse und wedelte mit den Händen in der Luft herum, um ihnen zu signalisieren, dass er log.

<legs399> treffen am tor, sonnenuntergang
<kill4cash> verstanden

Der Server zeigte an, dass Legs das Spiel verlassen hatte.

„Kann ich *jetzt* gehen?", bat Turner seinen Hauptmann.

Rob war sich nicht sicher, ob er den Söldner unbeaufsichtigt von der Leine lassen sollte. Aber Urlaub war gut für die Moral. „Sechzig Minuten", sagte er. „Und nicht länger. Das gilt für euch alle. Wir treffen uns hier in einer Stunde wieder. Wir müssen noch Vorräte anlegen."

Als alle weg waren, blieb Rob mit Colonel M zurück.

„Das hast du gut gemacht", lobte der Veteran seinen Schützling.

Rob ballte besorgt die Hände zu Fäusten. „Ich bin nur nicht sicher, ob wir dem Typen trauen können."

„Niemand kann sich jemals sicher sein." Colonel M senkte die Stimme. „Ich verrate dir ein kleines Geheimnis, Hauptmann: Ich weiß so gut wie nichts über Strategien."

Rob hielt inne.

„Und ich weiß nur ein winziges bisschen mehr über Pferde", fuhr der Colonel fort und sah Rob an. „Womit ich mich *wirklich* auskenne, sind Menschen." Er zog eine riesige Augenbraue hoch. „Wenn du die menschliche Natur verstanden hast, brauchst du nichts weiter, um einen Krieg zu gewinnen."

„Sie meinen, Motivation ist wichtiger als Vorbereitung?"

„Du kannst so viel trainieren, wie du willst", sagte der Colonel. „Aber in der Hitze der Schlacht ist die Loyalität deiner Leute zehnmal mächtiger als Talent oder Waffen."

„Aber ich kann Turner nicht zwingen, meinen Befehlen zu folgen."

„Das ist auch nicht deine Aufgabe. Du musst ihn dazu bringen, dass er es *freiwillig* tut."

Rob dachte über diesen Ratschlag nach, während er auf die Rückkehr seiner Leute wartete.

*

Je weiter die Sonne sank, desto nervöser und gestresster wurden alle. Rob gewöhnte sich langsam an den Tag-Nacht-Zyklus, der die Notwendigkeit für Angriffs- oder Abwehrmaßnahmen unweigerlich genau dann entstehen ließ, wenn seine eigene Energie nachließ. Vielleicht war diese widernatürliche Bereitschaft zum Kampf, die Turner, Frida und Stormie besaßen, auch das, was sie so fähig erscheinen ließ. Es war so, als könnten sie jederzeit aus einem Nickerchen gerissen werden und einen Drachen erledigen, um dann unverzüglich wieder in tiefen Schlaf zu sinken.

Die Frauen kehrten zuerst zurück und brachten Nahrung von den Ständen des Bauern und des Fleischers mit. Jools folgte mit zusätzlichem Schwarzpulver und errichtete flink einen Braustand nebst Kessel. Rob und Colonel M halfen ihm dabei, die Basistränke zu unglaublichen Mengen an Feuerresistenz-Wurftränken zu verarbeiten, die sie zum Schutz der Dorfbauten einsetzen wollten, um ein weiteres Großfeuer zu verhindern. Alle starrten auf die Uhr, während aus sechzig Minuten einundsechzig wurden und Turner noch nicht zurückgekehrt war.

Ich hätte ihm nicht freigeben sollen, rügte Rob sich selbst. Die Grenzen zwischen Motivation und Manipulation verliefen fließend. Und als ob das nicht genug wäre, hatten die Bataillonsmitglieder ihrem Waffenmeister alle abgebauten Edelsteine und Erze überlassen, um sie gegen neue Rüstungen einzutauschen. *Ein weiterer Fehler*.

Zwei Minuten nach Ablauf der vorgegebenen Zeit spazierte Turner pfeifend durch die Tür.

„Du bist spät dran, Sergeant!", wies Rob ihn zurecht, obwohl er insgeheim erleichtert war.

„Du wirst mir noch dankbar sein – Sundra war es jedenfalls", entgegnete Turner süffisant und warf Rob einen neuen Helm und einen Brustpanzer zu. Dann reichte er den anderen, was er ihnen mitgebracht hatte, und gab Kim natürlich das rosa gefärbte Set.

„Wir haben nicht mehr viel Zeit", sagte Rob, breitete vor sich die Stöcke aus, die sie noch besaßen, und fügte die Federn hinzu, die Turner vom Pfeilmacher mitgebracht hatte. „Wir werden ein paar Pfeile für die Griefer brauchen, die nicht auf unseren Graben hereinfallen."

Bataillon Null nutzte die kurze verbliebene Zeit zum Füllen der leeren Hungerleisten, zum Austesten der Rüstungen und zum Herstellen von Bögen und Munition. Aswan saß in der Ecke bei den Pferden und sah Kim dabei zu, wie sie ihnen die Rüstungen anlegte. Sie mussten bereit zum Ausrücken sein, sobald der Zeitpunkt dafür gekommen war.

„Musst du wirklich schon so bald wieder weg, mein Engel?", fragte Aswan die Pferdemeisterin.

„Ich muss nach meiner Ranch sehen – oder was immer noch davon übrig ist", antwortete das zierliche rosafarbene Mädchen und verspürte eine seltsame Mischung aus Sehnsucht und Angst.

Aswan verstand, dass Dr. Drecks Arm weit reichte und dass der Griefer ohne das Eingreifen des Bataillons schon bald die gesamte Oberwelt kontrollieren könnte. Tatsächlich war es möglich, dass sich das Schicksal des ganzen Dorfes in den nächsten paar Stunden entschied.

„Ich werde auf dich warten, Zuckermaus." Er seufzte.

Rob achtete diesmal besser darauf, wie Turner seine Pfeile fertigte. Ihm fiel auf, dass es vielleicht nicht die beste Idee war, den Söldner mit ganzen Pfeilstapeln zu betrauen. Aber dann erinnerte er sich an Colonel Ms Rat und schwor sich, härter dafür zu arbeiten, seine störrischste Arbeitsbiene mit Nektar zu locken.

Als ihre Inventare gefüllt waren und die Pferde ihr Abendessen einnahmen, gingen die Soldaten nach draußen, um auf den Sonnenuntergang zu warten. Die Sonne schien irgendwie heller zu scheinen, bevor sie sich vorerst verabschiedete. Noch während die flammende orangefarbene Kugel am Horizont hing, gesellte sich Stormie zu Rob.

„Ich möchte ... dir danken“, sagte sie und kam ihm dabei so nahe, dass er einen Schritt zurücktrat.

„Gern geschehen. Wofür?“ Er würgte den Kloß im Hals hinunter.

„Dafür, dass du bei uns geblieben bist. Du hattest genug Gründe, es nicht zu tun.“ Sie sah ihm ins Gesicht, als wollte sie es sich bis ins kleinste Detail einprägen wie eine Karte. „Ich weiß, dass das hier nicht dein Kampf ist.“

Es war sein größter Wunsch, diese Welt zu verlassen, und das wusste sie. Aber plötzlich hatte er eine Erkenntnis. „Vielleicht ist es unwichtig, aus welcher Welt ich stamme“, meinte Rob. „Ich bin ein Mensch, genau wie du. Deine Welt ist auch die meine.“

„Jedenfalls im Moment“, erwiderte sie.

Rob bekam große Sehnsucht – nach seinem Zuhause, nach Antworten und nach dieser starken Frau. Er war hin und her gerissen zwischen seiner Pflicht als Kommandant und dem Bedürfnis, einfach einmal er selbst zu sein. Seine Disziplin dehnte sich wie ein hauchdünnes Hochseil, auf dem er balancierte. Aber ein schmaler Faden blieb noch übrig.

„Vielleicht eines Tages, Stormie …" Er verstummte.

Sie hielt den Atem an. „Was dann?"

Er straffte sich und sah in seiner neuen Rüstung wie ein echter Offizier aus. „Vielleicht ist dieser Krieg eines Tages vorbei, und wir werden herausfinden, wer wir wirklich sind."

Sie ging ein wenig auf Abstand und seufzte. „Vielleicht."

In der Ferne hörten sie Rufe und das Trampeln marschierender Zombies. Rob lächelte Stormie vorsichtig an. „Wir sehen uns auf der anderen Seite, Artilleristin."

„Ja, Hauptmann." Sie salutierte.

Das Leben legte wie immer einen Zahn zu, als in der Oberwelt die Sonne unterging. Aber diesmal war Rob darauf vorbereitet. Der Graben war ausgehoben, der Eisengolem positioniert, und die Dorfbewohner standen auf der Brustwehr außer Sichtweite bereit, um die Wurftränke zum Einsatz zu bringen, sobald das Signal ertönte.

Als der Lichtlevel auf einen akzeptablen Wert gesunken war, wagten sich Dr. Drecks Legionen ins Freie.

Frida feuerte ihre Freunde aus dem Bataillon an. „Es geht los, Leute!"

„Alle für einen!", rief Kim.

„Alle für einen", brüllte Stormie. Sie warf Turner einen Blick zu und knurrte mit zusammengebissenen Zähnen: „Nicht wahr, Klops?"

Er schien verletzt ob ihrer Zweifel. „Klar", erwiderte er genau in dem Moment, in dem Dr. Drecks Stimme, die an Fingernägel erinnerte, mit denen man über eine Schultafel kratzt, über die Ebene schrillte.

„Menschen … dieses … Dorfes!"

„Ja, ja, wir wissen schon Bescheid", sagte Jools zu den

anderen und war sichtlich genervt von der arroganten Art dieses Griefers. „Werft euer … Zeug raus, oder ich … bla, bla, bla." Jools wedelte mit einer Hand in der Luft herum, um anzudeuten, dass der Griefer endlich zum Punkt kommen sollte.

Aber Dreck fuhr wie immer fort, verlangte ihre Reichtümer und drohte mit der Vernichtung. Dann erklärte er: „Derjenige mit Namen … Turner! Komm heraus! Und dir … wird … nichts … passieren."

Robs Blick bohrte sich in den Rücken des Söldners.

Turner stand auf und lehnte sich über die Mauer. „Niemals!", brüllte er.

Legs umrundete die Phalanx aus Zombies, die auf den Angriffsbefehl warteten. „Verräter!" Er stampfte mit seinen drei Beinen auf. „Wir hatten einen Deal!"

„Warum heulst du dich darüber nicht beim Eisengolem aus?", entgegnete Turner.

In dem Moment, in dem Legs der Zombievorhut ein Zeichen gab, sprangen die Dorfbewohner auf und begannen ihre Häuser und das Tor mit Feuerresistenztränken zu bewerfen. Die Wirkung hielt nicht lange an, würde die Gebäude aber hoffentlich lange genug schützen, bis der Graben seinen Zweck erfüllte und den näher rückenden Feind verschlang.

Rob und seine Truppen hielten Pfeil und Bogen bereit. Sie beobachteten ihre Angreifer von der Dorfmauer aus und hielten die Stellung, als die taumelnde Reihe aus Zombies sich zurückzog, um einer Legion aus Skeletten Platz zu machen. Diese begannen sofort, Holztor und Eisengolem mit brennenden Pfeilen zu beschießen. Letzterer war festgebunden worden, damit er nicht selbst in den Graben fiel.

Der Mob erzeugte einen ohrenbetäubenden Lärm aus Gestöhne und klappernden Knochen. Rob und der Colonel sahen, dass Legs und mehrere andere Griefer hinter ihren Truppen herumschlichen, um drei Loren auf von ihnen errichteten Gleisen zu platzieren, die bis zum Dorf und dann weiter in Richtung Süden führten. „Sie haben wohl vor, die Beute aus dem Dorf gleich wieder fortzuschaffen!", erkannte Rob.

Die marschierenden Skelette befanden sich fast in Reichweite, um die Mauer mithilfe der darin steckenden Pfeile zu erklimmen. Auf Legs' Kommando schlossen sich hinter ihnen die Zombiereihen. Dann, als die Skelette nach oben blickten, um ihren Weg hinauf auf die Mauer zu planen, brachen ihre Füße durch die wollene Barriere, die den Graben getarnt hatte. Sofort stürzten sie hinab und trafen auf dem Boden auf. Sundras emsige Buddler hatten gute Arbeit geleistet und nicht geruht, ehe sie das unzerstörbare Grundgestein erreicht hatten.

Dadurch kamen auch die Skelette, die sich nach dem Sturz noch bewegen konnten, nicht mehr aus dem Graben heraus. Nichts hielt die hirntoten Zombies davon ab hinterherzufallen, nicht einmal Legs' panisches Geschrei. Wieder hatte ein gut ausgearbeiteter Plan die Griefer-Armee zum Narren gehalten.

Dann erblickte das Bataillon zum ersten Mal Dr. Dreck selbst. Er war ein korpulenter Schrank von einem Mann, der seine schrille Stimme Lügen strafte und sich gerade in der ersten Lore davonstehlen wollte. Legs hielt sich an der Seite der Lore fest und schob sie mit dreibeiniger Schnelligkeit an. Als das Gefährt Fahrt aufgenommen hatte, sprang er hinein und fuchtelte mit seiner Faust in Richtung des Dorfes und der Mitglieder von Bataillon Null. Drecks Untertanen folgten ihnen eilig.

Ein enormer Jubelschrei erscholl aus der Menge, als die Menschen erkannten, dass ihre Gegner das Schlachtfeld besiegt verlassen hatten. Der Lärm machte dem erstickten Stöhnen und Kreischen der Kreaturen, die den Sturz in den Graben überlebt hatten, fast schon Konkurrenz.

„Nicht das Tor öffnen!“, ermahnte Kim ihre Freunde aus dem Dorf. „Nicht vor Sonnenaufgang.“

Rob bat sie, die Einwohner zu versammeln, um zu ihnen zu sprechen. Er stellte sich auf einen Blumenkübel und rief: „Dieser Sieg wird Dr. Dreck nur verärgern und noch entschlossener machen, euch zu schaden. Nun, da wir ihn erfolgreich provoziert haben, müssen wir ihn mit allem angreifen, was wir haben.“ Besorgtes Gemurmel erhob sich aus dem Publikum. „Es sieht so aus, als wäre er in die Extremen Berge geflohen. Wenn wir ihn dort besiegen können, wären dieses Biom und sechs weitere auf einen Schlag und für immer befreit.“ Rob ließ ihnen etwas Zeit, um diese Nachricht zu verarbeiten. „Ich möchte, dass ihr euch uns anschließt und im Kampf als unsere Verstärkung dient.“

Die Dorfbewohner – und seine Bataillonskollegen – reagierten überrascht.

„Diejenigen von euch, die bereit und fähig sind, werden wir mit Waffen ausrüsten und trainieren“, versprach Rob und sah aus dem Augenwinkel, dass der Colonel lächelte. „Und, wer wird uns helfen?“

Einen Moment lang sagte niemand etwas. Und dann brach neuerlicher Jubel aus, und viele Dorfbewohner traten vor, um sich freiwillig zu melden. Jools und Kim wurden mit der Rekrutierung betraut und damit, die frischgebackenen Soldaten auf das Ausrücken am nächsten Tag vorzubereiten. Sie wollten auf Kims Ranch trainieren.

Frida und Stormie rannten zu Rob, um ihn von beiden Seiten zu umarmen.

„Gute Idee, Hauptmann!"

„So rekrutiert man Soldaten!"

Turner stand daneben und sah mit säuerlichem Gesichtsausdruck zu, wie seinem Hauptmann die Aufmerksamkeit aller Frauen zuteilwurde.

Rob ließ die Frauen widerstrebend los und rief ihm zu: „Und du, Sergeant, wirst befördert! Ab sofort bist du Sergeant Major. Und du erhältst das Kommando über die neuen Truppen."

Turner konnte sich kaum auf den Beinen halten, weil er dermaßen überrascht war.

Schnell hatte er sich jedoch wieder unter Kontrolle. „Jawohl, Hauptmann!", sagte er und hob salutierend eine Hand.

Colonel M, der alles beobachtet hatte, formte mit dem Mund die Worte „Ich hab's dir doch gesagt".

Rob grinste. Zum ersten Mal, seitdem er ins Meer gestürzt war, fühlte er sich wirklich glücklich.

16. Kapitel

Bataillon Null führte die neuen Rekruten über die Ebene bis zu ihrem Trainingslager. Die Sonne stand hoch am Himmel, als sie am nächsten Tag Kims Ranch erreichten. Rob erinnerte sich an die friedliche Szenerie, die ihn schon beim ersten Besuch in ihren Bann gezogen hatte – an den sauberen Stallvorhof, die gemütlichen Pferdeboxen und die gepflegte Koppel in einem Meer aus grüner Prärie, das hier und dort von gelben Sonnenblumen durchzogen war. Es war alles noch so, wie sie es zurückgelassen hatten … bis auf das Gestöhne der untoten Pferde, das aus dem Stall drang.

Kims anfänglicher Schock hatte inzwischen nachgelassen, aber die Gewissheit, gleich vierbeinige Monster zu erblicken, ließ erneut Panik in ihr aufsteigen, und sie schürzte die Lippen und stieß die Luft aus. Sie zitterte so heftig im Sattel, dass Nachtwind im Galopp auf die Koppel zuhielt. Rob wollte sie nicht allein lassen und setzte ihr auf Saber nach.

Aber auf den ordentlich abgeteilten Koppeln waren keine Zombietiere zu sehen. Einige von Kims Pferden standen in einer Gruppe beisammen und betrachteten die sich nähernden Menschen. Kims und Robs Hoffnung kehrte zurück, bis sie erkannten, dass die angrenzenden Weiden leer dalagen … mit Ausnahme der Haufen aus verbranntem und verrottendem Fleisch. Die Zombiepferde, die Dr. Dreck und seine Leute draußen gelassen hatten, waren in der grellen Sonne verbrannt!

Kim und Rob drehten Nachtwind und Saber schnell herum und ritten zur Scheune. Sofort hörten sie ein scheußliches Gewieher, während ihnen ein widerlicher Gestank in die Nase stieg.

„Wir lassen unsere Pferde lieber hier draußen!“, schlug Kim vor. „Die Zombiepferde könnten durch die Wände brechen, um sie anzugreifen.“

Sie schlich sich zusammen mit Rob so weit hinein, bis sie das gesprenkelte grüne Fell und die unruhigen Augen der betroffenen Pferde erblickten. Kim sackte wie ein nasser Sack und mit aschfahlem Gesicht zu Boden. Rob half ihr behutsam wieder auf und stützte sie auf dem Weg nach draußen. In dem Moment tauchte der Rest des Bataillons mit Colonel M auf.

„Es sind so viele …“ Kims Stimme brach.

„Wie viele genau?“, wollte der Colonel wissen.

Rob schlich sich zum Zählen erneut in die Scheune.

„Späherin Frida“, fuhr Colonel M fort. „Wie viele Äpfel besitzen wir?“

Sie deutete auf einen kompletten Stapel und warf ihm einen fragenden Blick zu.

Die Stimme des Colonels wurde dringlicher. „Quartiermeister! Wie viel Gold?“ Sie hatten in der alten, verlassenen Mine viel abgebaut und besaßen sowohl Erzblöcke als auch Barren. „Schnell! Eine Werkbank!“, verlangte der alte Geist. Er flüsterte Jools etwas zu, der sich seinem Brauinventar widmete, während der Colonel werkelte.

Kim sah gebannt zu, und der Schreck in ihren Augen wich bald klammer Hoffnung.

„Lasst es uns versuchen“, meinte Colonel M schließlich. Er nickte Kim, Jools und Rob zu, und sie folgten ihm in den Stall. Niemand wollte den fleischfressenden Monstern allzu nahe kommen, aber sie wussten, dass sie keine Wahl hatten, wenn sie die Tiere retten wollten.

„Quartiermeister! Du zuerst!“

Jools bewarf die nervösen Kreaturen mit Tränken der Schwäche.

„Jetzt die Äpfel!“

Der Colonel hatte die abgebauten Blöcke und verfeinerten Barren verwendet, um goldene Äpfel herzustellen – einige davon waren sogar verzaubert. „Das hier hat schon einmal bei Dorfbewohnern funktioniert“, erklärte er. „Lasst uns hoffen, dass es auch hier etwas bringt!“

Sie warfen die goldenen Äpfel durch die Eisengitter, und die gefangenen Zombiepferde verschlangen sie gierig. Unter den wachsamen Augen der Gruppe wurde ihr Gestöhne zu einem Zischen und ihr Torkeln verwandelte sich in ein Zittern. Stück für Stück wich das ungesunde Grün den ursprünglichen Fellfarben. Die leeren Augen füllten sich erneut mit Leben. Nach wenigen Minuten hatte sich jedes der eingepferchten Tiere wieder in ein wahres *equus ferus caballus* verwandelt – ein echtes, lebendiges Pferd.

Rob hatte Kim noch nie so ekstatisch erlebt. Die rosa Wangen hatten ihre normale Farbe wieder, und der federnde Gang war ebenfalls zurückgekehrt. „Starla! Josie! Mister Wiggles!“ Die Tiere wieherten ihr zu. Sie öffnete eines der Boxengatter und trat gurrend ein: „Josie, Josie … Ich hab dich so vermisst.“

Inzwischen hatten sich Turner und Stormie zu den anderen gesellt und schauten sich die freudvolle Szene ebenfalls an. Kims Freude sprang schnell auf die anderen über, und Stormie umarmte Turner impulsiv. Rob, Jools und Frida scharten sich um den Colonel und schwärmten davon, was seine Idee bewirkt hatte.

„Wer hätte das gedacht?", meinte Frida. „Colonel, Sie hatten genau die richtige Behandlung für die kranken Pferde parat."

Kim führte Josie aus der Scheune. „Ich habe Goldäpfel zum Züchten verwendet, aber ich bin nicht besonders begabt im Brauen. Ich hatte keine Ahnung, dass man einen Trank der Schwäche mit einem goldenen Apfel kombinieren kann, um ein Zombiepferd zu heilen. Das ist eine wertvolle Information für meine Zucht."

Colonel M lächelte ihr wohlwollend zu. „Ein guter Pferdemeister hört nie auf zu lernen." Er wandte sich an Rob. „Hauptmann, lass sie nie wieder gehen."

Rob versprach es, und Stormie warf Kim einen eifersüchtigen Blick zu. Aber sie hatte nichts zu befürchten. Kim war ihm vom ersten Tag an eine gute Freundin gewesen, und sie liebte wie er Pferde, aber sie würde ihre Tiere immer über alles stellen. *Einmal ein Pferdenarr, immer ein Pferdenarr*, dachte Rob.

*

Während der folgenden Tage bestimmten sowohl Pferde als auch Menschen die Gedanken des Kavalleriekommandanten. Rob behielt Colonel Ms Rat im Hinterkopf, dass Waffen und Munition eine eher sekundäre Rolle spielten. Er musste den besten Weg finden, seine Offiziere zum Training der neuen Rekruten einzusetzen, und sich parallel eine Strategie zur Rückeroberung der Extremen Berge ausdenken.

Daher nahm Rob seine Bataillonsmitglieder nacheinander zur Seite.

„Frida, danke, dass du gekommen bist." Er saß in einem Behelfsbüro, das früher einmal eine Stallbox gewesen war, und bedeutete ihr, sich zu setzen.

Die olivgrüne Überlebenskünstlerin ließ sich auf einem Holzblock nieder. „Was gibt's, Neuling?"

„Ich möchte deine Meinung darüber hören, wie wir am besten die Front ausspähen können und wo der beste Ort für einen Angriff ist."

Dieser neue Rob überraschte Frida nach wie vor. Er hatte sich zu einem echten Kommandanten gemausert. Ihr Treffen hatte sich als Glücksgriff erwiesen. Sie hätte ihm nur gern mehr bei der Suche eines Wegs nach Hause geholfen ... aber das schien nicht in ihrer Macht zu stehen.

„Ich bin froh, dass du das fragst", erwiderte sie und kehrte zum Thema zurück. „Drecks Koordinaten in den Extremen Bergen zu ermitteln, wird nicht einfach werden. Wie Colonel M sagte, gibt es eine Menge Möglichkeiten für Hinterhalte, die einem Späher äußerst ungelegen kommen könnten. Ich glaube, der einzige Weg, unseren Feind auszuspionieren, ist ein Undercovereinsatz."

„Du meinst ... Infiltration?"

Sie nickte.

Was für eine mutige Frau, dachte Rob. Glücklicherweise basierte ihre Zuversicht auf Talent und nicht auf Angeberei.

„Ich weiß, dass ich mich auf dich verlassen kann, Späherin. Das ist eine gefährliche Mission. Ich werde dich mit allem unterstützen, was ich zu bieten habe. Melde dich in ein, zwei Tagen wieder bei mir."

Sie nickte erneut.

„Und Frida … Ich danke dir … für alles."

Er bat sie, Turner zu ihm zu schicken, der mit dem Training der Truppen beschäftigt war.

Robs Unterhaltung mit seinem Sergeant Major war weniger emotional. Turner surfte auf einer Welle aus Selbstsicherheit.

„Ich muss schon sagen, Hauptmann, ich hätte nie gedacht, dass aus dir viel wird. Und doch bist du hier und beweist deine Fähigkeiten an der Seite des Mannes, der die Dorftruppen befehligt! Diese Rekruten fressen mir schon aus der Hand." Turner setzte sich ohne Einladung auf den Holzblock.

„Setz dich doch, Sergeant Major", sagte Rob trocken. „Ich brauche von dir einen Waffen- und einen Divisionsbericht. Ist es dir gelungen, die Truppe in drei Kompanien aufzuteilen?"

„Es wurde beides erledigt, Hauptmann", antwortete Turner, der ungewöhnlich konzentriert war.

Rob staunte, dass Menschen offenbar tatsächlich mit ihren Aufgaben wachsen konnten. „Gut. Dann lass uns damit beginnen, die Dorfbewohner zu bewaffnen, um unsere Kavallerie-Front mit verschiedenen Schutzvorkehrungen auszustatten. Wähle diejenigen mit den besten Zielfähigkeiten aus und gib ihnen Bögen. Die Größten und Stärksten erhalten Schwerter, und der Rest bekommt Äxte."

„Dreck wird sein blaues Wunder erleben", versicherte Turner ihm. „Wir sind zu zwei Dritteln fertig mit dem Herstellen von zwei Waffen pro Person. Die Munitionsherstellung läuft langsamer. Wir arbeiten aber daran, Vorräte an Landminen und natürlich so vielen Pfeilen wie möglich anzulegen." Turner runzelte die Stirn. „Ich muss immer wieder schlecht gearbeitete Exemplare wegwerfen und von vorn beginnen."

„Es ist sicher schwer, deine Anforderungen zu erfüllen. Aber diesmal haben wir nicht den Luxus der Perfektion. Beschleunige die Produktion, Sergeant Major", befahl Rob.

„Verstanden", antwortete Turner.

Rob bemerkte, dass der Söldner aufhörte, sich wie ein kleiner Junge zu benehmen, solange er in die Entscheidungen mit einbezogen wurde. *Danke, Colonel M*, dachte er.

Da Jools auch an diesem Ort den besten Überblick über das Trankinventar des Bataillons hatte, entließ er Turner und bat ihn, den Quartiermeister zu ihm zu schicken.

*

Während Jools an der Tür stand und darauf wartete, hereingebeten zu werden, erinnerte sich Rob an ihr erstes Zusammentreffen. Jools hatte offenbar denselben Gedanken.

„Entschuldige nochmals wegen der Kugelfisch-Attacke", sagte Jools mit einem schwachen Lächeln und setzte sich nach Robs Aufforderung auf den Holzblock.

„Ich dachte damals, ich müsse sterben", gab Rob zu. Jools' größtes Talent bestand darin, im rechten Moment unkonventionell denken zu können – und das war eine wertvolle Fähigkeit. „Wie groß war wohl die Chance, dass jemand einen giftigen Fisch ausgerechnet mit dem Mund fängt?"

„Aber es hat funktioniert", erwiderte Jools, und sie dachten kurz an den Angelausflug zurück. „Ich würde gern noch etwas fischen, bevor wir die Ebene verlassen", fuhr Jools fort. „Man weiß nie, was man so an Land zieht. So hast du doch auch Turner gefunden, oder nicht?"

Rob lachte. „Nein, der ist mir einfach nachgelaufen. Aber im Ernst, Jools. Du musst für uns ein paar Simulationen verschiedener Schlachtszenarien durch den Computer jagen. Am besten, du beginnst mit einer Infiltration des feindlichen Lagers. Sobald Frida sich gegen die echten Griefer wendet, werden sie sich nicht mehr wehren können – zumindest hoffe ich das."

Auch Jools war von Fridas mutigem Vorschlag begeistert. „Sie ist eine wirklich beeindruckende Frau", sagte er. „Hinter ihr könnte ich mich gut verstecken."

Rob erinnerte sich an den Grundsatz seines Quartiermeisters, immer im Hintergrund zu bleiben. „Diese Zeiten sind vorbei, Kumpel", stellte er klar. „Wir brauchen in diesem Kampf jeden Mann, und du bist ein guter Reiter. Kannst du dir vorstellen, zu den Waffen zu greifen?"

Jools zögerte, und sein blasses Gesicht wurde vor Verlegenheit rot. „Das ist nicht meine normale Vorgehensweise", gestand er, „aber diesmal mache ich eine Ausnahme. Für das Bataillon."

Rob blickte ihn skeptisch an.

„Du hast mein Wort", fügte Jools hinzu, und der Hauptmann war zufrieden.

Sie waren sich einig, dass Tränke in dieser Schlacht wenig Nutzen bringen würden, denn auf dem gefährlichen Terrain war Dr. Dreck im Vorteil. Nur Nachtsichttränke wurden eingeplant, um allen freie Sicht zu verschaffen.

„Ich kümmere mich gleich darum, Rob. Hauptmann." Jools traf nicht oft auf Personen, deren Talente im Hinblick auf Weitsicht und Planungsfähigkeit seinen eigenen das

Wasser reichen konnten. „Und darf ich noch hinzufügen, dass du hier großartige Arbeit leistest?“

„Das Kompliment gebe ich gern zurück“, erwiderte Rob und schüttelte Jools die Hand.

Auch die anderen Soldaten sicherten ihm ihre Unterstützung zu. Stormie willigte ein, die Loren vom Tafelberg mit Sprengstoff zu versehen. Sie sollten auf Drecks Schienen in die Vorratsspeicher fahren und sie in die Luft jagen. Stormie bot an, nach Erreichen der Extremen Berge als Truppenführerin und Späherin zu agieren, da ihre Karte kaum ausreichen würde, um das Terrain richtig einzuschätzen. Plötzlich kam Kim wutentbrannt in sein Büro gestürmt und meldete sich freiwillig für den Erstschlag in der Schlacht.

„Ich werde diesen Griefern niemals verzeihen, was sie meiner Herde angetan haben“, erklärte sie wütender, als Rob sie je erlebt hatte. „Ich will, dass sie dafür bezahlen.“

Jetzt klang sie eher wie Turner als wie die Pferdeflüsterin, die Rob am Tag ihres ersten Treffens ihre Tiere gezeigt hatte. „Der Gefechtsdienst entbindet dich nicht von deinen Pflichten als Pferdemeisterin“, erinnerte er sie.

„Ich kann beides tun, Hauptmann!“

Er nahm sie dankbar in die Kavallerie-Einheit auf und beförderte sie zum Unteroffizier. Sie sollte die Schnittstelle zwischen Turners Infanterie und den Kavalleristen bilden. „Lass uns zu den anderen gehen und ihnen die gute Nachricht überbringen“, schlug Rob vor.

Sie näherten sich Turners Kompanien, die auf einer der Nebenkoppeln unter Colonel Ms wachsamem Auge trainierten. Die Dorfbewohner, die es gewohnt waren, immer das zu tun, was sie wollten, hatten Schwierigkeiten, nebeneinander zu marschieren. Turner brüllte ihnen zu, dass sie sich als Einheit bewegen sollten.

„Versteht ihr nicht? Die Zusammenarbeit macht ein gutes Team aus – und das ist stärker als jeder Einzelne von euch“, hörte Rob ihn sagen. „Deshalb reitet eine Kavallerieformation immer Brust an Brust und nicht einzeln in die Schlacht.“ Turner bemerkte die Ankunft des Hauptmanns und zog den Kopf ein. „Und nun macht weiter“, polterte er. „Eins, zwei, eins, zwei …“

*

Nach wenigen Tagen waren die Vorbereitungen beendet. Frida streifte sich einen alten Skin über, den Kim auf ihrem Dachboden gefunden hatte und der die Griefer täuschen sollte. Sie brach auf, um ihre einsame und gefährliche Mission zu beginnen. Keiner der anderen würde von jetzt an etwas von ihr hören, bis sie ihnen wie vereinbart vom Fuße der Berge aus ein Signal gab. Rob fragte sich, ob er ihr grünes Gesicht je wiedersehen würde.

Bevor sie die Rüstungen anlegten und zum Treffpunkt aufbrachen, wollte Rob erneut einen seiner Offiziere sprechen. Nach dem Abendessen schlenderte er zur Koppel, auf der Saber, Beckett und Duff dösten. Rob schlüpfte durch das Gatter und ging zu dem schwarzen Pferd, das ihn schon so weit getragen hatte.

„Wenn das hier eine perfekte Welt wäre“, sagte der Hauptmann zu Saber, „dann würde ich dich um nichts mehr bitten.“ Er kraulte die Pferdeschulter und wurde mit einem wohligen Wiehern belohnt. „Aber wir haben noch eine weitere Schlacht zu schlagen.“

Mann und Pferd standen in freundschaftlicher Stille bis spät in die Nacht beieinander. Rob wünschte sich, dass sie nie enden möge. Schließlich kehrte er trotzdem zur Scheune und dem neuen Bettzeug zurück, das Kim nach dem Verlust des alten im Nether für ihn bereitgestellt hatte. Er würde das Schlafen in einem Bett nie wieder als selbstverständlich betrachten.

Beim ersten Sonnenlicht weckte ihn Colonel M.

„Ist es schon Zeit loszuziehen?“, fragte er verschlafen.

„Für mich schon“, antwortete der Kopf des weisen Mannes. „Ich sollte mich nun in mein Sommerhaus zurückziehen, während du dich hier um alles kümmerst.“

Rob setzte sich auf und war mit einem Schlag erschrocken und hellwach. Eine dunkle Vorahnung überkam ihn. *Warum verließ sie der Colonel genau dann, wenn sie ihn am meisten brauchten?*

„Ich nütze euch nichts in einer physischen Schlacht“, erklärte sein Mentor. „Ich habe das kleine bisschen Wissen, das ich hatte, bereits weitergegeben, und du hast es gut aufgenommen. Nun ist es an der Zeit, es umzusetzen.“

„Aber … wie kontaktieren wir Sie, um Sie über den Ausgang der Schlacht zu informieren?“

Der Kopf schwebte zur Stalltür. „Ich werde es erfahren“, versicherte Colonel M ihm. „Wir werden uns wiedersehen.“

„Ich werde Sie nie vergessen“, versprach Rob. Er wollte ihm sagen, dass er ein Nichts gewesen war, bevor sie sich begegnet waren – ein einsam patrouillierender Cowboy, aber kein Anführer. Er wollte ihm seine Schwächen aufzählen und beweisen, dass er nicht bereit war, eine Revolution zu beginnen. Aber er wusste, dass der Colonel von ihm verlangen würde, das Positive in all diesen vermeintlichen Mankos zu sehen und diese Erkenntnis dem Feind mit aller Macht entgegenzuschleudern.

Noch während Rob sich mit diesen Gedanken auseinandersetzte, sah er den Kopf seines Mentors nach und nach verschwinden, bis er nur noch das halb leere Heunetz an der gegenüberliegenden Stallwand vor sich hatte.

*

„Ausrücken!", rief Rob einige Stunden später seinem Bataillon und der Infanterieverstärkung zu. Stormie übernahm wie üblich auf Armor die Spitze und führte Ozelot hinter sich mit. Es fühlte sich seltsam an, Frida nicht vor Jools und Beckett reiten zu sehen, und noch seltsamer, dass Turners Wortgeplänkel ausblieben. Rob hatte den Sergeant Major und seinen Unteroffizier hinter der Infanterie stationiert. Mit Kim in Turners Nähe fiel es Rob leichter, dem Söldner zu vertrauen, dass dieser die Nachhut auch verlässlich zusammenhielt.

Er warf einen letzten Blick hinter sich und war zufrieden, als er die ordentlichen Reihen aus Dorfbewohnern marschieren sah. Natürlich gab es keine Möglichkeit, ihren geplanten Angriff auf Dr. Drecks Streitkräfte zu verbergen. Rob hoffte einfach, dass Fridas Anwesenheit in den feindlichen Rängen dem Bataillon wichtige Informationen und gut platzierte Fallen einbringen würde.

„Also, Hauptmann Rob", meinte Jools, als sie nebeneinanderher ritten, „welche Schlachtoption hast du ausgewählt?" Der Stratege hatte Wahrscheinlichkeitszahlen für die drei plausibelsten Szenarien geliefert.

„Wir halten uns an Drecks Schlachtplan und wenden ihn gegen ihn", antwortete Rob. „Der Mann ist jedes Mal nach demselben System vorgegangen. Wir müssen es nur vorhersehen."

Jools nickte. „Skelette ausdünnen, Zombies stellen und, wann immer es geht, mit TNT zuschlagen."

„Die Griefer haben Kims Zombiepferde nicht mehr", fügte Rob hinzu, „also behalten wir die Oberhand."

„Klingt wie eine todsichere Sache", sagte Jools.

Turner leitete die Befehle an seine Infanterie weiter. „Kompanie Eins wird das Feuer der Skelette erwidern. Kompanie Zwei zieht mit den Schwertern nach, gefolgt von Kompanie Drei, die sich Babyzombies, Hühnerreiter oder fliehende Griefer vornimmt. Fall erledigt."

Rob hatte sich zurückfallen lassen, um sicherzugehen, dass wirklich jeder den Schlachtplan verstand. „Sollte es zu … unvorhergesehenen Problemen kommen", verkündete er, „ertönt ein Signal zum Rückzug. Denkt daran, das hier ist *unser* Kampf, und ihr habt damit nichts zu tun. Wenn alles den Bach runtergeht … nehmt ihr die Beine in die Hand und schaut nicht zurück."

Turner beäugte ihn ungläubig. „Umkehren und wegrennen?", raunte er ihm zu. „Das ist dein Plan B? Das würde ich anders machen."

„Denk darüber nach, Sergeant Major", sagte der Hauptmann. „So bleiben sie für einen weiteren Versuch am Leben."

Turner wusste, dass Dr. Dreck nicht aufgeben würde, bevor jeder einzelne seiner Feinde besiegt war, aber der Söldner wollte keiner Strategie folgen, die ihm wenig Beute versprach. „Ach, was weiß ich denn schon?", murmelte er, als Rob bei seinem Plan blieb. „Ich bin ja nur ein Fleischklops."

17. Kapitel

Das Bataillon ritt in südliche Richtung und entdeckte Dr. Drecks Lorenschienen in der Nähe des Dorfes. So war der Weg in Richtung Front eindeutig. Wieder einmal waren die Offiziere von Bataillon Null angespannt.

„Berge voraus, Hauptmann!“, rief Stormie von ihrer Führungsposition auf Armors Rücken.

Vor ihnen lag ein Biom wie keines, das Rob je gesehen hatte. Den Boden überzog ein Türkisfarbton, und die steinigen Berge griffen in schwindelerregender Höhe nach den Wolken. Jeder Flecken bot einen neuen Anblick. Hinter einer Kurve sahen sie eine nackte Klippe, die sich scheinbar lächelnd einem tiefblauen Wasserloch zuwandte, und hinter der nächsten erwartete das staunende Auge ein Eichenhain, der sich von einem hervorstehenden Bergkamm erhob. Die Sicht von der Spitze wäre eintausend Kilometer weit ungehindert, erkannte Rob aufgeregt.

Er konnte kaum glauben, dass er endlich das sagenhafte Land erblickte – die Extremen Berge. Auf einmal überkam ihn Heimweh. Soweit er diese Welt verstanden hatte, konnte er per Befehl an seinem vorigen Standort respawnen, nachdem er seinen ursprünglichen Spawnpunkt herausgefunden hatte. Er konnte schon sein Vieh muhen hören und hatte den Geschmack eines medium gebratenen Steaks auf der Zunge.

Die Lorenschienen führten immer weiter nach oben, sobald die Gruppe die Ebene verließ. Saber murrte etwas, als das Terrain steiler wurde, verringerte jedoch nicht sein Tempo. Als sie an dem Ort ankamen, den Stormie auf der Karte markiert hatte, hielten sie an. Hier wollten sie bis zum späten Nachmittag ausharren und Fridas verschlüsseltes Signal abwarten, das sie mithilfe eines Glasreflektors und der Sonne erzeugen würde.

Rob schickte nach seinem Waffenmeister und seinem neuen Unteroffizier. „Turner, bestimme einen Stellvertreter, der deine Truppen befehligen wird. Wir brauchen alle Reiter an der Front."

„Überlass sie nur mir!", rief Kim grimmig.

„Langsam, Unteroffizier", sagte Rob. „Nur nichts überstürzen."

„Das ist *meine* Aufgabe", fügte Turner hinzu.

Die gesamte Vorhut legte die Rüstungen an, und Kim stattete die Pferde aus, die ihren schwelenden Zorn spürten und nervös mit den Hufen scharrten. Jools und Stormie suchten die Hügel nach unnatürlichen Lichtsignalen ab.

Plötzlich entdeckte Stormie ein Blinken. Sie zeigte auf ein schattiges Areal. „Seht nur!"

Jools holte seinen Computer hervor, um das Signal zu entschlüsseln. Er seufzte laut. „Sie ist drin. Und in Sicherheit!" Er hielt inne und beobachtete die reflektierten Impulse aus Sonnenlicht. „Sie hat im Westen auf unserer geplanten Route Stolperdrähte platziert. Dreck wird uns sehen, und seine Legionen werden geradewegs in die Falle laufen!" Er pausierte erneut. „Notiere dir bitte folgende Treffpunkt-Koordinaten, Stormie."

Sie markierte sie auf ihrer Karte und bereitete sich darauf

vor, die Kavallerie dorthin zu lotsen. „Frida wird sicher froh sein, Ozelot wiederzusehen, oder?“, bemerkte sie.

Turner bot sich an, das Pferd durch das steile Terrain zu führen, damit Stormie sich auf die Route konzentrieren konnte. Als die Sonne langsam hinter den Bergen verschwand, die sie umgaben, verteilte Jools Nachtsichttränke an alle.

„Kein Gedrängel bitte, es ist genug für alle da“, versicherte er und legte jedem Soldaten der Infanterie und Kavallerie ein Fläschchen in die Hand, nachdem er den Pferden ebenfalls etwas gegeben hatte.

Rob bemerkte, dass jedes Haar in Sabers Fell aufgerichtet zu sein schien, während das schwarze Pferd an Ort und Stelle tänzelte. „Aufsitzen!“, rief er, um sich selbst davon abzuhalten, seinen ganzen Plan doch noch infrage zu stellen. Er kannte keinen Befehl, um Fußsoldaten in Bewegung zu versetzen, also nutzte er einfach sein altes Kavallerievokabular: „Vorwärts im Galopp, Marsch!“

Die Dorfbewohner antworteten mit einem schrillen Kriegsgebrüll, das im hügeligen Terrain widerhallte. Sie wollten so viel Lärm wie möglich machen, um sicherzustellen, dass die Griefer ihr Nahen auch mitbekamen.

Turner ließ eine laute, adrenalingeladene Tirade los, die vor allem seinem Erzfeind gewidmet war. „Legs! Ob du willst oder nicht, wir kommen dich holen! Ich werde dich Bein für Bein für Bein auseinandernehmen!“ Er trieb Duff im Galopp voran, und Ozelot flog nur so neben ihnen her. „Niemand übernimmt die Welt, ohne dass Sergeant Major Turner es erlaubt!“ Sie passierten Rob und Kim auf Saber und Nachtwind.

„Der erste Schuss gehört mir!“, brüllte Kim an Turner gewandt.

Er warf ihr einen mitleidigen Blick zu. „Das kann ich leider nicht zulassen. Bataillon Null, das ist für euch!" Unerbittlich trieb er Duff und Ozelot vorwärts, galoppierte an Stormie und Armor vorbei und hielt geradewegs auf die TNT-Stolperdrähte zu.

Aus den Bergen war nun das altbekannte Stöhnen der Untoten zu vernehmen, und das Echo unterstrich ihr Gezeter: „Öööh-öh-öh-öh ... oooh-*oh-oh-oh ...!*"

Dann kamen die grünen Massen endlich ins Sichtfeld des Bataillons, während die Zombies über das Hügelland hinweg auf die Fallen zutaumelten. *Rrrrummmms!* Die erste Landmine explodierte, noch während Turner angriffsbereit vorpreschte. Rob hatte keine andere Wahl, als nach Norden abzudrehen und seinen Sergeant Major als Ablenkung zurückzulassen, während er selbst die Infanterie um die Fallen herumführte. Inzwischen hatte der Rest der Kavallerie aufgeholt, um sich am vereinbarten Punkt mit Frida zusammenzuschließen.

Die Dorfbewohner grölten nach wie vor hinter ihnen, und vor ihnen stöhnten die Monster. Rob ritt auf Saber voran, während seine Ohren nichts anderes mehr wahrnahmen als klappernde Hufe und das Keuchen der Pferde, die immer weiter und weiter die Berge erklommen. Mitten im Galopp fiel ihm auf, dass etwas fehlte.

„Jools!", rief er seinem Quartiermeister zu, der neben ihm auf Beckett galoppierte. „Hör mal! Keine Knochen!"

Tatsächlich fehlte das charakteristische Klappern in all dem Lärm. Das monströse Gestöhne wurde lauter und erhielt nun noch Unterstützung von schepperndem Eisen.

„Es klingt, als hätten sie ihre Zombiestreitkräfte erweitert! Und sie tragen Rüstungen!"

Damit hatte keiner gerechnet. Sie ritten geradewegs in

eine Nahkampfsituation, in der ihre Pfeile und Bögen völlig nutzlos waren.

Trotzdem stiegen die Pferde weiter in Richtung Gipfel und näherten sich Fridas Versteck.

„Ich sehe sie!", schrie Stormie, als Turner, Duff und Ozelot auf der anderen Route in Sichtweite kamen.

Frida hatte sich ihrer Griefer-Tarnung entledigt, aber keine Zeit gehabt, ihre Kettenrüstung anzulegen. Sie schnappte sich Ozelots Zügel, die Turner ihr zuwarf, und beförderte sich im Rennen in den Sattel, wie es ihr Kim auf der Ranch beigebracht hatte. Die sechs Reiter näherten sich einander, um sich wieder zu vereinen, während weitere Explosionen durch die Luft hallten.

„Vorhut!", brüllte Rob. „Bericht."

Fridas dunkelgrünes Gesicht war schweißüberströmt. „Ihre Zombiestreitmacht ist enorm, und sie sind schwer bewaffnet. Dreck nennt diese Schlacht ‚Operation Jüngstes Gericht'!" Sie deutete in eine Richtung. „Meine Stolperdrähte werden sie uns nicht lange vom Hals halten, Hauptmann." Sie zeigte in die andere Richtung. „Aber dort ist der Aussichtspunkt, nach dem du gesucht hast."

Rob hielt den Atem an und sondierte das Gelände. Ein Nahkampf-Gefecht wäre hier tödlich, da die steilen Terrassen keinerlei Deckung boten und das Risiko, dort zu stürzen, groß war. Sie konnten vielleicht den Berg halten, aber überhaupt dorthin zu gelangen, war fast unmöglich.

Immer mehr feindliche Truppen kamen über den Abhang, und Dr. Drecks unverwechselbares Kreischen ertönte hinter ihnen. „Bataillon … Null, *Null, Null*! Heute – werdet ihr sterben, *sterben, sterben*!"

Ein Zombieschwarm sauste auf die Gruppe zu. „Bataillon: Angriff!", rief Rob und preschte mit Saber vorwärts.

Turner zog sein Schwert und hackte wie von Sinnen auf die Untoten ein. Durch deren schützende Rüstung war es viel schwieriger als sonst, ihren Vorstoß aufzuhalten, geschweige denn sie zu töten. Stormie, Kim und Jools folgten der Führung des Sergeant Majors und schnitten und stachen sich so lange durch die Masse, bis sie genügend Arme und Beine entfernt hatten, um endlich einen Kill zu verzeichnen. Zu Robs Entsetzen spawnten jedoch nach jedem gefallenen Zombie zwei oder vier neue, von denen jeder einzelne in voller Rüstung und äußerst zornig auftauchte.

„Sie überwältigen uns! Was sollen wir tun, Hauptmann?", stieß Turner zwischen zwei Schwerthieben, die das wogende tote Fleisch in alle Richtungen davonfliegen ließen, keuchend hervor. Hinter ihnen befanden sich inzwischen auch die Dorfbewohner im Kampf, deren Kriegsgebrüll sich mit Schreien vermischte, wenn sie getroffen wurden oder die Hänge hinabstürzten.

Die klügste Strategie wäre gewesen, hinunter ins Tal oder an einen Ort zu reiten, von dem aus sie die Zombies über eine Klippe locken konnten. Aber wenn sie das taten, bestand die Gefahr, dass sie niemals den Aussichtspunkt erreichen würden, den Frida ausgemacht hatte. Rob war hin und her gerissen. Ein Teil von ihm wollte nichts lieber, als das Bataillon in Sicherheit zu wissen, während der andere stur darauf beharrte, den Weg nach Hause zu finden. Er wusste, was er tun *sollte* …

„Bataillon, zum Gipfel. Folgt mir!" Er stieß Saber seine Fersen in die Seiten und lenkte ihn Richtung Aussichtspunkt.

*

Glücklicherweise verlangsamte der Anstieg das Vorrücken der Zombies und war sogar zu steil für die Babyzombies und Hühnerreiter. Die dritte Kompanie der Dorfbewohner setzte die Stein- und Eisenäxte ein, um die Hühnerreiter wie Gras niederzumähen, während Kompanie Zwei versuchte, die größeren Monster mit Schwertern zurückzutreiben. In der Zwischenzeit blieb der ersten Kompanie nichts anderes übrig, als sich wie Rob in Richtung Gipfel davonzumachen, da ihre Pfeile die Rüstungen der Untoten nicht durchdringen konnten.

„So hatte ich mir das nicht vorgestellt, Hauptmann!", presste Stormie mit zusammengebissenen Zähnen hervor, während Armor sich über den Hügel durch tote Monster pflügte und den Gestank von verrottendem Fleisch hinter sich ließ.

„Im Krieg läuft nicht immer alles nach Plan", entgegnete Rob.

Hinter ihnen ertönten laute Schreie, als der herannahende Mob eine Gruppe Dorfbewohner überwältigte, von denen sich einige in Zombies verwandelten und gegen ihre eigene Kompanie wandten.

Frida warf einen verzweifelten Blick über die Schulter, und Ozelot zögerte.

„Wir müssen weiter!", brüllte Jools. „Das ist unsere einzige Chance."

Plötzlich erschallte eine künstlich verstärkte Stimme vom Bergkamm. „Bataillon ... Null! Ich hoffe, euch ... *gefällt* ... die Aussicht!", verkündete Dr. Dreck und lachte gackernd.

Von ihrem erhöhten Punkt aus konnten sie weitere Dorfbewohner erkennen, die von verrottenden grünen Monstern übermannt wurden.

„Hauptmann!“ Turner ritt mit Duff näher an Saber heran. „Meine Männer kriegen da unten ganz schön was ab.“

„Und dieser Berg ist furchtbar uneben“, fügte Kim hinzu. „Die Pferde könnten jederzeit einen falschen Schritt machen!“

Aber es war zu spät, den Kurs noch zu ändern. Der einzige Weg, um jetzt noch Erfolg zu haben – und um einen besseren Blick auf den Horizont zu erhaschen –, war, all ihre Energie auf den Berggipfel zu konzentrieren und sich kämpfend einen Weg durch Drecks Streitmacht zu bahnen.

Rob ignorierte Turner und Kim und galoppierte weiter. Seine verbesserte Nachtsicht hatte sich inzwischen an das normale Sehvermögen seines Pferds bei schlechten Lichtverhältnissen angepasst. Er und Saber bewegten sich als Einheit und überquerten die Bergterrassen, als wären es Buckelpisten bei einem Trainingsritt. Endlich gelangten sie über die Baumgrenze und preschten auf ein offenes Plateau, während sie in der klaren Atmosphäre nach Luft schnappten. Wenn Frida recht behielt, würde es Rob möglich sein, mindestens vier Biome weit bis zum Ozean zu sehen.

Genau in dem Moment, als er Saber anhielt, um sich zu orientieren, vernahm Rob ein neuerliches Geräusch. Das rhythmische Klackern marschierender Knochen näherte sich und hörte sich an, als würden einhundert Männer Säcke voller Ziegeln schütteln. *Jetzt auch noch Skelette?*, dachte Rob und erkannte, dass er mit seiner vorherigen Einschätzung von Drecks Plan falschgelegen hatte.

Wie auf Kommando trat der boshafte Griefer-Kommandant aus den Reihen seiner untoten Truppen hervor und bellte in sein Redstone-betriebenes Megafon: „Und das hier … muss ich … *mit eigenen Augen* sehen!"

„Rob!" Turner deutete mit dem Kinn auf den Feind.

„Bin schon dabei!", rief Rob und lenkte Saber zur Seite. Dank seiner verstärkten Nachtsicht konnte Rob Dr. Dreck fixieren, und das Pferd wusste sofort, wohin sein Reiter wollte. Aber vier Zombies bewachten den Griefer.

Es war an der Zeit, Feuer mit … mehr Feuer zu bekämpfen. Im blinden Vertrauen, dass sein Pferd ihn ans Ziel tragen würde, wühlte Rob in seinem Inventar und griff schließlich nach einem der verzauberten goldenen Äpfel, die Colonel M hergestellt hatte. Als er sein Schwert zog, besaß es den Status „Übermächtig". Alles, was er damit berührte, würde sofort sterben!

Zusammen mit Saber brach er durch den Trupp verstärkter Zombies, die knurrten und jaulten und Gliedmaßen und verrottetes Fleisch hinterließen. Ihr Kommandant schien darauf zu vertrauen, dass er hinter ihnen sicher war, und blieb ruhig stehen.

„Also! Haupt-mann!", kreischte Dreck. „So … treffen … wir uns … w…!"

Auf Robs Zeichen sammelte Saber all seine Kraft, übersprang die Zombies mit einem riesigen Satz und landete so nah vor Dr. Dreck, dass ihn die großen, schwarzen Augen des Griefers anglotzten wie Obsidianblöcke. Ein einziger Hieb nach unten war alles, was Rob benötigte, um den Griefer-Boss in zwei Hälften zu spalten.

Noch während Dr. Drecks Körperhälften nach rechts und links sackten, beendete Rob den Satz: „So treffen wir uns wieder." Er lenkte Saber ein Stück weit nach hinten, um den Anblick des bereits verrottenden Fleischhaufens zu genießen. „Nur diesmal", grollte Rob, „bist du tot!"

Sein Triumph war von kurzer Dauer. Über den scharfen Bergkamm strömten reihenweise gepanzerte Skelette. Er drehte Saber herum und ritt zurück zu seiner Kavallerie, begleitet von Legs' Gebrüll und einer weiteren heiseren Stimme, die sie schon eine Weile nicht mehr gehört hatten.

„Bataillon Null!", sagte die knarzende Stimme. „Eure jämmerlichen Anstrengungen haben mich stärker gemacht!"

Frida warf Turner einen besorgten Blick zu. Kim und Jools starrten sich an.

„Wer ist das?", fragte Rob Stormie.

„Das … das kann nicht sein. Aber es ist so!", murmelte sie. „Das ist Lady Craven!"

Die Griefer-Zauberin verbarg sich hinter einer Wand aus heranstürmenden Zombies, deren behelmte Schädel abscheulich wackelten.

„Ich habe euch doch gesagt, dass man mich nicht töten kann!", erklärte Lady Craven. „Ich erhalte mit jeder meiner Legionen, die ihr vernichtet, mehr Gesundheit, und Dr. Dreck war mehr wert als der gesamte Rest zusammen. Jetzt werdet ihr mich niemals davon abhalten können, die Oberwelt zu übernehmen!"

„Dann hättest du uns schon mehr schicken müssen als ein paar zerfallene Zombies!", provozierte Turner sie.

„Dieser Berg gehört *ihnen*", rief Lady Craven. „Sie tragen verzauberte Diamantrüstungen, und ihre Skelette töten jeden, der ihre Vorherrschaft über diesen Ort anzweifelt."

„Ich glaube, sie blufft", flüsterte Stormie.

„Ich auch!", schrie Kim und lenkte Nachtwind dem Skelettmob entgegen.

Stormie preschte hinterher, ergriff ihren Bogen und bereitete sich darauf vor, Kim Feuerschutz zu geben.

In diesem Augenblick ließen drei Skelettscharfschützen einen Pfeil von den Sehnen ihrer Bögen schnellen, die alle ihr Ziel erreichten. Und dieses Ziel war Stormie.

Die drei Pfeile blieben im Hals der Abenteurerin stecken und rissen sie vom Pferd. Sie stürzte hart zu Boden und rollte sich aus der Reichweite von Nachtwinds Hufen. Rob und Turner erreichten sie zuerst, dicht gefolgt von Jools und Frida. Kim kehrte um und sah Rob von Sabers Rücken springen, um Stormie in die Arme zu nehmen.

Frida und Turner holten ihre Bögen hervor, um die Skelette auf Abstand zu halten. Robs Miene gefror, während Blut aus Stormies Hals sickerte und er das Licht aus ihren Nachtsicht-verstärkten Augen weichen sah.

„Wir … können nicht gewinnen, Hauptmann“, flüsterte Stormie. „Ich hab's versucht.“

„Halte durch, Stormie“, bat Rob sie. „Jools! Hast du nicht irgendetwas …?“

Aber Stormies Gesundheit schwand dahin.

„Rob …“

„*Schsch*! Nicht sprechen!“

„… versprich mir …“

„Alles, Stormie.“

Sie klammerte sich an seinen Arm. „Versprich, dass du … jetzt aufgibst. R-Rückzug …“

Er schüttelte vehement den Kopf.

„Du … musst“, flehte sie. „Überlebe, um … weiterzukämpfen.“ Ihre Stimme brach.

Hoffnungslos schüttelte er den Kopf.

Es war vorbei.

„Halte sie uns vom Leib, Jools!“ Turner warf Jools seinen Bogen zu und sprang von Duffs Rücken, aber es war zu spät.

Der Söldner suchte an Stormies Hals nach einem Puls und gab den Versuch dann auf. Vorsichtig entfernte er die Pfeile, die sie getötet hatten, und warf seinem Hauptmann einen ängstlichen Blick zu. „Das … das waren meine.“ Er hielt ihm die perfekt gearbeiteten Pfeile hin, die die Skelettbogenschützen offenbar eingesammelt hatten.

Wieder hörten sie Lady Cravens Stimme, die wie das Grollen weit entfernter Kanonen klang. „Ihr seid umstellt, Bataillon Null. Gebt auf!“

*

„Das hätte ich sein sollen!“, sagte Kim schluchzend zu ihren Kameraden.

„Oder ich“, flüsterte Turner mit rauer Stimme.

Rob war innerlich wie erstarrt. Es war seine Entscheidung gewesen, die sie alle in dieses Chaos geführt hatte. Seine Entscheidung, durch die Stormie …

Ihre Worte schossen ihm wieder durch den Kopf. Bedrohliches Stöhnen und knirschende Knochen waren um das Bataillon herum zu hören und wirkten wie ein Meer aus Feindseligkeit. Den unschuldigen Dorfbewohnern drohte weiter unten ein ähnliches Schicksal. Alles wäre verloren, wenn Rob nicht Stormies Rat befolgte.

Er atmete tief ein. „Unteroffizier! Gib das Signal zum Rückzug.“

Kim erhob sich, aber Turner hielt sie zurück. „Ich mache das“, sagte er und gab drei lange und zwei kurze Töne von sich, wartete dann einen Moment und wiederholte den Ruf noch einmal. Erleichterte Laute waren aus den Rängen der Dorfbewohner zu vernehmen, und die Kavallerieoffiziere hörten, wie ihre Fußsoldaten, so schnell sie konnten, den Berg hinabrannten.

„Aber … wohin gehen wir jetzt?", wollte Kim wissen.

Rob wusste keine Antwort auf ihre Frage. Er blickte Jools an, aber der Quartiermeister zuckte nur mit den Schultern.

Frida war nicht umsonst schon ihr ganzes Leben lang Überlebenskünstlerin gewesen. Obwohl der Verlust ihrer Freundin sie innerlich zerriss, wusste sie, dass sie Stormie bald alle ins Grab folgen würden, wenn sie sich nicht schnellstmöglich in Bewegung setzten.

„Dort entlang!", forderte sie die Gruppe auf und deutete auf den Gipfel.

Es war zu gefährlich, von den Pferden zu erwarten, sie dorthin zu bringen. Also saßen sie ab und führten die Tiere. Frida zog den nun reiterlosen Armor mit sich, während sie alle die Laute des Mobs dicht hinter sich hörten.

„Wir werden sie von hier oben aus niemals besiegen können", beschwerte sich Turner. „Das wird ein Schlachtfest!"

„Was glaubst du denn, wie ich diesen Aussichtspunkt entdeckt habe?", konterte Frida. „Ich habe ihn bemerkt, als ich dabei war, ein Netherportal zu verstecken."

„Ein Netherportal!", rief Rob. „Das hatte ich nicht angeordnet."

„Für schlechte Zeiten", betonte sie. „Das hier hättest du nicht vorhersehen können, Neuling. Und wenn wir es nicht gebraucht hätten, wüsstest du jetzt auch nichts davon."

Sie kamen zu einem Raum aus Steinblöcken mit einer offenen Tür.

„*Gebt auf, Mitglieder von Bataillon Null …!*", wiederholte Lady Craven, während sie und ihre grotesken Legionen sich weiter näherten.

„Wir nutzen den Nether, um zu einem Außenposten-Biom zu gelangen", erklärte Frida. „Irgendwo, wo sie uns nicht aufspüren können! Das hätte Stormie auch getan", fügte sie hinzu.

Kim und Jools nickten. Rob erkannte, dass sie recht hatte.

„Hmpf!", stieß Turner hervor und ergriff stur Duffs Zügel. „Ich gebe nicht einfach so auf. Ich kämpfe bis zum Tod!"

Rob beäugte den Söldner und sah sich vor die Wahl gestellt, ihm entweder einen Befehl zu erteilen oder ihn dazu zu bringen, freiwillig einen zu befolgen.

„Ich hörte, man könne in der Tundra sehr viel Geld verdienen. Dort leben angeblich Gesetzlose, deren fette Beute Schutz braucht … oder befreit werden möchte."

Jools durchschaute die Taktik seines Hauptmanns. „Und die Chance, dass dich irgendwer erwischt, ist minimal."

Turner wirkte interessiert, blickte aber dennoch sehnsüchtig zu ihren Feinden hinüber. „Mein Kumpel Legs hat noch eine Verabredung mit dem Schicksal", knurrte er.

Frida ergriff seinen Ellenbogen. „Der genießt jetzt Lady Cravens Schutz, Klops. Und sie besitzt Dr. Drecks volle Macht und ihre eigene dazu."

Das konnte auch Turner nicht abstreiten.

„Werte es nicht als Rückzug, sondern als Neugruppierung", meinte Rob mit sanfter Stimme. „Wir verdienen etwas Geld, organisieren uns neu und reiten dann erneut gegen diese Griefer."

Kim presste die Lippen aufeinander. „Ich gebe nicht auf."

„Und ich auch nicht!“, verkündete Rob, und Jools und Frida nickten. „Wir überleben …“, seine Stimme brach, „… um weiterzukämpfen.“ Er senkte die Lider und starrte zu Boden.

Einen kurzen Moment lang sagte niemand etwas.

„Nun ja …“, begann Turner, „wenn ihr es *so* ausdrückt …“

Das Kreischen, Stöhnen und Knochengeklapper war nun so ohrenbetäubend, dass die Zombies und ihre Beschützer sich inzwischen in unmittelbarer Nähe befinden mussten.

„Kommt schon!“, drängte Frida sie, und sie betraten, gefolgt von ihren Pferden, den Steinverschlag, der das Netherportal verbarg.

So verzweifelt er auch war, verspürte Rob dennoch einen Hoffnungsschimmer. Solange sein Herz noch schlug, bestand die Chance, irgendwann nach Hause zurückzukehren. Aber in diesem Moment wogen die Bedürfnisse der Gruppe schwerer als sein größter Wunsch, der darin bestand, seine Ranch wiederzusehen. Er wusste, dass er zuerst diese Welt befreien musste, bevor er dorthin zurückkehren konnte.

SPANNENDE ROMANE
INSPIRIERT VOM WELTWEITEN BESTSELLER-GAME
MINECRAFT
ROMAN FÜR MINECRAFTER
ZOMBIE HILL
NANCY OSA
Nancy Osa:
VERTEIDIGER DER OBERWELT:
DIE SCHLACHT VON ZOMBIE HILL
ISBN 978-3-8332-3246-6
KARL OLSBERG
WÜRFELWELT
ROMAN FÜR MINECRAFTER
Karl Olsberg:
WÜRFELWELT
ISBN 978-3-8332-3248-0
ROMAN FÜR MINECRAFTER
DIE ELEMENTIA CHRONIKEN
BAND: 1
DIE SUCHE NACH GERECHTIGKEIT
SEAN FAY WOLFE
Sean Fay Wolfe:
DIE ELEMENTIA-CHRONIKEN:
DIE SUCHE NACH GERECHTIGKEIT
ISBN 978-3-8332-3254-1
© 2015 Winter Morgan. All Rights Reserved.
ABENTEUER-ROMANE FÜR ECHTE MINECRAFTER.
JETZT IM BUCHHANDEL
ERHÄLTLICH.
PANINI BOOKS
www.paninicomics.de

DIE LUSTIGE SEITE DER MACHT!

ISBN 978-3-8332-2904-6

ISBN 978-3-8332-2695-3

ISBN 978-3-8332-2539-0

ISBN 978-3-8332-3165-0

ISBN 978-3-8332-2538-3

ISBN 978-3-8332-2903-9

IM BUCHHANDEL ERHÄLTLICH

PANINI COMICS

www.paninicomics.de

DAS LUSTIGSTE TAGEBUCH DER GALAXIS!

ISBN 978-3-8332-2712-7

ISBN 978-3-8332-2901-5

ISBN 978-3-8332-3016-5

IM BUCHHANDEL ERHÄLTLICH

PANINI COMICS

www.paninicomics.de